"……나는 무섭다."

선생까지 내 소설 속으로 들어온 날 밤 나는 잠을 잘 이루지 못한다. 뒤척이는 침대 위 천장에서 큰 도마뱀이 나를 살피고 있다. 내가 뒤척이지 않아야만 움직이기 시작할 것이다. 그러므로 도마뱀의 평화를 위해, 나는 죽은 듯 웅크려야만 한다. 밤은 나의 세계가 아니다. 죽음도 불면도 그러하다. 소설은 거기 어디쯤에 존재할 것인가.

선생께서 젊었던 시절에 가지고 다니던 명함에는 당신의 이름이, 그리스인 조르바를 번역한 누구, 라고 되어 있었다는 얘기를 들은 적이 있다. 그 얘기를 들었을 때 가장 먼저 떠오른 것은 조르바 춤을 추고 있었던 선생의 모습이었다. 더 정확히 말하면 영화 속에서 춤을 추고 있는 안소니 퀸의 모습이었을 것이다. 책 속의 조르바와, 영화 속의 안소니 퀸과, 그것을 우리말로 되살리고 있는 선생의 모습이 겹쳐 떠올랐다. 마지막 엔딩기를 누르고 갑자기 두 팔을 치켜 올리고 스텝을 밟기 시작한 그들. 그들은 여럿이면서 하나다. 춤에 대해서 잘 알지는 못하지만, 조르바 춤에는 각이 중요해 보인다. 열정, 그리고 마지막 남은 모든 것을 다 쏟아붓는 최후의 순간은 자유와 포효로 보이지만 그것을 그렇게 보이게 하는 것은 결국 각이다.

그러니까 각.

| 김연수 〈소설가의 밤〉

이윤기 | 공선옥 김인숙 윤대녕 전경린 하성란 | 정병규 김별아 이다희 조영남 조우석

봄날은 간다

신화 속으로 떠난 이윤기를 그리며

섬앤섬
somensum

차 례

part 1

part 2

part 3

過人 이윤기
1947. 5. 3.~2010. 8. 27.

사진 © 권혁재

part 1

숲 속에서 길을 잃는다.
참 난감한 노릇이다. 하지만
'길을 잃음'은 '길을 얻음'이 될 수 있지 않은가?
잘못 들어선 길이 지도를 만든다지 않은가?
잃음을 통해 내가 얻어 낸 길이
지도를 만드는 데 도움이 될 수 있지 않은가?
나는 거의 날마다 길을 잃고 헤맨다. 하지만 내가 이로써
지도를 그려 낼 수 있을지 그것은 두고 보아야 할 것 같다.

숨은그림찾기1
—직선과 곡선

찾아본 데 있는 것은 어쩌나?

잃어버린 것을 찾아 뒷짐질할 때마다 마음에 묻어드는 이 섬뜩한 두려움.

권투 선수는 링 위에서 싸우다가, 3분이 흐르면 세컨드가 기다리는 구석자리의 코너 스툴로 돌아간다. 그는 거기에서 1분 동안 피도 뱉고 물도 마시고 사타구니에 바람도 넣고 세컨드의 훈수도 듣고 하다가는 공이 울리면 한결 가벼워진 걸음걸이로 다시 싸움터로 나선다. 구석 자리의 코너 스툴이 없으면 권투 선수는 얼마나 고단할 것인가. 미국 네바다 주의 황량한 열사熱砂 지대에는 '오아시스'라는 말이 들어간 상호가 유난히 많다.

권투 선수가 아닌 나에게도 구석자리가 있다. 그래서 나도 그 구석자리로 돌아가 보고는 한다. 삶은 싸움이 아닐 것인데도 어쩐지 자꾸만 싸움 같아 보일 때면, 그 싸움을 싸우다 지쳤다 싶을 때면 돌아가 보고는 한다. 대구 근교의 소도시 경산慶山에 있는 기이한 은자의 과수원으로 돌아가 보고는 한다.

내가 '도회의 은자'라고 부르기도 하는 은사 일모 선생의 과수원을 나는 번잡한 세상 한가운데 자리 잡은 고요한 중심. 소용돌이 한 중간의 부동의 중심이라고 부른다. 바퀴로 말하자면, 바퀴 테에서 가장 멀고, 굴대에서 가장 가까운 곳이다. 굴대도 돌기는 돈다. 하지만 그 회전은 오르내림이 극심한 가장자리의 회전과는 사뭇 다르다.

일모 선생의 과수원을 세상의 중심으로 여기는데도 불구하고 그 자리는 역설적이게도 주변인으로 사는 내 삶의 구석자리이기도 하다. 그의 과수원에는, 내가 안고 가는 많은 문제의 해법이 있다. 하지만 그의 해법은 빌어도 좋고 안 빌어도 좋다. 거기에만 가 있으면 해법이 내 안에서 술술 풀려나올 때가 많아서 그렇다. 그가 본 보이는 삶의 태도가 내 몸과 마음의 항상성을 회복시키기 때문일 것이다. 그래. 항상성이다. 일모 선생 과수원에는 과실나무도 있고 잡목도 있으며 채소도 있고 잡초도 있다. 그는, 세상을 원망하는 제자들에게 입버릇처럼 들려주는 금언이 있다.

"사람은 무영등無影燈 아래에서 사는 것이 아니다. 사람의 모듬

살이는 무균실無菌室이 아니다."

일모 선생은 이미 오래 전에 정년퇴직하고, 나와는 동기 동창인 외아들과 함께 과수원 결우면서 말년을 보내시는 분이다. 그의 외아들이 나와는 중고등 학교 동기 동창이기는 하지만 이 동기 동창 만나기가 과수원 방문의 목적이 된 적은 한 번도 없다. 나는 이것을 별로 미안하게 여기지도 않거니와 친구도 이런 태도로 저를 대하는 나를 원망하는 법이 없다.

제자들이 찾아뵙고 절할 거조를 차리면, "절은 무슨 절…… 야, 등 시린 절은 안 받을란다.", 하면서도 옷매무새와 자세 바로잡는 것은 언제 보아도 똑같다. 등 시린 절 안 받겠다고 하시는 것은 자주 찾아뵙지 못한 것에 대한 꾸짖음이다. 그는 부러 이러면서 언제나 그러듯이 떡갈나무 몽둥이 같은 손을 내밀면서 시커멓게 그을린 눈꼬리로 기가 막히도록 아름답게 웃고는 한다.

"자네가 오면 이 일모의 입장은 매우 난처해지고 말아."

"죄송합니다."

내가 이따금씩 찾아뵙고는 절하고 물러앉으면 그는 웃으면서 이러시고는 한다. 아호雅號 같은 것이 있었던 것은 아닌데, 지독한 대머리였던 그는 10여 년 전부터 제자들 사이에 '일모 선생'으로 불렸다. 이 애칭은, 대머리의 인기가 바닥을 훑던 80년 이후에도 계속해서 더없이 따뜻한 울림을 자아내고는 했다.

어느 제자가 이런 말을 한 적이 있다고 한다.

"선생님께는 아직도 빠질 머리카락이 많습니다. 마지막 한 올 남을 때까지, 아니올시다. 그 마지막 한 올이 빠진 뒤로도 저희들이 줄기차게 모시겠습니다."

이 별호는 그러니까, 그 버르장머리 없는 제자의 말에 그가 이렇게 응수한 데서 유래한다.

"선현先賢의 지혜에 견주면 비록 구우일모九牛一毛 아니면 창해일속滄海一粟이기는 할 것이다만, 나무 없는 이 독산禿山 속 광맥에는 자네들에게 나누어 줄 게 꽤 있을 것이다……." 동창생 여럿 모인 자리에서 이 일화를 전해 듣고 내가 주동이 되어 만장일치로 정한 선생의 별호가 바로 '일모一毛 선생'이다.

뒤에 이것을 아신 그는 나를 나무랐다.

"자고로 선비 풍신은 자호自號를 삼갈 줄 아는 법이다. 그래서 가만히 있었더니, 네놈들이 버르장머리 없이 선생에게 호號 지어 바치니 이게 망신 아니고 무엇이냐."

중학교 시절 2년을 내리 우리 반을 담임했던 그는 중학교 시절 국사와 세계사를 가르친 분이다. 당시 그가 세계사 시간에, "나는 역사 기행 한 번 해보지 못하고 이렇게 가르치지만 너희들은 장차 가르치지 않더라도 세상을 두루 돌아다니는 사람이 돼라"고 하던 말씀이 내 기억에 사무치고는 한다. 그는 국사 시간에, "나는 아직 서울에도 가보지 못했다."고 실토하기도 했다.

그런데 그는 언제부터인지 근 40년 동안 당신이 가르친 제자의 '명함을 수집하는 취미'를 몸에 붙이게 된다. 물론 명함을 수집한다는 그의 말은 글자 그대로 명함을 수집한다는 뜻은 아니다. 그는 제자들 사는 꼴을 상당히 자세하게 파악하고 있는데 이것을 스스로 밝혀 말하기가 뭣하니까 '명함을 수집한다'로 표현한 데 지나지 않는다. 그는 세계사에서 국사로, 국사에서 드디어 개인사로 그 방향을 바꾸었던 것일까?

근 30여 년 동안 한 해에 한두 차례씩 찾아뵈면서 그때마다 확인한 바 있거니와 그에게는 수백 장에 이르는 명함과, 명함 가진 제자든 명함 가질 처지가 못 되는 제자든 그 신상을 기록한 여러 권의 노트가 있었다. 무용가가 도약을 통하여 중력의 법칙에 도전하듯이 그는 깨알 같은 메모를 돋보기로 좇으면서 노년의 건망증에 도전한다고 했다. 바로 이 메모 덕분이겠지만 그는 위세를 부리는 제자들의 형편에도 밝고, 이름 없이 또는 곤고하게 사는 제자들 형편도 놀라우리만치 잘 기억한다. 우리는 이따금씩 노인의 이 기이한 재능과 덕목을 두고, 호기심과 인내와 기억력의 기가 막히는 조화라고 정의한 적이 있다.

제자들 읽는 이 일을 그는 '늙발에 시작한 사람 공부' 라고 불렀다. 그런데 그 공부는 뜻이 참 깊어 보였다.

그의 명함철과 제자들 신상을 기록한 노트는, 수백 명에 이르는 제자들이 살아온 자취, 사는 모습이 가로로 세로로 짜인, 실로 정교하면서도 그 규모가 만만하지 않는 대하소설의 원광을 방불케 한다. 내가 그를 여기에다 길게 소개하는 까닭도 여기에 있다. 그의 과수원에 머물면 삶의 숨은 그림이 얼핏 보이는 듯 할 때가 자주 있다. 평생 사람의 역사를 다루어 온 그의 곁에서 보내는 시간은, 나에게는 숨은그림찾기를 배우는 시간이다.

정년퇴직하기 4, 5년 전에, 그러니까 근 20여 년 전에 그로부터 들은 이야기를 나는 아직도 생생하게 기억하고 있다. 잡지사 기자 노릇 하던 나의 명함을 받아 가만히 들여다보면서 그는 이랬다.

"내가 명함 수집가라는 걸 어찌 아는가?…… 그래, 나는 한평생 역사 선생 명색으로 자네들에게 역사를 가르치면서 사람의 역사를 좀 아는 척해 왔는데, 아니야, 내게는 아는 것이 없었어…… 왼 것은 좀 있었는지 모르지만 그것은 목숨 끊어진 편년사編年史일지언정 피가 통하는 사람의 역사는 아니었네. 그런데 말일세, 십여 년 전부터 제자들 학교 다닐 때의 모습을 그리면서 그 사는 모습을 좇기 시작하고부터 참 좋고도 놀라운 것을 발견했네. 사람 한살이의 성패를, 그 사람 죽기 전에 어떻게 평가하겠는가만, 나는 청소년 시절에 드러내는 특정한 제자의 특정한 기질이 장차 그 사람이 이루게 되는 어떤 성취와 무관하지 않다는 것을 알았네. 반드시 어린 시절의 기질만 그렇다고 할 수는 없네. 이따금씩 내 앞에 나타나 보여 주는 언행을 점선 잇듯이 이어 보면 그것이 곧 그 제자의 얼굴이 되고는 했네. 이러니 제자가 어찌 제자겠나? 내 스승이지…… 따라서 나는 졸업한 제자들의 발자취를 뒤쫓으면서 비로소 사람의 역사 공부를 시작한 것이니, 그 동안 내가 한 일은 자네들을 가르친 것이 아니고 시간이나 죽이면서 봉급을 타먹은 것에 지나지 못해. 그러니까 뭣인가, 자네들은 헛배웠고 나는 헛가르친 것이지. 하여간에 제자들의 사는 모양 뒤쫓는 놀이를 나는 늙발에 배우게 되었네. 그런데 말일세, 내가 저희들 사는 것을 궁금하게 여기니 이번에는 저희들이 찾아서 나에게 근황을 꼬박꼬박 알려 오는 것이 아니겠나? 바야흐로 내 공부는 이렇게 살아서 꿈틀꿈틀할 모양이네. 그 결과 어떻게 되었나? 나는 내 제자들에 관한 한 자타가 인정하는 가장 확실한 중앙정보부가 된 셈이네. 아니까 보이고, 보이니까 더 알게 되고, 이렇게 해서 이제 무엇이 좀 보이는 것 같아…… 이제 제대로 뭘 좀 가르칠 수 있을 것 같은데, 몇 년 뒤면 학교에서 쫓겨나니 억울하기 짝이 없네."

"책으로 써서 남기시지요?"

"써서 남겨 봐야, 내 나이가 되지 않은 교사들은 무슨 뜻인지 알아먹지 못할 것이고, 알아먹을 만한 교사들은 나처럼 학교를 떠난 뒤일 것이니, 이거야말로…… 자네, 윤편輪片을 아는가?"

"몇 회 졸업생인데요?"

"제齊 나라 환공桓公과 같은 시대 사람이면 몇 회 졸업생인가?"

"죄송합니다."

"공부한다는 사람들이 말이야…… 윤편의 수레바퀴 굴대 구멍 깎기가 아니겠느냐, 이 말이야……."

"무슨 말씀이신지 잘 모르겠습니다."

"윤편은, 수레바퀴 굴대 구멍을 깎을 줄은 아는데 그걸 가르칠 방도는 모르겠다고 제환공齊桓公에게 하소연한 사람이다. 자기 자식에게도 가르칠 수가 없어서 일흔 나이에도 손수 그 짓을 하고 있다고 한 사람이다. 이것이 그렇다. 아슴아슴 알 것 같기는 한데 가르칠 수는 없다 이 말이라…… 하여간에 나는 이런 식으로 죽을 때까지 사람의 역사 공부나 좀 할 요량이다."

이것이 벌써 20여 년 전의 일이다.

그가 가진, 제자들에 대한 정보는 풍부하고도 정확하다.

그를 뵈러 가는 제자들은 예외 없이, 은사가 자기 이름은 물론 그간의 동정도 상당한 수준까지 '귀신같이' 기억하고 계시는 데 놀라고 만다.

당해 보지 못한 사람에게는 상상이 잘 안 될 것이다.

고등학교 졸업한 지 15년, 혹은 20년 만에, 가까운 친구 손에 이끌려 은사를 찾아뵈었는데, 그 은사로부터, 자네 박아무개 아닌가, 도청 댕긴다며, 이런 말을 듣게 되는 상황을 어떻게 상상할 수 있겠는가? 졸업한 지 20년 만에 은사를 처음 찾아뵌 어느 동창생은 나에게, "선생님께서 내 이름은 물론 내 사는 모양까지 아시는데, 흡사 활자로 인쇄된 내 이름을 처음 보았을 때의 느낌과 비스무레하더라"고 말한 적이 있다. 인쇄된 자기 이름을 보는 것은 가슴 두근거리는 노릇이다. 이것이 바로 전화번호부가 최다 인쇄 부수 자리를 빼앗기지 않는 소이연이기도 할 것이다.

"그래, 어찌 지내시는가, 정치학 교수질 하는 재미는 여전하신가?"

"자네, 올 봄에 뽕밭 뒤집었다며?"

"늙도 젊도 않는 것이 비뇨기과 출입이 왜 그리 잦아?"

그의 이런 물음에는 늘, 스승이 지닌 제자에 대한 정보가 담긴다.

"국회의원을 좀 해볼까 합니다. 선생님께서 좀 시켜 주십시오."

그의 앞에서는 새카만 제자들도 곧잘 농지거리를 한다.

"에이, 영농 후계자인 내 아들을 시키지, 국회의원들과 공이나 치러 다니는 정치학 교수를 시킬까."

진반 농반으로 오가는 말이지만, 실제로 그의 영향력이라면 제자 하나 찍어 국회에 보내는 것도 어렵지 않을지도 모른다. 그는, 옛 제자 찾아오면, "그래, 어찌 지내는가" 하고 물어 제자의 근황을 듣는데, 사리에 치우치는 부탁은 반드시 내치고, 이치에 합당한 청탁은 반드시 거두어 살 길을 열어 주시는 것으로 알려져 있다. 따라서, "그래, 어찌 지내시는가", 이 한마디에 적절하게 대답하면 스승의 처방은 곧 활법活法의 묘수가 되고는 하는 것이다. 추상적이고 포괄적인 훈수에 그치는 것이 아니다. 그는 구체적이고 세부적인 대책까지 마련해 내는 것으로 알려져 있다. 그가 움직이면 수백 명의 제자들이 소리 없이 움직인다는 소문이 있을 정도다.

은사의 아들이 과수원 한가운데 있는 살림집 옆에 따로 지어진 별채 사랑방을 가리키면서 한 말에 따르면 그 집에 오는 손님은, 지역의 분위기를 읽으러 오는 정치가, 은행 간부를 소개받고 싶어 하는 중소기업가, 대학 총장을 소개받으려는 해외 유학파 소장 학자, 아들딸 주례 부탁하러 오는 늙은 제자, 제 주례 부탁하러 오는 젊은 제자, 만물 과일을 짊어지고 오는 농부, 냉동 횟감을 들고 오는 외항선원, 졸업 30주년을 맞아 서울에서 단체로 내려오는 모교 방문단을 아우른다.

스승의 아들인 내 친구는, 손님 때문에 추석이 든 양력 9월에는 쌀 세 가마가 모자란다면서 웃었다. 그분 과수원의 별채 사랑방이 가장 붐빌 때는 명절 뒤끝, 특히 추석 뒤끝이다. 추석 뒤끝에는 서울에서 귀향한 성묘객이 몰려들기 때문이다.

"우리 동창만 해도 좀 많은가? 하지만 우리 동창의 수는 아버님 제자들의 십분지 일에 지나지 않는다. 대구에 내려오면 저희 집 할애비 산소에는 못 올라가는 한이 있어도 우리 집에서는 묵어간다. 국회에서 대가리가 터지게 싸우는 여야의 국회의원, 사이가 껄끄러울 수밖에 없는 환경 단체 사무총장과 과학부 장관도 우리 집에서는 못 싸운다. 장차관과 재벌 총수로부터 경산 장거리의 개장수, 동두천 기지촌의 포주까지 공평하게 재우는 방은 세상천지에 아마 우리 사랑방뿐일 걸세. 목사와 스님이 동숙同宿한 적이 있는 우리 집 사랑방이야말로 세계에서 가장 사람 차별을 않는 객사客舍 아닌가. 그러니 자네도 자고 가게."

이것은 과장이 아니다.

일모 선생은 은행가와 기업가, 정치가와 사업가, 구직자求職者와 구인자求人者, 모자라는 사람과 남는 사람 사이에 위치한다. 그가 시혜자와 수혜자가 철저하게 베일에 가려진 장학기금 '운담 프로그램'의 실질적인 단독 집행자라는 사실은 잘 알려져 있지 않다. 국외일 경우에는 주로 중국 동북 삼성三省에 거주하는 재중동포在中同胞, 국내일 경우에는 출신 학교나 출신 지방에 상관없이 극비리에 학자금이나 생활비를 지원하는 프로그램에 관한 한 그는 중앙정보부장직까지 틀어쥔 철인哲人 독재자다. 그런데도 그를 험담하는 제자를 나는 한 번도 본 적이 없다. 이 프로그램의 집행에 관한 한 그에게는 하나의 원칙이 있다. 프로그램의 지원 금액은 인색하기로 소문나 있다. 그의 지론에 따르면 운담 프로그램은, 과실을 나누어 곤궁한 사람을 지원하는 프로그램일지언정 가난뱅이를 부자로 만드는 프로그램은 아니라는 것이다.

대구를 중심 도시로 하는 내 고향 일각에서 그 은사는 많은 사람들에게 불가사의하게, 혹은 기이하게 느껴지는 존재다. 40여 년 간 여남은 개 중고등 학교를 옮겨 다니면서 제자를 길러 낸 교사는 얼마든지 있다. 그러나 직접 길러 낸 제자는 물론이고 그 제자의 친구까지도, 심지어는 친구의 친구까지도 뵙는 것을 기쁨으로 자랑으로 혹은 영광으로 아는 분은 아마 그분밖에 없지 않을까 싶다.

그의 과수원으로는 성공한 제자가 자랑하러 와도 좋고, 실패한 제자가 위로를 구하러 와도 좋다. 그의 말을 빌면, 봄보리 자라는 듯 하는 놈도 오고, 된서리에 까부라진 풋것 같은 놈도 온다. 부자가 나란히 오는 경우도 있으니 모녀가 나란히 오는 경우가 없을 리 없다. '세계화'라는 것이 되고부터는 아메리카에서도 오고 유럽에서도 오고 중국에서도 오고 러시아에서도 온다. 그분은 그것을 "온 세계가 다 온다"고 한다. 유럽 사는 제자로부터, 알프스 산도 구경하실 겸 한번 다녀가시라는 전화를 받고 그분은 짐짓 이렇게 호통을 친 적도 있다고 한다.

"알프스가 어디 가는 걸 보았느냐?"

내가 타관 사람들에게 그분 얘기를 하면 공자님 같은 도덕군자를 더러 떠올리는 사람도 있다. 아니다. 그는 공자님처럼 완벽한, 혹은 완벽에 가까운 분이 아니다.

그분 과수원에는 금기가 몇 가지 있다. 마시고 취하되 미취微醉해야지 만취해서는 안 되는 것도 그중의 하나다. 과수원은 혼자서 만취하도록 마시는 데가 아니라 여럿이서 미취하는 데라는 것이 그의 생각이다.

그러나 나는 만취한 꼴을 보이고도 꾸중받이를 면한 적이 있다.

십여 년 전, 만취한 채 아름드리 감나무 밑으로 숨어들어 감나무 껴안고 소피보다가, 그 감나무 뒤에 몸을 숨기고 있던 그에게 들키고 만 것이다. 하지만, 오줌 방울이 그분 옷에 튀었을 텐데도 나는 꾸중을 듣지 않았다. 그가 마침 감나무를 등지고 우리 몰래 담배를 한 대 피던 중이었기 때문이다. 이것은 그와 나만 아는 비밀이다. 그와 나 사이에는 이런 종류의 비밀이 꽤 있다. 그는 나뿐만 아니라 다른 동창과도 비슷한 비밀을 공유하고 있을 것이라고 나는 믿는다.

그는 모순이다. 그러나 그 모순은 추하지 않다. 그 모순에서 내가 일모 선생이라고 부르는 사람의 향기가 피어오른다.

그는 도둑 담배를 피운 것이니, 담배에 관한 한, 사제간師弟間의 처하는 입장이 그렇게 공교롭게 뒤바뀌기도 참 어려울 게다. 그는 반세기 동안이나 피던 담배를 하루아침에 끊은 것으로 유명한 분, 끊었다가는 다시 피우고 버릇될 만하면 다시 끊어 버리기로 유명한 분이다. 끊을 때는 끊는 이유가 있다.

“애연 없는 데 금연 없고 집착 없는 데 해탈 없다.”

다시 피울 때는 다시 피우는 이유가 있다.

“사나이에게는, 담배라도 피우고 있지 않으면 안 될 때도 있는 법이다. 내 말이 아니다. 한 왜인矮人의 말인데, 쓸 만하지 않은가.”

그분을 두고 말로써 장난을 친다고 하는 사람도 있을 법하다. 그러면 그분은 이렇게 응수하실 것 같다.

“인간이라는 게 원래 그렇게 생겨먹었어. 뜨거운 국 마실 때도 후후 불고, 시려서 손 곱을 때도 호호 불고 하잖는가?”

경산 다녀온 것은 손가락으로 이루 셀 수 없지만 최근에 이루어진 나의 경산 방문은 내 일생일대의 사건에 속한다.

나는 지금 그 일을 얘기하고자 한다.

일모 선생은 과수원 일을 하다가, 빤질빤질한 정수리에 물 묻은 사과나무 잎 한 장을 붙인 채로 나를 맞아 주었다. '빤질빤질한 정수리'라고 썼는데, 스승을 묘사하는 말로는 부적절하다는 것을 알지만, 그의 정수리는 빤질빤질했다. 내 손으로 정수리의 사과나무 잎을 떼고 그를 모셔 들인 객사 사랑방은, 초록 일색인 화창한 과수원 풍경에 견주어져서 그럴 테지만 내게는 유난히 어둡고 답답하게 느껴졌다.

절해서 뵙고 물러앉으니, 편히 앉으라는 말도 없이 불쑥 이랬다.

"그래, 이 복중伏中에 미국에서 날아 들어와 똥서방[糞書房]을 차렸다며?"

"……."

"나의 불찰이다. 내가 진즉에 알았어야 하는 것인데……."

"걱정 끼쳐드리게 되어서 여러 가지로 송구스럽습니다."

나는 얼굴에 표정으로 떠올랐을 터인, 내가 받은 상처의 아픔을 숨기지 않았다. 성인군자 흉내를 내기에 내 상처는 너무 깊었다. 내 안에서 가시 돋친 무수한 말들이 벌떼처럼 붕붕거리며 이따금씩 내 가슴 안쪽을 쏘아 대면서 토해 내어 줄 것을 요구하는 것 같았다. 그러나 나는 그 흉측한 말들을 생짜로 쏟아 내지 않으려고 무진 애를 썼다.

"술이 필요한가?"

"선생님 일하시는데……."

"큰 공부가 되었을 것이다. 어디 조금만 들어 보자, 사연을 들어 보면 내게도 좋은 공부가 될 테지."

"아직도 방 안에서 구린내가 등천登天을 합니다."

"우상화해서도 안 되지만 똥뒷간에다 처박아 둘 물건도 아닌 것이 책이기는 하다. 이 시대의 풍속도를 보는 것 같아서 나도 가슴이 아프다만 사람이 어찌 다 같을 수 있을까. 세상에는 그런 사람도 사는 것이거니, 여겨라. 내가 바란다."

"선생님, 저도 선비 축에 들겠습니까?"

" '찡[證]'이 없어서 크게 쓰이지 못하나 선비 자격은 고루 갖추었다고 봐야지."

"그렇다면 선비가 많이 다쳤습니다."

"그것은 자네의 이기심 때문이기가 쉽다. 미투리 방망이 그 사람에게 책은 그냥 물건일 뿐이다. 우리에게는 책을 우상화하는 버릇이 있고……."

일모 선생은 당신의 애제자인 하 사장을 미투리 방망이라고 부른다. 그의 설명에 따르면 미투리는 삼 껍질을 꼬아 짚신처럼 삼은 마혜麻鞋 또는 승혜繩鞋이고, 미투리 방망이는 여섯 개의 날에다 삼실을 걸어 육날 미투리를 삼을 때 결이 조곤조곤하도록 두드리는 데 쓰이는 조그만 대추나무 방망이다. 그가 애제자 하 사장을 빤질빤질하게 닳은, 단단한 미투리 방망이라고 부르는 것은 하 사장이 경제에 관한 한 사람이 더없이 야물기 때문이다. 그에게 하 사장은, 우리 시대에 필요한 사람이라는, 긍정적인 의미에서의 미투리 방망이였다. 그 말 처음 듣는 날 나는, 미투리 방망이가 제아무리 단단한들 기껏해야 짚신밖에 더 만듭니까, 하고 대들었던 적이 있다.

"그러면 그 양반에게 무엇이 여느 물건 아닙니까?"

"돈일 테지. 섭섭한 심정, 나도 알기는 하겠다만 자네 섭섭한 심정의 토로가 그 사람에게 또한 상처가 될 수 있다. 우리가 알고 살자."

"……"

내가 일모 선생으로부터 하 사장을 소개받은 것은 일 년 전, 미국에서 일시 귀국해서 두 달 계획으로 서울에서 머물면서 책을 쓰고 있을 때의 일이다. 서울로 돌아와 있지 않을 수 없었던 것은, 책을 쓰는 데 필요한 자료가 서울의 내 서고에만 있었기 때문이다.

5년간 머물 계획을 세우고 미국으로 떠나면서 전세금을 받고 내가 살던 아파트를 남에게 빌려 준 것은 그로부터 3년 전의 일이다. 아파트 전부를 빌려 줄 수는 없었다. 요긴하지 않은 살림은 주위 사람들에게 나누어 주었지만 근 30년 동안 모아들인 책은 그럴 수가 없었기 때문이다. 그래서 전세금을 받고 빌려 주되, 방 한 칸은 서고로 쓴다는 조건을 내걸었다. 세 개의 방 중에서 가장 작은 방이라서 서재로는 쓸 수가 없었다. 다행히도 책을 좋아하는 입주자가 있었다. 입주자는 세 칸의 방 중에서 방 하나를 서고로 쓴다는 것을 양해했고 나는 내 책에 대한 그들의 무제한적 접근을 양해했다. 나는 나 자신을 행운아라고 생각했고 내 집을 빌린 사람은 졸지에 5천여 권에 이르는 장서를 확보했으니 자기야말로 행운아라고 했다.

서울에 들어와 있을 당시, 당연한 일이지만 서울에는 내가 머물 데가 없었다. 출간 일자에 쫓기고 있던 나는 내 서고에서 필요한 자료를 뽑아다 서울 변두리의, 숙박비가 싼 호텔에 머물면서 책을 쓰지 않을 수 없었다.

선영 성묘先塋省墓와 과수원 방문은 나의 귀국 스케줄에서 빠지는 법이 없다. 그 해에도 잠깐 뵈러 내려간 나에게 일모 선생은 호텔 생활이 불편하지 않느냐면서 마음을 써주시었다. 그때 나는 호텔 생활의 어려움을 버르장머리 없이 약간 과장해서 털어놓았던 것 같다.

"마구니魔群 사이에서 뭘 쓴다고 밤을 밝히고 있자니, 이런 공부가 다시 없습니다. 어떻게 만들어진 호텔인지 세상에, 옆방의 샤워 물소리, 좌변기 물 내리는 소리까지 들리는 것은 물론, 새벽녘이 되면 심지어 성냥 긋는 소리까지도 들립니다."

"자네가 말을 많이 참네 그려."

"네……."

"자네가 늙도 젊도 않은 사람이기는 하나 그거 참 많이 민망하고 고단하겠구나. 글 쓰는 시간대를 바꾸어 보지 않고?"

"저에게는, 낮에는 한 줄도 쓰지 못하는 못된 버릇이 있습니다."

"음악가들은 듣기 싫은 소리 안 듣고 싶으면 소련제蘇聯製 귀마개를 쓴다더라만……."

"한번 견뎌 볼 작정을 했습니다만, 하루는 프런트에 내려가 옆방의 교성 안 들리는 방이 없느냐고 물었더니 벨 보이라는 녀석이, 필요하면 언제든지 말을 하라는 것입니다."

"잘되지 않았나? 그러면 방을 옮기지 않고?"

"방이 아니고요 여자가 필요하면 말을 하라는 것이지요. 가까이 있는 음식점 주인 말에 따르면, 유녀遊女가 상주하지 않는다 뿐이지, 유곽이나 다를 바가 없는 호텔이라는 것입니다. 더욱 놀라운 것은, 저 같은 뜨내기가 들면 비어 있는 옆방에서 녹음기를 틀어 뜨내기 귀에 교성이 들리게 한다는 것입니다."

"그것 참 해괴하네."

"그러니까 부러 옆방까지 그 소리가 들리게 함으로써 나그네 심사를 뒤틀고 이로써 유녀를 판촉 한다는 것입니다. 덕분에 공부 단단히 하고 있는 셈입니다. 이 도화원桃花園에서 책 한 권 써 내는 데 성공하면, 선생님, 칭찬 좀 해주시겠지요."

"자네가 한창 나이는 아니지만 장히 걱정스럽네."

"'보왕삼매론寶王三昧論'은 공부하는 데 장애물 없기를 바라지 말라고 했습니다만, 참 힘이 많이 듭니다."

점심을 그 댁에서 먹었는데 일모 선생은 뭔가를 골똘히 생각하는 눈치를 보이더니, 작별 인사를 드릴 때가 되자 불쑥 이런 말씀을 내어놓으셨다.

"자네가 시방 하고 있는 일, 경주에서도 할 수 있는가?"

"자료 준비가 끝난 만큼 국내라면 어디든 괜찮습니다만……."

"공부하는 김에 공부 같은 공부 한번 해보겠는가?"

"무슨 말씀이신지……."

"경주에 말일세, 조그만 호텔 하는 내 제자가 있네. 내 제자라고는 하나 젊은 시절의 제자라서 사실은 환갑을 지낸 중늙은이이기는 하지만…… 하 사장이라고…… 내가 조금 전에 전화를 걸어서 의향을 물어 보았더니 방을 하나 내어 주겠다고 하네."

"고맙습니다. 그렇지만 그냥은 싫습니다."

"하 사장, 이자의 별명이 무엇인고 하면 미투리 방망이야. 대추나무 방망이 같은 친구인데…… 좋게 말하면 야문 사람이고 아주 싸가지 없게 말하면 수전노라고 해도 안 미안해. 그러니 그냥은 안 빌려 줄 터…… 그러니까 이렇게 하세. 내가 말했으니 싼값에 빌려 주기는 할 거라. 우리 운담 프로그램이 자네의 숙박비를 지원하기로 하지. 자네는 재외 학자在外學者에 속하는 만큼 자격은 충분하네. 그 대신, 자네가 나에게 지원 액수를 물어 보아서는 안 되네. 이 일은 자네와 나 사이의 비밀로 해야 하고……"

망설여지기는 했다. 하지만 장학금이라고 하는 것은 제 손으로 신청해서 타내기도 하는 물건 아니던가? 형편이 많이 구차했던 것은 아니지만 그래도 서울에서의 호텔 장기 투숙과 매식買食

에 들어가는 비용은 실로 만만하지 않았다.

“공부 같은 공부라고 하셨는데, 그것은 또 무슨 뜻입니까?”

“아, 그거? 이런 말, 내가 미리 해서 어떨는지 모르지만 하 사장이라는 친구, 위인이 야문데다 이 또한 만만치 않은 외눈박이라…….”

“외눈박이라면요? 물리적인 외눈박이라고 하시는 것은 아니시겠고요? 외통배기라는 말씀은 아니시지요?

“무엇에 외눈박이인지 자네가 어디 한번 가서 확인해 보게만 내가 한마디만 귀띔해 주지. 옛날에 어떤 사람이 병든 아버지 약 지으러 약방에 들어갔다가는 빈손으로 그냥 왔더라네. 그 아내가 어찌 그냥 왔느냐고 물으니 그 사람이, ‘의원이라는 자가 상복을 입고 있더라. 필시 어미 아니면 아비가 세상을 떠난 모양인데, 그자가 용한 의원이라면 어찌 제 부모를 잃고 상복을 입고 있을 것인가’ 하더라네. 마침내 그 아버지가 세상을 떠났으니 이번에는 묏자리를 보아야 하지 않겠는가? 그 사람이 이번에는 지관을 찾아갔는데, 물어보지도 않고 또 빈손으로 나왔더라네. 그 아내가 어찌 그냥 왔느냐고 물었더니 그 사람은, ‘지관이라는 자가 다 쓰러져 가는 오두막에 사는데 끼니도 제대로 챙기는 것 같지 않더라, 제놈이 제대로 된 지관이 못 되니까 제 조상 무덤 자리를 제대로 쓰지 못했을 것이고, 그래서 당대 발복當代發福의 은덕을 입지 못했을 것이 아닌가, 그래서 그냥 왔다’ 하더라네. 어찌 보면 하 사장이라는 위인, 이 사람과 비슷한 데가 있지. 그래서 내가 외눈박이라고 한 걸세."

"정보를 외통으로만 받아들인다는 말씀이신지요?"

"조금 차이가 있기는 하네만……."

"프로그램의 지원금은 귀국한 뒤에 특별 출연으로 변제하겠습니다."

"더욱 좋고."

그로부터 사흘 뒤에 나는 서울의 호텔에서 경주의 호텔로 당장 필요한 책 백여 권만 책짐을 꾸려 보냈다.

하 사장의 호텔 '에스페랑스'는 경주의 많은 공공건물과 비슷한, 기와를 얹은 순 한식 2층 건물이다. 투숙객의 대부분은, 김포로 들어와 서울에서 내려오는 서양의 배낭 여행자, 페리 호에서 상륙해서 부산에서 올라오는 일본의 배낭 여행자들이다. 따라서 숙박비는 서울의 쓸 만한 여관 수준에 지나지 않는다.

외국인을 자주 대하는 대부분의 한국인들이 그렇듯이 내국인에 대한 하 사장의 평가는 절망적이었다. 하 사장은 프런트에서 가장 멀리 떨어져 있는 방을 내게 배정해 주었다. 앞을 지나다니는 손님들의 발자국 소리를 거의 들을 수 없는 방이었다. 나는 운담 프로그램에서 얼마나 지원하느냐고 물었지만 하 사장은 빙그레 웃을 뿐 끝내 가르쳐 주지 않았다.

출입구에 매달려 있는, '시간 손님 사절'이라는 퍽 도덕적인 표지가 인상적이었다.

꽤 많은 종류의 위인전을 읽은 보람으로 이 세상에는 좋은 의미에서의 기인편객奇人偏客이 얼마나 많은지 나는 잘 알고 있다. 그러나 내가 알고 있는 무수한 기인편객들은 글을 통해 읽어서 알게 된 사람들이지 내가 직접 접해 본 사람들은 아니다. 내가 접해 본 이들 중에서 그 품성이 가장 기이했던 두 분을 꼽는다면 일모 선생과 에스페랑스의 하 사장이 아닐까 싶다. 전자는 전폭적으로 긍정하는 의미에서 후자는 부분적으로 부정하는 의미에서 그렇다.

하 사장이 20년째 경영하고 있다는 호텔 에스페랑스에서의 생활은 경이로움의 연속이었다.

나를 가장 놀라게 한 것은 하 사장의 외국어 구사 능력이었다.

해방되던 당시 소학교 2학년이었다니까 일제강점기의 교육을 집중적으로 받은 사람이라고는 할 수 없는데도 불구하고 하 사장의 일본말은, 일본말에 능하지 못한 내 귀에는 거의 일본인이 하는 일본 말로 들렸다. 하지만 소학교 2학년까지 일본어가 상용 언어였다는 것을 감안하면 일본어의 경우는 어느 정도 이해가 가능했다. 이해가 가지 않는 것은 그의 영어 구사 능력이었다.

그는 미국 유학은커녕, 고등 교육도 받지 못했다는데도 불구하고, 미군이나 미국과 관련이 있는 업종에 종사한 경험이 전혀 없는데도 불구하고, 영어가 그렇게 부드러울 수가 없었다.

그는 20년 전 부산에서 사업에 실패한 뒤 경주에 있는 '희망

여관'을 인수, 이것을 일류 호텔스럽게 '호텔 에스페랑스'로 신장개업한 뒤부터는 영어 회화 테이프가 든 녹음기의 리시버를 귀에 꽂은 채로 산다고 설명하기는 했다. 하지만 그가 구사하는 정확한 발음과 풍부한 어휘는 마흔 살이 넘어서 시작한 영어가 아니었다. 더욱 놀라운 것은 간단한 일상 회화나 수사數詞일 경우 불어, 독어, 이태리어까지 구사한다는 점이었다. 문법이 다소 수상스러워 보이기는 해도 그의 실력은 독일어로, 호텔에서 몇 번 버스를 타야 터미널까지 갈 수 있는지, 몇 번 창구 앞에 서야 대구행 차표를 끊을 수 있는지 설명할 수 있을 정도였다. 중국에서 오는 중국인 여행자는 거의 없지만 본격적으로 오게 되는 날에는 중국어 회화도 시작하겠다는 그의 말에 나는 아연실색할 수밖에 없었다.

경주의 기차역에서 내려 호텔 에스페랑스를 찾아 들어가던 날 나는 빈손으로 들어갈 수 없어서 정육점에 들러 고기나 몇 근 사가지고 들어가기로 했다. '정육점'은 없고 '식육점'만 있었다. 경주에서는 그렇게 부른다고 했다.

나는 '식육점' 간판이 걸린 고깃간으로 들어가 가장 부드러운 고기를 주문했다. 내가 찾아 들어간 식육점 안주인은, 시골 사람들이 이 경우 거의 그렇듯이, 어느 집 찾아가는 손님이냐고 물었다.

내가 에스페랑스 호텔의 하 사장을 찾아간다고 대답하자 안

주인이 칼질하면서 중얼거렸다.

"자린곱쟁이 하 영감, 오늘 고기 먹겠네."

내가, 하 사장이 구두쇠냐고 묻자 안주인은 하 사장과는 어떻게 되느냐고 되물었다. 친척은 아니고, 소개받고 찾아가는 사람이라고 대답하자 안주인은 고개를 절레절레 흔들면서 이런 말을 했다.

"말도 마시이소. 지난 20년 세월을, 손님들이 버리고 간 운동화만 빨아 신고 살았다 카디더. 외국 손님들이 놓고 간 우산을 모아 두었다가 정기적으로 팔아서 정기 적금 드는 사람이라 카디더. 고기 사먹을 돈이 아까우니까, 소 돼지 같은 짐승이 죽으면서 독을 얼마나 품고 죽는데 그 독이 배어 있는 고기를 먹느냐고 떠들어 댄다 카디더. 20년 동안 우리 식육점에 두 번 왔니더."

"다른 단골이 있는 게지요?"

"지난 20년 동안 그 집에서 일한 여자가 내 재종 동생일시더."

나는 호텔 뒤에 있는 살림채에서 하 사장과 인사를 나누는 자리에서 서울에서부터 미리 준비해 간 고급 위스키 한 병과 식육점에서 산 쇠고기를 내놓았다. 나는 물론 쇠고기 굽고 위스키 곁들이는 훌륭한 저녁 식사를 생각했다. 그러나 그것이 얼마나 순진한 생각이었는가를 확인하기까지는 별로 긴 시간이 걸리지 않았다.

하 사장은 캐비닛을 열고 내가 선사한 위스키를 그 안에 넣고는 문을 닫았다. 캐비닛 안에는 고급술이 박스째로 여러 병들어 있었다.

"나는 십만 원짜리로 백만 원 만드는 데 소질이 있는 사람이오. 이 촌동네에서 고급 위스키만한 특효약은 또 없지요. 나는 고급 술 한 병을 제대로 이용하는 법을 알고 있는 사람이랍니다."

하 사장의 이 한마디부터가 내 귀에 고깝게 들렸다. 고급 술 한 병을 제대로 이용하는 법이라면 나도 알고 있는 사람이었다. 내가 아는 한, 화기애애한 분위기를 지어 내면서 그것을 함께 마시는 것, 이것이 고급 술 한 병을 제대로 이용하는 법이었다.

"술 좋아해요?"

"네, 좋아합니다."

"환영하는 의미에서 내 술을 한 잔 드리지요. 나는 손님과 술을 나누되 딱 한 잔 이상은 나누지 않는 주의랍니다."

일모 선생 덕분에 융숭한 대접이라도 받을 줄 알고 있던 나에게 '손님'이라는 말이 다소 귀에 설게 들리기는 했다. 그는 캐비닛을 열고는 생체 표본 저장하는 데 쓰일 법한 커다란 유리병을 들어내었다. 유리병 속에는 식물의 허연 뿌리가 가득 들어 있었다. 하 사장이 그 유리병 뚜껑을 열자 인삼주 냄새가 났다. 그는 작은 유리잔을 집어넣어 딱 두 잔을 따라 내면서 설명했다.

"미삼尾蔘이오. 인삼 드링크 만드는 공장 사람으로부터 공짜로 얻어 오다시피 한 물건이에요. 공장에서는 한 번 우려 낸 것이라고 버리다시피 하는 물건이고…… 소주를 부어 한 5년 우려낸 것인데, 외국인들은 동양의 신비 어쩌고 하면서 감질들을 내지요."

나는 눈알만한 잔으로 그 가짜 인삼주 한 잔을 얻어먹고는 살림채에서 쫓겨나다시피 했다. 밤이 되어도 살림채에서는 쇠고기 냄새가 풍겨 나오지 않았다. 그날 밤에 나는 국산 위스키 한 병 사들고 들어와 혼자서 조촐한 입주 기념식을 했다.

내가 이 세상에 아직도 15촉짜리 전구가 있다는 것을 안 것도 호텔 에스페랑스에서다. 방에 딸려 있는 화장실 조명이 너무 어두워 변기에 앉은 채로 책 읽는 것은 언감생심이고 면도조차 제대로 할 수가 없었다. 이상하다 싶어서 전구를 뽑아 보니 15와트짜리였다. 나는, 당연히 그래도 되는 줄 알고 상점에서 100와트짜리를 사다 갈아 끼웠다. 하지만 청소부가 보고했던 모양인지, 하 사장은 특별히 봐준다면서 손수 30와트를 가져다 끼워주었다. 60와트로 절충을 시도하자 하 사장은 나에게 고향이 어디냐고 물었다. 그것은 왜요. 하고 내가 물었다. 그는, 호롱불 켜놓고 살던 시절을 생각하자고 했다.

외국인 전용이다시피 한 객실 20개짜리 호텔의 상근 직원이 하 사장 자신과 청소부 한 사람뿐이라는 것도 내게는 믿어지지 않았다. 아니다. 정확하게 말하자면 둘뿐이었던 것은 아니다. 호텔에는 자원 봉사자들이면서도 제복 차림으로 일을 거드는 대학생 둘이 더 있었다. 하 사장은, 외국인 투숙객의 심부름도 하고 가이드도 하면서 외국어 익히는 재미로 호텔에서 무료 봉사하는 두 대학생을 하인처럼 부려먹으면서도, 다음부터는 영어 회화 연습료로 한 달에 30만원씩 낼 수 있는 대학생만 자원 봉사자로 뽑겠다고 생색을 냄으로써 무료 봉사하는 대학생들을 매우 초조하게 만들고는 했다. 하 사장은 무료 봉사하는 대학생들에게, 일본어과 학생 하나가 일본에서 온 여대생의 경주 관광 가이드를 하다가 정이 들어 결혼에 성공함으로써 효고켄兵庫縣 지주의 사위가 된 사건을 간간이 들려주는 것도 게을리 하지 않았다. 하 사장이 나를 뭐라고 소개했는지 밤이면 외국인 손님들이 맥주를 사들고 내 방을 기웃거리고는 했다. 내 방은 오래지 않아 호텔 에스페랑스의 홍보실이 되었다. 외국인 전용 호텔을 기웃거리는 외사계外査係 형사들은 내가 산 맥주를 마시면서도 나에 대한 직업적인 호기심은 굳이 숨기려 하지 않았다.

하 사장은 무서운 환경보호주의자, 철저한 재활용주의자였다. 식육점 안주인의 말 그대로였다. 호텔의 창고에는 외국 손님들이 유기遺棄 했거나 잊어버리고 간 무수한 우산, 운동화, 슬리퍼, 옷가지, 모자 등속이 연도별로, 월별로 정리되어 있었다. 그는 2년간 보관했다가 주인이 나타나지 않으면 깨끗이 손질해서 팔거나 다른 사람에게 넘겨준다고 했다.

안채 살림집에 사는 그의 아내는 남편의 엄명에 따라 냅킨, 키친타월 같은 일회용품은 쓸 수 없었다. 반드시 젖은 행주나 마른 행주만 써야 했다. 손님들이 버리고 간 종이 잔이나 종이 접시는 몇 번이 되었든, 부서질 때까지 씻어서 쓰기를 되풀이하지 않으면 안 되었다.

객실의 침대보를 걷어 와 세탁기에다 넣고 돌리는 사람은 그의 아내나 청소부지만, 세탁기 옆에 있는 상자의 자물쇠를 따고 세제를 정확하게 계량해서 퍼내어 주는 사람은 하 사장이었다. 과연 그는 미투리 방망이였다. 부엌 세제도 허용되어 있지 않았다. 그의 아내는 밀가루를 풀었는지 석회를 풀었는지 희뿌연 자가 제조 세제로 그릇을 닦으면서 나에게, 강물은 맑아질지 몰라도 마누라는 죽어난다, 고 푸념하고는 했다.

객실의 양변기 물통 속에는, 하 사장이 철거 현장에서 주워 온 벽돌이 두 개씩 들어 있었다. 호텔 에스페랑스는 이로써 하루에만 60리터의 물을 절약하고 있다고 했지만, 식육점 안주인의 재종 동생이라는 청소부는 이 때문에 변기 청소하기가 힘들다고 죽는 소리를 했다.

대학생 자원 봉사자 하나는 하 사장을 좋게 말하지 않았다. 한 일주일 가량 낯을 익히게 되었을 때 그 대학생은 나에게 이런 얘기를 들려주었다.

"우리 하 사장님과 함께 일본인 관광객 둘 데리고 안압지에 놀러 갔을 때의 일입니다. 제가 왜 따라갔느냐고요? 짐이 무거웠거든요. 하 사장님은 절대로 매식買食 안 해요. 그런데 그 날은 어쩐 일인지 안압지에 있는 매점 앞으로 가더라고요. 매점 앞 의자에다 우리를 앉혀 두고는 매점 안으로 들어가십디다. 제가 속으로, 저 어른이 오늘은 웬일인가 싶어서 가만히 보고 있노라니, 하 사장님이 매점에서 빈손으로 다시 나오시는 거예요. 점원이 매점 안에 없었던 모양이에요. 하 사장이 손짓하는 쪽을 보니까 점원이 매점에서 한 3백 미터 되는 곳에서 자전거를 손보고 있다가 매점 쪽으로 막 뛰어오는 겁니다. 점원이 숨을 고르면서 하 사장님께, 뭘 드릴까요, 하더군요. 하 사장님이 뭐라고 했는지 아세요?"

"……"

"야야, 병따개 좀 빌려도고. 콜라는 가지고 왔는데 병따개 가져오는 걸 잊었구나."

하 사장의 하루 일과를 보면 그가 얼마나 정확한 사람인지 알 수 있다.

그가 잠자리에서 일어나는 시각은, 환갑노인으로는 조금 늦은 아침 7시다. 밤늦게까지 자기 호텔을 찾아 들어오는 외국인 손님들을 받고, 새벽 1시에 아크릴 간판의 불을 끈 뒤에야 잠자리에 들기 때문이다.

그는 아침에 네 가지 운동을 한다.

맨 먼저 하는 죽도竹刀 휘두르기는 혹 호텔에 침입할지도 모르는 강도의 머리를, 항상 그의 곁에 있는 40센티 길이의 미국제 맥클라이트 손전등으로 정확하게 가격하기 위한 운동이다.

노인에게 전혀 어울리지 않는 샌드백치기는 근접 거리에서 맞닥뜨린 강도를, 라이트 잽과 레프트 잽에 이어 라이트 훅으로 때려눕히기 위한 운동이다. 또 하나 그가 자주 하는 운동은 이른바 '맥 짚기'다. 호텔 뒤뜰에 있는 커다란 은행나무 둥치에는 50여 개의 흰점이 찍혀 있다. 그는 이 은행나무를 등지고 서서 한동안 숨을 고르고 기를 모은다. 그러다가 휙 돌아서면서 손가락 끝으로 서너 개의 흰 페인트 자국을 팍팍팍 차례로 찍는데 그 세기와 정확도가 상당해 보였다. 나는 한동안 설명을 듣고서야 그가 말하는 '맥 짚기'가 급소 누르기라는 것을 알았다. 손전등도 가까이 없고, 라이트 훅으로도 제압이 안 되는 적은 바로 이 맥 짚기로 무력화시킬 수 있다고 그는 주장했다.

그는 엎드려 팔굽혀펴기는 자그마치 60회나 할 수 있었다. 그냥 굽히고 펴기가 심심했던지, 이따금씩은 팔을 폈다가 다시 굽히기 전에 손뼉을 한 차례씩 치는 묘기도 보여 주고는 했다. 하사장의 체력이나 그 체력을 단련하는 끈기가 부럽기는 했지만, 주위 사람들을 모두 도둑이나 강도로 일단 간주하고 보는 태도는 조금 언짢았다. 운동이 끝나면 20년 동안 한 번도 걸러 본 적이 없다는 냉수욕을 하고 조반을 드는데, 조반은 늘 두 쪽의 떡과 한 접시의 과일이다. 그는, 전날 술을 많이 마셔서 위장을 혹사한 사람만이 아침에 시원한 국을 찾는다고 했다. 그는 이렇게 간단한 조반을 들고 나서는 청소부와 함께 객실 청소를 시작하는데, 객실이 비는 순서대로 청소를 마치면 정오가 된다. 진공청소기 같은 것은 '없다.' 청소부는 이 점이 불편해서 몇 년 동안이나 청소기를 요구하지만 하 사장은 꿈쩍도 않는다. 빗자루와 쓰레받기와 먼지털이…… 2천 원이면 뒤집어쓴다는 이유에서다.

점심상에 오르는 것은 이른바 정규 식단과 건강식이다. 이 건강식은 유행에 지극히 민감하다. 매스컴이, 콩이 좋다고 할 때는 콩, 케일이 좋다고 할 때는 케일이 오른다. 알로에가 좋다고 할 때는 알로에가 오르고 북어가 공해에 대한 면역성을 강화한다고 할 때는 황태국이 오른다.

프런트 바로 뒤에 있는 그의 집무실에는 그만을 위한 소형 냉장고가 따로 있다. 냉장고 안에는 생콩가루, 송홧가루, 들깨가루 등속의 건강식이 든 병이 깔끔하게 정돈되어 있다. 신문과 방송이, 적포도주가 심장병 예방에 도움이 된다고 보도한 뒤부터는 술을 멀리하던 그도 포도주를 반주로 한 잔씩 들고는 한다.

그는, 공해 식품을 생산한다는 단 한 가지 이유에서 농부들을 증오한다. 그는 공해 식품을 판매한다는 단 한 가지 이유에서 시장의 장사치들을 증오한다. 그가 아는 한, 그이 채마밭에서 생산되지 않은 모든 식품, 그의 소형 냉장고 밖에 있는 이 세상의 모든 식품은 공해 식품이다. 이것이 그가 절대로 외식을 하지 않는 소이연이다. 나는 딱 두 번 그를 데리고 나가 정말 공해 식품은 입에 대지 않는지 시험해 보았다. 결과는 희망적이었다. 그에게는 공해 식품이라도 값을 자기 주머니에서 치르지 않으면 좋은 공해 식품으로 평가 하는 경향이 있는 것처럼 보였다.

오후 3시가 되면 뜀박질에 나선다. 1분의 오차도 없다. 미리 준비하고 시계를 보고 있다가 시침과 분침이 직각이 되면 뛰기 시작하기 때문이다.

뜀박질에 나설 때마다 그는 목걸이를 하나 찬다. 목걸이에는 다음과 같은 글귀가 쓰여 있다.

'이 사람이 교통사고를 당하면 다음 순서대로 연락을 취해 주시압. 첫째, 호텔 에스페랑스, 전화 경주 72-34XX, 이 번호에 사람이 업슬 시에는 내 아우 하순호, 경주 72-56XX, 그래도 통화가 안 될 시에는 내 아들 하정접, 대구, 지역 번호 (053) 734-45XX. 그러면 후사하겠습니다.'

그에게 호텔 바깥은, 빵소니 운전자가 난무하는 지옥이다. 그런데도 불구하고 그는 뜀박질에 나설 때마다 이어폰을 귀에다 꽂고 뛴다. 말하자면 뛰면서도 외국어 듣기 연습을 하는 것이다. 나는 몇 번이고 이어폰 귀에다 꽂고 뛰지 않도록 만류했지만 그는 시간이 아깝다면서 듣지 않았다. 시간과 돈의 절약에 대한 그의 병적인 집착은 종종 나를 안타깝게 만들고는 했다.

그가 삶을 참 어렵게 산다는 생각이 들기도 했다.

뜀박질, 외국어 듣기 연습, 교통지옥 헤쳐가기는 상호 모순 관계로 복잡하게 얽혀 있는데도 불구하고 그는 이 세 가지 중 어느 것도 그만두려 하지 않았다. 굳이 말하자면 그가 교통사고의 위험보다 더 무서워하는 것은 비만인 것 같았다. 하지만 그것 또한 상호 모순되어 보였다. 그는 연세가 많은 데다가 섭취하는 동물성 단백질이 거의 없어서 비만을 걱정할 필요가 없는 데도 불구하고 귀에는 이어폰을 꽂고 목에는 만약의 사태에 대비해서 목걸이를 걸고 차도로 나섰으니, 이것을 어떻게 설명해야 할 것인가.

나는 언젠가 그 전투적인 6킬로미터 뜀박질을 그만두라고 충고한 적이 있다. 체중과, 뛸 때의 일시적인 충격을 이기지 못해 60년 동안이나 써온 그의 다리의 정강이가 바깥쪽으로 심하게 휘어지고 있었기 때문이다.

그를 알아보는 많은 사람들은 그가 지나가면 시계를 본다. 그가 정확하게 3시에 호텔을 떠나는 것은 그런 사람들을 실망시키지 않기 위해서인 것으로 보였다. 뜀박질에서 돌아오는 시각은 정확하게 4시30분. 다시 한 번 냉수욕을 한다. 그가 심한 건성 습진에 시달리는 것은 지나치게 잦은 목욕과 무관하지 않을 것 같았다.

5시에는, 집 안에서 하는 외국어 공부가 시작된다. 병적인 절약가인 그도 외국어 공부에는 꽤 많은 돈을 쓰는 것 같다. 그에게는 외국어 공부에 전용되는 VCR과 모니터, 녹음기, CD 플레이어 등속이 마련되어 있다. 그의 아내가 녹화해 둔 교육방송의 외국어 프로그램을 시청하는 것도 이때다. 그의 집무실에는 영어, 불어, 독어 테이프가 서가 하나를 채우고 있다. 최근에 들어서는 중국어 테이프가 보이기 시작했어요, 하고 온몸으로 자원봉사하는 대학생은 말했다.

7시 40분에는 소형 야마하 전자 오르간 연주를 시작한다. 왼손을 쓸 줄을 몰라서 오른쪽 손으로만 연주한다. 그의 연주 곡목에는 흘러간 옛 노래와 일본의 유행가가 포함되어 있다. 박자 같은 것은 쥐뿔이다. 쉼표 들어가 있는 부분에서는 같은 키를 4분의 1박자 속도로 연속으로 누른다.

8시가 가까워지면 그의 아내가 저녁상을 집무실로 들고 들어간다. 그의 아내는 시간 요량을 잘하지 못해 7시 50분에 저녁상을 들고 들어갈 경우에는, 남편의 뒷모습을 바라보면서 정확하게 10분을 기다려야 한다. 8시 정각이 되기 전에 그가 오르간 연습을 마치는 법은 절대로 없다. 그는, 침을 삼키며 기다리는 아내를 위해 한 1분쯤 당겨서 연습을 끝내어 주는 인심 같은 것은 절대로 베풀어 주지 않는다. 환갑이 다 된 그의 아내는 아미를 나직이 한 채 밥상 앞에 앉아 기다리면서 눈물을 보일 때도 있다.

식사 후에는 본격적인 손님받기가 시작된다. 헛짓하러 들어오는 '시간손님' 이 싸개를 맞거나 문전박대를 당하는 것은 물론이다. 스무 개의 객실은 외국인에게 우선 배정된다. 대개의 경우, 내국인 손님들은 퇴짜를 맞는다. 내국인들은 방을 지저분하게 쓰고, 걸핏하면 술을 마시고, 시끄럽게 굴고, 이것저것 심부름이나 시키려 들고, 물과 전기를 아낄 줄 모르기 때문이다. 하지만 외국인 손님이 뜸할 경우 방을 비워 둘 수는 없다. 그래서 9시부터 하 사장의 신경은 날카로워진다. 되도록이면 많은 외국인으로 채우되, 빈 방이 생길 경우에는 10시부터 내국인도 슬슬 받기 시작하는, 말하자면 내국인으로 빈 방을 채우는 타이밍을 절묘하게 잡아야 하기 때문이다. 그 타이밍을 잡는 노하우는 하 사장의 경영 비법이다. 하지만 이 경영 비법은 새벽 1시까지만 유효하다. 새벽 1시가 되면 하 사장은 문을 잠그고 잠자리에 든다. 이 시각이 지나면 '경주 시장이 와도 택도 없다.'

하루는 국문과 교수인 내 친구 하나가 경주에 세미나 참석차 서울에서 내려왔다가 나에게 연락을 취한 적이 있다. 친구는 나와 밖에서 함께 저녁을 먹고는 혼자 밤차로 상경했다.

친구와 함께 술 한 잔 마시고 들어온 나에게 하 사장이 물었다.

그는, 머리카락이 희끗희끗한 것만 보고는 나에게 예대하다가 내 나이를 알고부터는 칼로 자르듯이 이 서방, 이 서방 해가면서 하게를 했다. 이 서방이라는 말이 비칭卑稱에 가깝기는 하지만 경상도에서는 이물 없는 호칭으로 자주 쓰이고는 했다. 옛날식으로 족보를 따지자면 그와 나는 한 스승을 모신 사이, 따라서 내가 그의 사제師弟가 되는 만큼 그런 것으로 기분 상해할 일은 아니었다.

"친구 분, 어떤 분이신가?"

"공부를 참 많이 한 분이지요. 지금도 공부를 계속하고 있고요. 직업이 교수이기는 합니다만 저 나이 되기까지 줄기차게 공부하고 있는 사람은 많지 않지요."

"어느 대학을 나왔는데?"

나는 아무 생각 없이, 그 친구가 졸업한, 서울에서는 일류 축에 들지 못하는 아무개 대학의 이름을 대었다.

"에이, 머리가 나쁜 사람이구만."

"네?"

"머리가 나쁜 양반이라고…."

"머리가 나쁜 사람이 아닌데요?"

"에이, 머리가 좋은 사람이라면 서울대학을 나왔지 그 대학을 나왔을 턱이 있나? 머리 나쁜 양반이 공부한다고 고생을 많이 했겠어."

"머리가 나쁜 게 아니고, 고등학교 다닐 때 친구들끼리 어울려 다니느라고, 아니면 대학 입학시험과는 무관한 소설책 같은 걸 읽느라고 공부를 많이 못 했기 때문일 수도 있지 않겠어요?

"지금은 어느 대학 교수인가?"

"모교에 남았는데 왜요?"

"거 보게. 머리가 좋은 사람이었다면 대학은 비록 삼류 대학을 나와도 교수 질은 일류 대학에서 할 것 아니겠느냐고?"

여기서부터는 나도 슬슬 약이 오르기 시작했다. 당신은 그럼 어느 대학 나왔소, 하는 소리가 입가를 맴돌았지만 꾹 참았다. 하 사장 성미 건드려 득 될 것이 없다 싶어서였다.

"아니, 하 사장님, 삼류 대학 나온 사람은 머리가 나쁜 사람인가요? 삼류 대학 교수는 모두 머리가 나쁜 사람인가요?"

"나는 그렇다고 봐."

"그렇지가 않지요. 세상에는 문리가 일찍 트이는 사람이 있고 늦게 트이는 사람이 있지 않겠어요? 대학은 4년 동안만 가르치고는 내보내는 데 아닌가요? 하지만 공부는 평생을 하는 것이지요. 서울대학을 나와도 공부에 게으르면 성취가 없을 수도 있고, 삼류 대학을 나와도 공부 열심히 하면 큰 것을 성취할 수도 있는 것 아닌가요? 제 친구는 비록 그 대학을 나와 그 대학 강단에 서 있지만 제가 보기에는 대학을 졸업하고도 근 30년간 피를 말리면서 공부한 사람이라고요."

"나는 통념을 말했을 뿐인데, 되게 섭섭해 하네?"

"굉장히 섭섭한 통념이네요? 섭섭하지 않고요? 저도 서울대학을 나온 사람이 아닙니다. 하 사장님도 서울대학 나온 분이 아니지요? 그렇다면 우리 둘 다 머리가 나쁜 사람들인가요?"

"우리 때는 아무나 대학 가는 때가 아니었다네. 나는, 모르기는 하지만, 대학에 갈 수 있었다면 서울대학 갔을 거라. 그리고 자네도 서울대학을 나오지 못했다고는 하지만 미국 대학에서 일하는 걸 보면 머리가 안 돌아가는 사람이라고는 못 하지. 내가 영어 공부를 해봐서 알지만, 영어, 그거 아무나 하는 게 아니더라고."

"……."

이것이 그의 견줄 데 없이 명쾌한 결론이었다. 그에게 서울대학을 나오지 못한 사람은 머리 나쁜 사람, 외국에 유학하지 못한 사람은 머리가 안 돌아가는 사람이었다.

바야흐로 일모 선생께서 말씀하시던 '공부 같은 공부'가 시작될 모양이었다.

해남 대흥사에 있던 내 친구 지명 스님이 경주로 전화를 걸었던 일이 있다. 지명 스님으로부터 어째 미국 있을 때보다 얼굴 보기 어려우냐는 푸념을 듣고 돌아서는데 뒤에 하 사장이 있었다. 내 말에 절집 사투리가 섞여 있는 것에 호기심이 생겨 통화 내용에 귀를 기울이고 있었던 모양이다.

"이 서방에게 스님 친구도 있었나?"

"스님뿐만 아니고요, 목사 친구도 있고 신부 친구도 있답니다. 종교에 귀의한 사람들, 참 용기 있는 사람들이에요. 특히 우리 지명 스님, 참 공부를 착실히 쌓아 가는 사람이랍니다."

"그 스님, 어느 절에 계시는가?"

"해남 대흥사에 계시는데요?"

" 해남이라면 전라도가 아닌가?"

"그렇죠."

"공부를 많이 한 사람이 어째 전라도 해남 대흥사에 있나? 서울 조계사에 있어야지……"

"에이, 대흥사도 대찰大刹이에요."

"그래도 중들의 중앙청은 역시 조계사 아닌가?"

"스님들에게 중앙청이 어디 있어요? 그거 싫다고 떠난 사람들인데."

"그래서 가짜가 많다고……"

"네?"

"책은 많이 썼는가?"

"책이라뇨?"

"스님들이 책 많이 쓰지 않나, 요즘?"

"에이, 지명 스님은 그런 거 안 써요."

"그러면 테레비에는 나와?"

"테레비에도 안 나와요. 지명 스님, 그런 거 할 사람이 아니에요."

"그러면 라디오에는? 요새는 불교방송이라는 라디오 방송도 생겼다는데?"

"나대는 스님이 아니라니까요."

"에이, 그러면 공부 많이 한 스님이 아니야."

"네?"

그는 내 인내를 시험해 보기로 작정했던 모양인가? 이유 없이 따귀를 한 대 맞은 느낌이었다. 나는 숨결을 가다듬었다.

"……여보게, 이 서방. 감천선갈甘泉先渴이라는 옛말 아는가? 물 좋은 샘이 먼저 마른다는 뜻이네만……."

"그것과는 다르죠."

"뭐가 달라? 그렇게 공부를 많이 한 스님이면 신문과 테레비와 라디오가 그냥 두었을 리 없지 않겠나?"

나는, 정말이지 가만히 있을 수가 없었다.

"이 세상에는 학생을 가르치는 교수도 있고, 더 잘 가르칠 수 있도록 그런 교수를 가르치는 교수도 있어요. 이 세상에는 중생을 제도하는 스님도 있고 더 잘 제도할 수 있도록 그런 스님을 가르치는 스님도 있어요. 텔레비전 시청자나 라디오 청취자에게 적합한 지식을 가진 사람도 있고, 텔레비전이나 라디오에 나갈 사람을 가르치는 사람도 있어요."

"에이, 그것은 못 나간 사람들이 만들어 낸 변명이야."

"저 같은 사람들이 말인가요?"

"그렇다면 테레비에 나오는 사람들이 한 수 아래라는 말인가?"

"그렇게는 말하지 않았어요……."

내가 열자列子 이야기로 설명을 시도한 것이 불찰이었다.

"……열자라는 사람이 있었는데 말이지요, 이 양반이 산에서 백혼 무인이라는 스승을 모시고 공부하다가 공부가 좀 된 것 같아서 산을 내려왔답니다. 마을로 내려와 주막에 들어서서 술과 밥을 시켰는데, 주모는, 기다리는 손님이 많은데도 불구하고 열자에게 먼저 술과 밥을 내어오더랍니다. 그래서 열자가 물었지요? 기다리는 사람이 많은데, 왜 내게 먼저 가져다 주는 것이오? 그러자 주모가 이러더랍니다. '아무래도 공부를 많이 한 어른 같아서 특별히 먼저 가져다 드리는 겁니다…….' 공부한 것이 얼굴에 비치는 것을 보니 아직 공부가 덜 된 모양이다. 주모의 말을 들은 열자는 이렇게 생각하고는 다시 산을 오르지요. 이런 공부를 쌓아 가는 사람도 있는 법입니다.”

“에이, 이 사람이 하나만 알고 둘은 모르시는군…… 열자 얘기 마침 잘 했네. 열자는 자네만 배운 것이 아닐세. 나도 일모 안영세 선생님으로부터 귀에 딱지가 앉게 들어서 배웠네. 내가 배운 열자는 그렇게 훌륭한 사람이 아니더라고. 열자의 선생은 열자 집 앞까지 왔다가 섬돌에 신발이 여러 켤레 놓인 것을 보고는 돌아갔네. 기어이 제 재주를 드러내고 말았구나, 하면서……. 이 사람, 자네는 지금 테레비나 라디오에서 인기 있는 교수나 스님을 전혀 인정할 수 없다는 말본새인데, 열자를 보게. 그렇게 공부했어도 결국은 그 공부 한 것을 드러내게 되었고, 그래서 마을 사람들이 그 집에 모인 것이 아니겠느냐고? 자네, 열자 아는 것을 보니 주머니 속의 송곳[囊中之錐]이라는 말도 알겠구만. 어서 공부해서 자네 주머니의 송곳도 어디 한번 비어져 나오게 해 보게. 그러면 텔레비에서 라디오에서 부를 테니까…….”

“…….”

“내가 아주 솔직하게 말하지. 나는 한때 절에 다닌 적이 있네. 죽어서 지옥에 가는 것이 무서워서 한동안 다닌 적이 있네. 그러다가 중들이 밥버러지들이라는 것을 알고부터는 그만두고 말았어. 시주 밥값을 해야 할 것이 아니겠느냐고? 자네 친구라는 그 중도 전라도에 처박혀 있지 말고 테레비나 라디오에 나와서 중생 제도 좀 해봐야 할 것이 아니겠느냐고? 밥값을 좀 해봐야 할 것이 아니겠느냐고……."

"……."

마주 앉아서 이물 없이 이야기를 나누는 시간이 나에게는 늘 '공부다운 공부'를 하는 시간이었다.

평소에 존경하던 국무총리가 골초라는 신문 가십을 읽고 하 사장이 혼란에 빠지는 걸 옆에서 지켜본 적이 있다. 철저한 금연주의자인 하 사장에게는, 담배를 피우는 사람은 무조건 의지가 박약한 자라고 정의하는 습관이 있었다. 그런 그에게 담배도 끊지 못하는 의지박약한 인간이 국무총리가 되는 사태는 얼마나 황당했을 것인가? 그런 그에게, 일모 선생이 담배를 끊었다고 선언하고도 이따금씩 한 대씩 몰래 피운다는 말은 할 수가 없었다. 틀림없이 심한 소화불량 증세를 보일 터이기 때문이었다.

내가 쓰던 방은 일층에 있는 10개의 객실 중 프런트에서 가장 멀리 떨어져 있었다. 작업은 주로 야간에 하는 버릇 때문에, 한밤중에 밖으로 나가야 할 일이 심심찮게 생기고는 했다. 경주는 관광 도시여서 자정을 넘긴 시각에도 문을 열어 두는 가게가 많았다. 나는 일이 제대로 풀려 나가지 않을 때면 밖으로 나가 포장집도 기웃거려보고, '소주 창고'라는 이름이 다소 무지막지한 실내 포장집도 기웃거리고는 했다.

하지만 새벽 1시가 되면 하 사장이 정문을 잠가 버리는 통에 이러기가 쉽지 않았다. 따라서 밤나들이는 늦어도 새벽 1시에는 끝나야 했다. 다행히도 내 방 뒤에는 쪽문이 하나 있었다. 나는 하 사장에게 사정을 말하고 쪽문 열쇠를 넘겨줄 수 없겠느냐고 청을 넣어 보았다. 그는 좋을 대로 하라면서 열쇠를 내게 넘겨주었다.

덕분에 나는 새벽 1시 이후에도 밤나들이 하는 자유를 누릴 수 있었다. 그러나 이 밤나들이는 하 사장이 새벽 2시에 내 방을 급습하는 사건과 함께 끝났다.

문제의 사건이 터진 밤. 포장마차에서 조금 길게 마신 술의 취기가 견디기 어려워서 나는 일찍 잠자리에 들었다. 설핏 잠이 드는 중인데 누군가가 주먹으로 문을 치는 소리가 들렸다. 다른 방문을 두드리는 소리이겠거니 하고 돌아눕는 찰나 문이 열렸다. 일어나 불을 켜지 않을 수 없었다. 하 사장이 신발을 신은 채로 뛰어 들어와 있었다. 내 방은 온돌방이어서 신발을 신은 채로 뛰어 들어오는 데가 아니었다.

하 사장은 휘둥그레진 눈으로 내 방 안으로 두리번거렸다.

"왜 그러세요?"

"……."

"왜 그러시냐니까? 도둑이 들었어요?"

"아무것도 아닐세. 미안하네, 어서 자게."

나는 조금 난폭한 순찰에 걸려든 모양이라고 생각했다.

다음날 나는 청소하는 아주머니에게 지나가는 말로, 하 사장이 간밤에 '마스터 키'로 내 문을 따고 들어왔는데, 더러 그러느냐고 물어 보았다.

청소부는 싱긋이 웃으면서 이런 말을 했다.

"불심 검문이죠, 뭐."

"불심 검문이라니? 주인이?"

"장기 투숙자들은 다 한 번씩 당해요."

"세상에……."

"사장님이 실적을 올릴 때도 있대요."

"……."

"쪽문 열쇠 넘겨달라는 부탁, 하시는 게 아닌데 그랬어요. 한밤중에 살그머니 여자 데리고 들어와 자려고 그러는 줄 알았을 거예요."

그와 내가 사사건건 정면으로 부딪친 예는 이루 다 헤아리기 어렵다.

신문 기사나 방송 보도에 대한 것만 해도 그렇다.

한번은 조기 유학생의 탈선 상황을 보도한 신문을 들고 나를 찾아와 시퍼렇게 화를 낸 적이 있다. 나는 신문 기획 기사의 방향이 그렇게 잡혔을 것이고 기자의 시각이 그랬던 것일 뿐 실제와는 많이 다르다고 설명했다.

그의 논리는 단순명쾌했다.

“그러면 신문이 거짓말을 한다는 말인가?”

“신문이 거짓말을 할 리는 없겠지만 기획 기사의 방향이 이따금씩 사실과 다를 때가 있기는 합니다. 실제로 많은 조기 유학생들이 탈선하는 사례가 있기는 합니다만 그것은 특정 지역의 특수 사정인 경우가 많습니다.”

“방송도 비슷한 보도를 하던데, 그러면 방송이 거짓말을 한다는 말인가?”

“거짓말을 한다는 것이 아니고…….”

“사법고시, 행정고시, 외무고시, 언론고시라는 말도 못 들어보았는가? 언론사 들어가기가 판검사 되기보다 어렵다고 하는데 그렇게 어렵사리 언론사 들어가서 그러면 거짓 기사나 쓰고 있다는 말인가? 중앙 일간지는 서울대학 안 나오면 들어가기 어렵다고 하는데, 그럼 서울대학 나와 신문기자 된 사람들이 겨우 거짓말이나 하고 있다는 말인가? 그렇다면 이것은 중대한 문제가 아닌가…….”

신문이나 방송에 대한 그의 믿음은 거의 맹신적이었다.

나는 어느 신문기자로부터, 신문사 간의 경쟁이 극심해지고부터는 매일같이 다소 선정성이 있는 추측 기사를 쓰고 싶다는 유혹을 느끼게 되고, 실제로 몇 번은 그 유혹에 넘어간 적이 있다는 고백을 들은 적이 있다. 뿐만 아니다. 정론正論을 지향해야 한다는 것을 알면서도 경쟁사와 자사自社의 형편 때문에 때로는 추측 기사로 이해 당사자를 견제해야 할 때도 있다는 고백도 들은 적이 있다. 하지만 나는 그에게 그 신문기자의 고뇌에 찬 고백을 전해 줄 수가 없었다.

그는 사물을 그만의 독특한 방법을 통해서만 읽는 사람으로 보였다. 그는 설명을 길게 하는 법이 없었다. 그는 어떤 사물로부터 뼈를 취하는 것도 살을 취하는 것도 골수를 취하는 것도 아닌, 그저 그 사물에서 받은 자기의 인상만을 취해서 간직하는 사람 같았다.

내가 되지 못하게도 사람이 살면서 하게 되는 생각에 민감해서 그랬던 것일까?

그와의 대화는 시작되기가 무섭게 나에게는 하나씩의 상처가 되고는 했다.

돈에 관한 한, 천민 졸부가 극성을 부리는 이 시대를 위하여 검박한 삶의 본을 보이는, 희귀한 미덕의 소유자. 하지만 정신의 경우, 어쩐지 단 하나의 잣대로만 세계의 모습을 해석하는 듯한 모노코드 난수표의 소유자, 인식의 지평 넓히기를 한사코 거절하는 사람, 자기의 인식 너머 새로운 세계가 있음을 용인하기를 끝까지 거절하는 사람…… 당시의 내 메모에는, 하 사장에 대한 이런 인물평이 적혀 있다.

탈고가 되어 갈 즈음 나는 서울의 내 아파트에서 4년째 살고 있던 사람으로부터 전화를 받았다. 아들딸이 자라 초등학교 상급

학년이 되어 더 이상 한 방에다 재울 수 없는 형편인 만큼 서고를 다른 데로 옮겨 방을 비워 주지 않으면 부득이 방이 세 개인 집으로 이사 가지 않을 수 없다는 것이었다.

내게는 미국에서의 스케줄 때문에 그 사람을 내보내고, 내 조건에 맞는 다른 사람을 구해 입주시킬 시간이 없었다. 나는 나름대로 계산을 놓아 보았다. 일 년에 한두 차례 서울로 들어와 호텔에서 두어 달씩 묵는 비용의 곱절이면 하 사장 호텔의 방 하나를 일 년쯤 장기 임대하는 것도 가능할 것 같았다. 서울에 있는 책을 모조리 실어 내려와 호텔에다 서재라도 하나 꾸며 놓으면 특정한 책이 책더미에 들어 있는 것을 뻔히 알면서도 꺼낼 수가 없어서 다시 사는 불필요한 낭비도 줄일 수 있을 터였다.

내가 하 사장을 천박한 수전노, 구제 불능의 외눈박이로 보았던 것은 사실이다. 그와의 대화에서 무수한 상처를 경험했던 것도 사실이다. 하지만 그에게 그런 약점을 덮어 줄 만한 강점 또한 있다고 생각한 것도 사실이다. 하 사장은 일모 선생의 애제자가 아니었어도, 검소하고 질박하게 사는 이치를 터득한 사람이라는 것은 부정하기 어려웠다. 그가 지닌 부정적인 측면은 내 쪽의 부정적인 시각 때문에 실제 이상으로 과장되어 보였을 것이라는 생각도 들었다.

나는 하 사장에게 나의 계획을 털어놓았다.

그는 내가 제안한 것보다 훨씬 합리적인 절충안을 내어놓았다.

"자네가 서재를 꾸며 놓으면 일 년 중 10개월은 빈 방으로 있을 텐데. 이건 국가적인 낭비야, 낭비. 그러니까 이렇게 하세. 내가 제일 큰 한식 방을 내어 줄 테니까 거기에다 서재를 만들게. 대신, 두 가지 조건이 있네. 자네가 와 있지 않을 동안, 성수기에 손님이 넘치면 그 방에도 손님을 들이기로 하겠네. 내국인은 절대 들이지 않겠다고 약속하겠네. 내국인은, 이물 없게 여겨서 그런지 남의 물건에 손대는 것을 별로 두렵게 생각하지 않거든. 내가 오랜 경험을 통해서 알게 된 것인데, 유럽인과 유태인은 절대로 남의 물건에 손을 대지 않아. 그러니까 그런 사람만 들이기로 약속하지. 그리고 또 하나의 조건, 이것은 자네에게도 이익이 될 것이네만, 우리 호텔 방 사용료는 자네가 제안한 액수의 3분의 2만 받겠네."

일 년 전의 초여름 나는 서울에 있는 책을 경주로 실어내려 하 사장이 내어 준 널찍한 방에다 서재를 꾸몄다. 2,30년 동안 낯익었던 내 책의 알락달락한 책등을 5년 만에 재회하는 기분은 썩 괜찮은 것이었다. 나는 여러 권 가지런히 꽂힌 책의 책등을 보면 마음이 푸근해지고는 한다. 모르기는 하지만 책에 대한 나의 이러한 심적 태도에는 책에 의존하고 싶어 하는, 말하자면 애정의 거품 같은 것 또한 없지 않을 것이다.

오랜 세월 공을 들인 문제의 책이 출간된 것은 작년 8월 중순이다. 개학 날짜인 9월 1일까지 나는 미국으로 돌아가지 않으면 안 되었다. 새로 나온 책 싸들고 다니면서 그 동안 지게 된 책

빚을 갚는 자리는 거의 예외 없이 밤 술자리로 이어지는 법이다. 몇 차례의 신문 및 잡지의 인터뷰에도 응해야 했다. 나는 등을 떠밀리며 참석한 내 책 출판 기념회 술자리의 숙취에 시달리면서 비행기에 오르지 않으면 안 되었다. 한 신문이 '배반낭자杯盤狼藉의 자리'라는 설명을 붙여 그 출판 기념회를 보도한 것이 화근일 것이라고 나는 생각한다.

애초의 계획과는 달리 나는 작년 겨울에도 올 봄에도 귀국할 짬을 낼 수 없었다. 가을과 겨울에는 학술회의와 일련의 세미나 때문에 틈을 내기가 어려웠고 올 봄에는 경주에 서재를 마련하면서 쓴 비용이 계속해서 부담이 되는 바람에 여유를 무질러 내기가 힘들었기 때문이다. 가을에는 아주 영구 귀국하도록 짜여진 일정도 내 마음을 느긋하게 만들었기가 쉽다.

그렇게 느긋하게 영구 귀국을 준비하는 중에 뜻밖의 전화를 받았다.

일모 선생의 아들인 내 동기 동창생이었다.

"……내가 얼마 전에 무슨 모임이 있어서 경주 보문 관광단지에 다녀왔다. 아버님 당부하신 말씀도 있고 해서 호텔 에스페랑스에 들러 하 사장도 만나 뵈었다. 그런데 나는 호텔에 자네 서재가 있는 줄 알았는데 그런 것이 없어. 내가 하 사장에게 물어보았더니. 아무래도 방 그렇게 비우는 것은 낭비인 것 같아 박스에다 책을 넣어서 창고에다 보관하고 있다고 하더라. 자네와의 약속은 그게 아닌 것 같은데…… 무슨 일이 있었나? 어느 창고에 어떻게 보관되어 있는지는 확인하지 못했다. 하 사장 분위기가 워낙 심상찮아서…….”

나는 그제야 그 동안 하 사장에게 전화로나마 안부 한 번 여쭙지 못한 것을 깨달았다. 그래서 서둘러 하 사장에게 전화를 걸까 하다가 공연히 그의 불편한 심사만 들쑤셔 놓을 것 같아서 그만두기로 했다.

어디에다 보관하고 있을지 궁금했다.

내가 아는 한 호텔 창고에는, 5천 권이 넘는 내 책을 넣어 둘 만한 공간이 없었다. 한 군데 짚이는 데가 있기는 했다. 하지만 나는 하 사장에 대한 희망을 버리지 않으려고 했다. 그렇다고 해서 귀국 날짜까지 기다리고 있을 수는 없었다. 나는 영구 귀국을 석 달 앞두고 서둘러 일시 귀국하기 위해 비행기 표를 끊지 않으면 안 되었다.

서울에 도착하는 대로 조그만 오피스텔을 하나 빌렸다.

내 아파트는 돌려받을 때가 되지 않았을 뿐더러 내 쪽에서 준비도 되어 있지 않았다. 여행 가방 하나밖에는 아무것도, 정말 아무것도 없는 오피스텔 바닥에다 수건 한 장을 깔고 누워 나는 하 사장에게 전화를 걸었다.

호텔 뒤의 살림채 옆에는 재래식 화장실이 하나 있었다. 들어가면 수도꼭지가 고장 난 바람에 오줌버캐가 더께더께 앉은 누런 소변기가 하나 벽에 붙어 있고, 문을 열면 수세 시설이 되어 있지 않은 일본식 좌변기가 하나 있는 화장실이었다. 살림채에서 하 사장이나 외사계 형사들과 술을 마시다가 살림채 화장실이 내실內室과 너무 가까워서 부러 그 화장실을 이용한 적이 몇 번 있었다.

늦여름에는 귀뚜라미가 바닥에 시커멓게 기어 다니는 화장실이었다.

나는 그 화장실 냄새를 잊지 못한다.

지금도 내 곁에 있어서 잊을 수가 없는 것이다.

내 책을 넣은 상자는 그 화장실에 아무렇게나 쌓여 있었다. 종이상자에 손을 대어 보았다. 눅눅했다.

이삿짐센터에 전화를 걸어 트럭과 인부들을 불렀다. 화장실의 습기를 빨아들인 종이 상자가 책의 무게를 견디지 못해 운반 도중에 자주 터지고는 했다. 나는 책짐 싣는 시간을 줄이기 위해, 땅바닥에 떨어진 책을 트럭의 적재함 위로 던졌다. 눅눅해진 책에서 잘 썩은 똥 구린내가 났다. 청소부가 내 곁으로 다가와 귀띔해 주었다.

"작년에 서울에서 무슨 기념회가 열렸다면서요? 거기 부르지 않았다고 화가 난 거래요."

오랫동안 화장실 습기를 빨아들인 내 책 중에서 판형이 큰 책 몇 권은 책꽂이에 꽂아도 흐물거리는 바람에 홀로 서지도 못했다. 고급 아트 도판본圖版本은 책장이 서로 맞붙는 바람에 제대로 넘길 수도 없었다.

홀로는 서지도 못할 정도로 습기를 빨아들인 몇 권의 책, 오줌버캐에 절여진 듯 심하게 얼룩이 간 몇 권의 책은 내가 살아온 삶을 뒤돌아보게 했다. 나는 잠깐 링에서 싸우던 싸움을 중지하고 구석 자리로 돌아가 보아야 했다. 구석 자리에 놓인 코너 스툴로 돌아가 앉아 입 안에 고인 피도 좀 뱉고 물도 좀 마시고 싶었다. 그러고 있노라면 내 싸움터의 치프세컨드 일모 선생은 스툴에다 나를 앉히고 내 얼굴에 묻은 피를 닦아 주고, 트렁크 고무줄을 당겨 내 사타구니에 바람도 넣어 주고, 훈수도 해줄 터였다.

그래, 하 사장은 나쁜 놈이다. 자네가 드디어 하 사장 같은 인간의 정체를 읽어 내었구나. 또 하나의 숨은그림을 찾아 내었구나…… 나는 선생의 위로를 받고 싶었다.

"그래, 이 복중伏中에 미국에서 날아 들어와 똥서방을 차렸다며? 똥서방에겐 아무래도 술이 한잔 필요하겠다."

잘 익은 똥구린내가 등천을 하는 서울의 오피스텔에서 하룻밤을 새우고 바로 경산으로 내려간 나에게 일모 선생이 하신 말씀이다. 그분 외아들인 내 동기 동창이 술을 내어왔다.

"똥서방이 화가 몹시 난 모양이다. 우리도 오늘 일 작파하고 이 똥서방을 위로하자…… 능금 농사가 사람 농사만 할까…."

일모 선생이, 모자를 집어 들고 일어서려는 아들을 눌러 앉히면서 말을 이었다.

"……공부 같은 공부가 안 된 모양이네? 공부가 잘 된 사람 눈에서 눈물이 비칠 리 없지 않은가?

"죄송합니다."

"자네는 선비 대접을 이렇게 하는 세상을 원망하고 싶을 것이다. 그런가?"

"좀 그렇습니다."

"나는 자네가 하 사장을 이겨먹을 줄 알았다. 느물느물하게 다루어 낼 수 있을 것으로 생각했다. 자네는 하 사장을 어떻게 생각하나?"

"천박한 수전노, 병적인 양생주의자, 대롱으로 세상을 보는 대롱눈[管見]이라고 생각합니다."

"장강長江이 구부러지지 않을 수 없다는 옛말이 있다. 그래, 하 사장에게 그런 흠절이 있기는 하다. 그렇다면 자네는 하 사장 눈에 어떻게 비쳤을까?"

"……."

"자네 책을 화장실에 처넣은 것이 그 대답이라고는 할 수 없을까?"

"……."

"자네는 하 사장 찾아갈 때 고급 위스키도 사고, 요릿감 쇠고기도 사가지고 갔는가?"

"그렇게 했습니다."

"술도 많이 사다 마셨는가? 이따금씩 양주도 사다 마셨는가?"

"원래 제가 일을 집중적으로 할 때는 틈틈이 술을 좀 많이 먹습니다."

"맥주를 상자째 사다 놓고 외국 손님들과도 나누어 마시고 하 사장과도 나누어 마셨는가?"

"……."

"사람에게는 동물성 단백질도 필요하다면서 하 사장을 데리고 나가 한 상 떡 벌어지게 잘 대접한 일도 있는가?"

"네. 하도 깨작거려서 제가 본을 좀 보여 주었습니다."

"그래서 자네 책을 화장실에 처넣었다는 것은 아닐 것이다만 그렇게 생각할 수도 있는 것이 아니겠느냐, 이 말이다."

"저는 어린아이가 아닙니다. 하 사장 같은 사람으로부터 돈 쓰는 법을 배울 나이는 지났습니다."

"배울 나이가 지났다는 데 문제가 있다. 배울 나이가 지났는 데도 배우기를 거절했다는 데 문제가 있다. 자네는 너무 고상한 일을 하느라고 발 밑 분별을 제대로 하지 못한 셈인가. 자네는 하 사장 호텔에서 자네 주머니의 돈을 쓴 것이 아니다."

"……."

"우리가 자네의 한국 체재를 지원하지 않았는가?"

"……."

"홍청망청 쓰지는 않았겠지만 만일에 자네에게 그 정도 지출할 여유가 있었다면 우리 프로그램의 지원은 안 받는 것이 옳지 않겠는가?"

"……"

"사람이란, 이렇게 보기로 작정하면 이렇게 보이고 저렇게 보려고 작정하면 저렇게도 보이는 것이다. 자네가 화를 내고 있는 것은 이해한다. 하지만 자네가 화를 내고 있는 상황에는 하 사장에 대한 고려가 송두리째 빠져 있다. 자네는 하 사장을 지금과 같은 시각으로 보기로 작정한 것이다. 그래서 다른 쪽은 하나도 보이지 않았던 것이다. 자네는 말이야, 어떨 때 보면 공부를 좀 한 사람 같아도 어떨 때 보면 철부지도 그런 철부지가 없어."

"……"

"우리가 직선이라고 여기는 것이 과연 직선이겠는가? 혹시 곡선의 한 부분을 우리가, 자네 말마따나 대롱 시각으로 보고는 직선이라고 하는 것은 아닐 것인가? 자네는 혹시 큰 곡선을 작은 직선으로 본 것은 아닐 것인가."

전화기가 울린 것은 그때였다. 내 동기 동창이 수화기를 들고는 네, 안녕하셨습니까. 하고는 잠깐 망설이는 눈치를 보이면서 수화기를 선생께 내밀었다.

일모 선생이 수화기를 받아들었다. 내 귀에, 일모 선생 말씀밖에 들리지 않았던 것은 물론이다.

"응, 자넨가……."

"……."

"그래…… 내 그렇지 않아도……."

"……."

"…… 그렇지 않아도 야단치고 있네……."

"……."

"여보게 운담, 그게 누구 불찰이겠는가, 다 나의 불찰 아니겠는가…… 그러니까……."

너무 놀랐기 때문에 그랬을 것이다. 내 귀에는 일모 선생의 나머지 말씀이 들리지 않았다.

나는 그날 그 순간보다 더 참담했던 순간은 없어서 기억해 내지 못하겠다.

무서운 일이다.

잃어버린 물건이 내가 이미 뒷짐질해 본 곳에 있을 수도 있다는 것은.

봄날은 간다

"땅이 이렇게 넓으면 이게 수월찮게 들 텐데?"

내 작업실을 찾아온 민우 선배가 오른손 엄지와 검지를 구부려 동그라미를 만들어 보이면서 웃었다. 작업실 뒤쪽의 거친 들판을 둘러본 직후였다. 내 눈길은 자동적으로 동그라미로 쏠렸다.

"들겠지만 어쩝니까? 나무만이 희망일 것 같은데? 보람을 뒤쪽으로 안 내려면 이 방법밖에 없을 것 같은데요."

참으로 오랜만에, 어렵게어렵게 만났는데 경솔하게 겨우 시작부터 돈 이야긴가, 싶었다. 게다가 그가 보여준, 돈을 뜻하는 손동작은 그에게 너무도 안 어울렸다. 오래 안 보고 지냈는데 그동안 때가 묻은 모양인가? 학창 시절에는 우리들의 우정과 존경을 한 몸에 받던, 조금 과장해서 말하면 우상 노릇까지도 더러 하던 사람이었다. 하지만 우리가 서로 안부 모르는 채 산 세월이 너무 길었다. 가벼운 불안이 가슴을 잠깐 스쳐 지나갔다. 하지만 그것뿐이었다. 크게는 달라지지 않았으리라는 믿음이 불안을 지웠을 터이다. 오래 만나지 못했다고는 하나 돈 때문에 밀고 당기고 할 처지는, 적어도 내 쪽에서 보면 아니었다. 얼굴 붉힐 사이는 더더욱 아니었다. 다행히도 이어서 한 말 몇 마디가 듣기에 좋았다. 나는 방침을 정했다. 달라는 대로 주기로 했다. 사람들 중에는 상대가 어려워할 부탁은 절대로 하지 않는 사람이 있다. 학창 시절의 민우 선배가 바로 그런 사람이었다. 자신이 그런 부탁을 받는 경우, 말하자면 상당히 어렵게 발화發話된 부탁을 절대로 내치지 않는 사람 또한 민우 선배였다. 서로 헤어진 지 오래 되었지만 나는, 시세보다 조금 높게 매기더라도 그가 부르는 나무 값을 그대로 치르기로 했다.

"나무만이 희망이다…… 눈치 챘어? 도시 사람이 그거 눈치 채기 쉬운 일 아닌데?"

"눈치야 진작 챘지만, 애들 다 자라기 전에는 결행하기가 쉬운 일이 아니었을 뿐이지요."

"크기는? 설마 잔챙이 묘목 갖다 꽂자는 것은 아니지?"

"좀 따져보고요."

"경제성?"

"경제성은, 조림의 목적과는 아무 관계가 없다니까요. 따져봐야 할 것은…….”

“경제성 때문이 아니라면 따질 거 없어. 당신 나이 오십 줄이야. 묘목 심어서 언제 영화榮華 봐?”

“영화 볼 줄 몰라서 이러겠어요?”

“이십 대에 나무를 심으면, 그 나무로 이루어진 숲 속에서 오십 대를 보낼 수 있다. 적어도 삼십 년은 나무와 애증을 나눠야 한다는 뜻이다. 당신은 그러기에는 너무 늦었어. 숲 안 볼 건가? 숲 보는 특권은 후대로 넘길 건가?”

“절반은 남의 땅이라니까요. 남의 땅에다 나무 심겠다는데 그러네요.”

“그렇게 심어서 영화 안 보겠다면 흘러가는 물 퍼서 남 주긴가?”

“숲은 남겠지요.”

“와, 마음에 드는 소리 정말 많이 한다. 분위기가 점점 좋아지고 있다.”

“무슨 분위기요?”

“나무 심는 분위기.”

신학대학 선배인 김민우. 어디서 목사 노릇 하고 있는 줄 알았더니 나무 장사 하고 있었다. 하기야, 신학대학 뛰쳐나간 사람이 목사 되기가 쉽지는 않았겠다. 경상도 봉화의 갑부집 아들이라고 했다. 신학도에게는 어울리지 않는, 이런 소리를 하고 다녔다.

"우리 아버지 잘 나갈 때는, 기차 하나 가득 춘양목春陽木 목재 싣고 청량리역에다 부리고 하룻밤에 술집에 한 '곱배(輛)', 수청 든 춘향이에게 한 '곱배' …… 그 죄 대속代贖 하느라고 내 고생이 심하다, 심해."

학창 시절부터 사람이 좀 삐딱했다. 목회보다는 사업에 어울려 보였다. 신학도중에 부잣집 자제는 없다시피 했다. 부잣집 아들이었던 그는 꾀죄죄하면서도 근엄한 신학의 분위기와 조금도 어울리지 않았다. 하는 짓도 그랬다. 그는 신학 관련 도서 읽기보다는 문학작품이나 인문사회과학 서적 읽기를 더 좋아하고, 성가聖歌보다는, 연분홍 치마가 봄바람에 휘날리더라, 이런 노랫말로 시작, 알뜰한 그 맹세에 봄날은 간다, 이렇게 끝나는 유행가 〈봄날은 간다〉를 비롯, 흘러간 유행가를 더 즐겨 불렀다. 학창 시절부터 함께 어울려 술도 마시고 담배도 피우고 그랬다. 그가 먼저 학교를 뛰쳐나갔다. 술 마시고 담배 피울 동무가 없었다. 학교에서 담배 참기가 그렇게 어려웠다. 그래서 그에게 하소연한 적이 있다.

"저, 아주 잔챙이 소인배인가 봐요. 담배에 다 휘둘리니."

"그냥 피우는 거야."

"애들한테 담배 몰래 피우는 꼴 보여주기가 싫어요."

"그러면 안 피우면 되지."

그의 뒤를 이어 나도 학교를 뛰쳐나왔다. 입대하면서 서로 소식이 끊겼다. 나만 그런가? 내 삶은, 역사가 기원 전후로 나뉘듯이, 입대 전과 제대 후로 크게 나뉜다.

"수종樹種은?"

"느티나무가 자꾸 좋아 보입디다."

"느티나무가 좋아 보인다…… 사람이 좀 오래 되었다는 증거지. 젊은 사람들 눈에는 잘 안 들어오는 나무가 그 나무야. 또?"

"은행나무도 참 좋아 보이고요. 이 마을 이름이 행소리杏蘇里랍니다. 은행나무가 잘 돼요. 용문사 은행나무 아세요? 천이백 살이나 자신 거목. 그 나무 계시는 데가 여기서 겨우 20킬로 떨어져 있어요."

"우리나라가 은행나무 잎을 수출해. 이뇨제利尿劑 만드는 데 쓰인다던가? 그런데 이 고장에서 나온 거 아니면 안 된대. 은행나무까지 생각했다면 생각 꽤 많이 한 거네?"

"대나무도 탐나는데……."

"대나무는 안 돼. 추위 때문에. 겨울에는 서울에 견주어 이 고장 기온이 5,6도 낮을 거라. 대나무는 서울이 거의 북방한계선이야."

"그러면 죽림竹林에서 마실 팔자는 못 되네요. 그런데 목련도 좋아 보여요. 봄에 일찍 꽃 볼 수 있어서."

"당신은 운 진짜 좋은 사람이다. 나를 만났으니."

"무슨 뜻이에요?"

"내 수목원에 다 있는 나무들이라는 뜻."

대도시에서는 비싼 땅을 '금싸라기 땅'이라고 부르지만, 시골에서는 땅이라는 게 그렇게 비싼 물건이 아니다. 작업실을 아주 궁벽한 시골로 옮긴 직후에 그걸 알았다. 작업실에 딸려 있는 땅이 천 평쯤 된다. 내 작업실은 이 땅을 등지고, 집 앞의 농로農路에 면해 있다. 그러니까 천 평이나 되는 땅은 작업실의 매우 너른 뒷마당인 셈이다. 앞마당이면 좀 좋으랴 싶었다. 천 평이나 되는 땅을 지나 내 작업실 앞에다 자동차를 터억 세울 수 있으면 얼마나 근사하랴 싶었다. 하지만 농촌에서는 아무 곳에나 집을 들일 수 있는 것이 아니다. 대부분의 집들은 농로에 면해 있다. 도로를 최소화함으로써 용지用地 효율을 최대한 높이기 위해 그런 규제가 마련되었던 모양이다.

큰돈을 들여서 산 것이 아니다. 그리 높지는 않지만 기울기가 가파른 작은 산들에 둘러싸인 땅이었다. 그래서 오전에는 볕이 늦게 들고 오후에는 산 그림자가 일찍 떨어졌다. 게다가, 여름이면 큰물이 자주 들어 겉흙을 쓸어가고는 하는 바람에 바닥에 자갈이 많았다. 마을 사람들 중에 그 땅 탐낸 사람은 전부터 없었다고 했다. 농지로는 쓰임새가 거의 없다시피 했다는 뜻이다. 그래서 믿어지지 않을 만큼 싼값에 손에 넣을 수 있었다.

작업실 뒤쪽으로 그런 땅이, 내 땅 말고도 천여 평쯤 더 있었다. 곤궁하던 시절에는 그런 황무지도 손질해서 논을 뜨거나 밭으로 일구어 갈아먹었겠지만 이제 그런 생고생 사서 하는 사람 흔하지 않다. 농산물 수입이 점점 늘어나다가 결국 쌀 시장조차

위태롭게 되지 않았는가? 정부가 가을 곡식 수매량을 자꾸 낮추고 수매가 인상에 인색해지고부터 내가 사는 고장에는 노는 땅이 늘어갔다. 결국, 정부는 수매가를 인하하고, 일본을 좇아 감작정책減作政策이나 휴경보상休耕補償 제도를 현실화하기에 이르렀다.

가까이 지내게 된 마을 사람에게, 저 땅 빌려주지 않는대요? 하고 물어 보았다.

"돌 자갈밭 빌려서 뭣하게요?"

그분이 뜨악한 얼굴을 하고는 반문했다.

"쓸 데가 있어서요."

"씨 뿌려봐야 멧돼지, 고라니, 멧토끼 차지가 되고 마는 땅을 뭣 하러? 콩을 갈면 콩밭이 아니라 꿩밭이에요. 농사 뭇 지어 먹어요……."

"경기도 북부 사람들은 '못' 대신 '뭇'을 쓴다. '돈을 번다'고 하지 않고 '돈을 분다'고 하는 게 재미있었다. 하기야 경상도에서는 '돈을 버린다'로 말한다. 밭주인에게 말이나 넣어보라고 그분을 채근했다.

"여기 사람들은 '도지[賃貸]'를 놓으면 십 년, 이십 년 이렇게 놓아요."

"그럼 저는 삼십 년 동안 빌리자고 해보세요."

"삼십 년?"

"너무 길어서요?"

"긴 것 같아도 잠깐이에요. 14대 내려오도록 이 골짜기에서 살아온 우리 같은 사람들에게는."

'삼십 년'이라는 말을 내뱉은 뒤에야, 아뿔싸, 말실수 했구나 싶었다. 그분의 얼굴에 나를 부러워하는 듯한 표정이 잠깐 지나갔다. 너는 좋겠다, 젊어서…… 잠깐 이런 생각을 했던 것인지도 모른다. 그분은 곧 실소로써 그 표정을 지웠다. 일흔 살에 다가간 분이었다. 아주 짧은 시간에 그분은 칠십에다 삼십을 재빨리 더해 보았는지도 모른다. 그래서, 잠깐이에요, 했던 것일까? 하기야 삼십 년이라면 그분의 집안이 그 골짜기에서 살아온 세월의 십사 분의 일밖에 안 되는 세월이기는 하다. 어쨌든 퍽 미안했다.

내가 '그'라고 가치중립적으로 건조하게 지칭하는 대신 '그분'이라고 따뜻하게 지칭하는 데엔 사연이 있다.

내 작업실 뒤에는 한 아름이 훨씬 넘는 두 그루의 아름드리 잣나무가 있다. '크다'라는 말보다는 '거대하다'라는 말을 써야 어울린다. 키는 15미터에 이른다. 우듬지로는 온갖 새가 다 날아든다. 다람쥐와 청설모도 오르내린다. 그 마을에서만 14대를 살았다는 그분에게 물어 보았다.

"저 나무 얼마나 되었는지 아세요?"

내 질문에 그분이 참 재미있는 이야기를 들려주었다.

"저 노인네들요? 일흔네 살 되셨어요. 저분들을 저기에다 심은 분이 내 이종형인데 아직까지 이 마을에 살고 있지요. 심을 당시에는 3,4년생이었지요. 어디 셈해 보자…… 명우 형님 열 살

때 심었으니까…… 두 분 다 연세는 일흔 넷이 아니라 일흔세 살인 셈이네요. 잣나무가 칠십 년 동안 얼마나 자랄 수 있는지를 우리 이종형만큼 빠삭하게 아는 사람은 세상에 없을 겁니다. 그런데 우리 명우 형님은 그 자리에 잣나무를 심었다는 걸 몰라요. 잊어버린 것이지요. 망령이 들어 아들도 '못' 알아 봐요."

시골살이 두 해. 이제는 내 손에 물집 같은 것은 잡히지 않는다. 내 손바닥은 야구 선수의 오른손 손바닥 같다. 프로야구 선수와 악수 한번 해보고 나서 알았다. 손바닥 전체가 굳은살이었다.

굳은살을 내 고향 경상도에서는 '구덕살'이라고 부른다. 젖어 있던 물건이 반쯤 마른 상태를 나타내는 말에 '구덕구덕하다'가 있다. '구덕살'을 만져보면 정말 '구덕구덕하다'. '굳은살'은 형용사로 쓸 수 없지만 내 고향 사투리 '구덕살'은 형용사로도 쓸 수 있으니 표준말보다 윗길 아닌가? 하지만 표준말을 쓰겠다. 열 살 되기까지 농촌에 살면서 어머니를 거들었지만 손발에 굳은살이 박였던 기억은 없다. 살갗이 부드럽고 연해서 그랬거나 굳은살 박일 만큼 힘들여서 일을 하지 않아서 그랬을 것이다.

군에 입대하면서 굳은살을 알았다. 60년대의 소총은 무거웠다. 훈련병 시절부터 무겁디무거운 엠원(M1) 소총을, 세운 채로 들어 올리고 내리기를 무수히 되풀이했다. 오른쪽 엄지손가락 첫마디 오른쪽에 굳은살이 박였다. 그 시절 행군은 얼마나 무지막지했던가? 발과 양말의 마찰을 줄여 물집이 잡히지 않도록 하느라고 양말 속에 비누가루를 넣고 걸었다. 미끄러워서 물집이 덜 잡히기는 했다. 하지만 무수히 물을 건너면서 며칠 행군하다 보면 발바닥이 불기와 마르기를 되풀이하다가 가죽이 아예 붕 떠버리는 경우가 허다했다. 밤이면 모닥불에다 발을 구웠다. 화상 입을 때쯤 되어야 가죽이 발바닥에 다시 붙었다. 이러기를 되풀이하면 발바닥 전체가 굳은살이 된다. 제대한 뒤, 몇 달 동안이나 칼로 깎아내고 돌로 갈아내어야 했다.

제대하고 나서부터 글을 썼다. 십오 년간 나는 십오만 장 가까운 이백자 원고지를 글로 메웠던 것 같다. 1988년 무렵까지 내 오른손의 가운뎃손가락 첫마디에는 굳은살이 박여 있었다. 만년필이 되었든 볼펜이 되었든, 필기구를 잡고 글을 쓰면 그 자리에 힘이 가장 많이 실리기 때문이다. 우리들에게 오른손 가운뎃손가락의 굳은살은 훈장과 같은 것이었다. 글 쓰는 이들끼리 만나면 손가락의 굳은살을 서로 견주고는 했다. 서울 올림픽을 전후해서 필기구를 워드프로세서로 바꾸었다. 굳은살이여, 안녕.

지난 세기 말에는, 배낭 메고 유럽 여러 나라를 여행했다. 그 넓은 땅을 때로는 자동차로 때로는 발로 누볐다. 로마는 걸어 다니면서도 유적지를 거의 다 볼 수 있는 도시다. 발로 누볐다. 파리에서도 걷고 또 걸었다. 무수히 걸었다. 길고 오랜 여행에서 돌아온 가을, 굳은살을 칼로 깎아 내었다. 손가락품이 발품으로 바뀌었을 뿐, '굳은살이여, 안녕'은 아니었다.

새 천년이 시작되던 그해 봄, 시골로 작업실 옮기고 나서부터 텃밭을 일구고, 여남은 살 어름에 잡던 농기구를 근 사십 년 만에 다시 잡았다. 어머니 대지와의 재회는 내 어머니와의 재회이기도 했다. 잊고 있던 잡초 이름들이 고스란히 다시 생각났다. 손가락 구석구석에 물집이 잡혀일하다 말고 일회용 반창고 붙이는 일이 잦았다. 석양 무렵이면 내 집 뜰에서 마을 어른들과 술을 마시고는 했다. 나와 함께 마시는 분들은 대부분 일흔 살을 앞둔 분들이었다. 잣나무를 '저 노인네'라고 부르던 그분도 나와 자주 어울렸다. 하루는 그분이 논물 보러 올라왔다가, 들마루에 앉아 손가락에다 일회용 반창고를 붙이고 있는 나를 보고는 지나가는 듯한 말투로 중얼거렸다.

"……연장마다 물집 잡히는 데가 다 다르지요?"

세상 살면서 들은 많은 말 중에서 가장 깊은 울림을 지어낸 말마디 중의 하나라고 나는 생각한다. 내 정신의, 오래되고 또 오래된 희망사항이기도 했다. 이러니 내가 어떻게 그분을 '그'라고 부를 수 있겠는가?

그분이 며칠 뜸을 들이다가 밭주인의 의중을 떠보았던 모양이다. 밭주인에게도 역시 아들과 상의할 시간이 필요했으리라. 시일이 꽤 지난 뒤 그분이, 밭주인이 제시하는 임대 조건의 초안을 들고 나를 찾아왔다. 밭주인 역시 일흔에 가까운 분이었다. 임대 조건 중의, 구조물 설치 금지, 삼십 년 후 원상 복귀 같은 낱말들이 눈에 들어왔다. 그런 조건이 들어가 있다는 것은 전혀 놀라운 일이 아니었다. 정작 놀라운 것은 일흔 살이 다 된 분들이 보여준, '삼십 년'이라는 말에 대한 그분들의 태도였다. 그분들은 망설이거나 머뭇거리는 태도를 조금도 보여주지 않았다. 삼십 년 계약이 만료되는 시점까지 생존해 있을 가능성은 매우 낮은데도 불구하고 그분들은 그것을 암시조차 하지 않았다. 원칙에만 확인하고 자세한 것은 땅 주인의 아들과 상의해서 서류를 작성하기로 했다.

더욱 놀라운 것은 삼십 년 임대료였다. 운동장이 딸린 초등학교의 부지가 약 이천 평이다. 그 절반에 해당하는 땅 천 평의 삼십 년 임대료가, 내가 살고 있는 수도권 살림집의 겨우 한 평 값이었다. 아득했다. 나는 대도시에 있던 내 살림집이 조금도 자랑스럽지 않았다. 나는, 팔아치우면, 내 작업실이 있는 고장의 땅 천 평을 구백 년간 임대할 수 있는, 그 옹색한 살림집에 살고 있었던 셈이다. 희생의 반생半生이었다. 기가 막혔다.

처음부터 나무를 심을 생각이었다. 그래서 살림집에서 가까운 서울 양재동의 나무 시장을 기웃거리다 민우 선배를 재회한 것이다. 가까운 친구가 서울 양재동 묘목 시장의 큰 손이라고 했다. 나무 시장이 궁금해서 자주 기웃거릴 뿐, 자기 사업과 직접적인 연관이 있는 것은 아니라고 했다.

"삼십 년 전 우리를 만나게 한 것은 기독교였다. 하지만 우리

인연의 약발은 오래 가지 못했다. 그런데 이번에는 나무로구나. 인연이 있으니까, 나무로써 새 인연을 지으니까 또 이렇게 만나는구나. 내 고향 봉화에는 아버지가 춘양목 팔아 번 돈으로 사들인, 전답 딸린 산이 있다. 그 산, 팔아먹을 궁리 오래 했지만 팔리지 않았다. 구 년 전에 들어가서 나무를 심기 시작했다. 당신이 원하는 나무가 어떤 나무인지 모르겠지만, 어쩌면 내가 도움을 줄 수 있을지도 모르겠다. 당신이 내게 도움을 줄 수 있을지도 모르겠고."

삼십여 년…… 우리가 만나지 못한 채로 보낸 세월을 헤아리다가 나는 '삼십 년'을 다시 만났다. 내 안에 육화해 있는 삼십 년과 견주어 보니 별로 유구하게도 장구하게도 느껴지지 않는 세월이었다. 나무 팔아서 먹고 산다는 민우 선배는 꼭 여러 해 잘 자란 나무 같았다. 예순에 가까워지고 있을 터인데도 팔이 떡갈나무 몽둥이처럼 튼튼했다. 그동안 무엇을 하고 살았는가? 지금은 어떤 일을 하고 있는가? 삶을 어떤 눈으로 바라보고 있는가? 어떤 생각을 하면서 사는가? 과천의 한 술집에서 탐색전을 오래 했다. 생각이 높고 깊어 보였다. 내 마음에 드는 말을 자주 했다. 내 속에서 '내말이 그 말입니다.'가 여러 차례 되풀이되었다. 조금 과장해서 말하자면, 내 희망 사항의 반쪽이 타자화他者化해서 내 앞에 앉아 있는 것 같았다. 한 주일 뒤, 그가 경기도로 와서, 내가 나무를 심으려는 땅을 보고 싶다고 했다. 자신은 경험이 풍부한 사람이니까, 자연적인 입지 조건을 검토한 뒤에 나무의 종류나 크기 따위를 의논하자고 했다. 봄날이 가고 있는 만큼 서둘러야 한다고 했다. 시원시원했다. 하지만 나는 초조했다. 천 그루 정도를 심을 수 있다고 했는데 도대체 나무 값을 얼마나 내라고 할지 조금도 가늠할 수 없었다. 당신이 내게 도움을 줄 수 있을지도 모르겠고…… 이 말이 마음 발에 여러 번 채였다. 잔챙이 소인배…… 내가 나를 여러 번 질책했다.

내 작업실과 나무 심을 곳을 둘러본 그 날, 그는 내 집에 묵고 싶어 했다. 그렇다면 내가 저녁 식사와 술안주를 마련해야 했다. 그런데 그의 이야기는, 시간이 흐를수록 맹렬해져 갔다. 나는 이야기의 열기가 조금 숙어드는 순간을 낚아채어 잽싸게 읍내 정육점을 다녀올 생각이었다. 작업실 마당의 널평상에 앉아 그와 이야기를 나누면서 나는 몸을 뺄 틈을 엿보고 있었던 것이다.

"경제성을 염두에 두지 않는다…… 그렇다면 왜 나무를 심는데?"

"그냥 나무가 좋아서요."

나는 그의 맹렬한 기세에 질려 있었음에 분명하다.

"좋은 까닭을 설명해 보라니까."

"그냥 좋다니까요."

"아까 낮에 그러지 않았어? 보람 있는 일로 느껴진다고."

"사실은 나무로써 '시간 박물관' 같은 거 만들면 어떨까 생각하고 있어요. 기념 식수와는 조금 다른 방식으로."

"좋다."

"백 년, 이백 년 세월이 흐르면 볼만 해지지 않겠어요?"

"천년, 이천 년 세월이 흐르면 더 볼만 해질 테지. 좋다. 시간에다 다는 방울 같은 것이다. 나무라는 것이."

"방울?"

"시간에 방울을 달아 놓으면, 설사 그것이 쇠 방울이라고 할지라도, 세월을 어찌 보내느냐에 따라 은방울로 되기도 하고 금방울로 되기도 한다고 들었다. 세월을 잘못 보내면 쇠 방울은 녹슨 쇠 방울로밖에는 되지 못할 테지. 세월에 주머니를 채워 놓으면, 그것이 빈 주머니라고 할지라도 세월을 어찌 보내느냐에 따라 그 주머니가 은돈으로 차기도 하고 금돈으로 차기도 한다고 들었다. 하지만 나는 시간에 방울을 매달지 못했고 주머니도 채우지 못했다. 당신 말이야, 〈봄날은 간다〉라는 노래가 왜 그 오랜 세월 잊히지 않고 불리는 줄 알아?"

나는 짐작은 하고 있었지만 대답은 하지 않았다. '내 말이 그 말입니다'가 입가를 맴돌았다. 나는 그가 그 까닭을 어떻게 설명할 것인지 벌써 짐작하고 있었다. 그와 내가 이인삼각二人三脚이라도 하고 있는 것 같았다.

"시간에 방울을 달지 못한 자들의 노래야. 그런데 당신은 통 말을 하지 않는군? 나만 지껄이게 만들고 있어, 아까부터."

나는, 아무래도 그의 생각과 비슷할 터인 내 생각을 쏟아내기로 했다.

"선배가 제가 하고 싶은 말을 다 하고 있어요. 일주일 전부터 …… 말, 할게요. 하면 될 거 아닌가요? 21세기가 시작되는 해인 2001년 오월, 저의 작업실 앞에서 여섯 그루의 잣나무가 자연 발아했어요. 칠십 년 가까이 된, 제 작업실 앞의 잣나무에서 떨어진 잣에서 발아한 것이지요. 잣 깍지 쓰고 세상으로 나온 아기 나무가 잣 깍지를 벗는 것까지 저는 관찰했어요. 21세기의 시작을 기념할 만한 나무 같아서, 돌멩이를 주워, 사람이나 짐승이 아기 나무를 밟지 못하도록 울타리를 만들어 두었어요. 한 해 동안 5센티 크기로 자라나더군요. 칠십 년 뒤에는 아름드리로 자라나 있겠지요. 저는 아기 잣나무와 늙은 잣나무를 갈마들이로 바라보면서 결심했어요. 시간을 기억하고, 세월을 기억하는 데 필요한 눈금을 땅에다 새기고자 결심했지요.

저의 몸, 이거 시간의 눈금입니다. 저는 1947년생입니다. 저의 몸은 1948년생인 대한민국보다는 조금 더 오래된 것이지요. 1950년에 터진 6·25보다도 더 오래된 것이지요. 4·19도, 5·16도 제 몸에는 기록으로 남아 있습니다. 월남전의 기록도 저의 몸 아주 깊은 곳에 남아 있습니다. 하지만 저의 몸은 세월의 눈금으로 그리 오래는 남아 있지 못합니다. 선배의 몸이 그렇듯이요. 다른 눈금이 필요합니다. 나무. 저의 오래된 꿈입니다.

저는 '부질없다'라는 말을 자주 하는 사람입니다. 여기 이 건물 들일 때, 처음에는 건물이 들어서는 과정을 사진으로 찍어둘까 하다가 부질없는 짓 같아서 그저 물끄러미 바라보기만 했습니다. 하지만 저는 나무 앞에서는 '부질없음'을 말하지 않습니다.

저는 그러니까 이 작업실 주위에다 '조그만 시간 박물관' 같은 것을 꾸미고 싶어 하는 겁니다. 이 시간(세월)의 눈금을 저는 새로운 시계로 삼고자 하는 겁니다. 저는 나무를 심을 때마다 그 나무 밑에다 조그만 비석을 세우기로 했습니다. 저도 은행나무를 심고 싶습니다. '내가 나무를 심기 시작한 해'의 기록은 은행나무 밑에다 남겨두려고 합니다. 주목朱木은 살아서 천년, 죽어서 천년을 이 땅에 남아 있는 나무라지요. 통일이 되면 주목 밑에다 비석을 남길 겁니다. 세월이 흘러, 저도 선배도 이 세상을 뜬 뒤에도 나무는 남아서, 살아 천년, 죽어 천년 이 땅에 남은 채로, 보는 사람들에게 세월의 부피를 증언할 거 아닙니까. 꿈이 너무 사치스러운가요?"

"아니다. 조금도 사치스럽지 않다. 당신 멋지다. 이제 나도 내 생각을 말하겠다. 나나 당신이나 학교 바깥에서 공부한 사람들이다. 당신은 어린 시절, 가난해서 고생 많이 했노라고 했다. 나는 부잣집 아들이었다. 그렇다면 나는 고생을 모르고 자랐을까? 그렇지 않다. 내 정신적 고생도 당신의 물리적 고생 못지않다. 내 형과 아우는 'KS' 마크로 쫙 뽑고 승승가도를 달렸다. 형은 장관 지낸 뒤 지금 서초동 빌라에서 빌빌거린다. 아우는 국립대학교 총장 지내고나서 빌빌거린다. 그들은 죽은 거나 다름없다. 그런데 나는 펄펄 살아 있다. 무엇인데 펄펄 살아 있나? 나는 무엇이냐? 나는 나무장수다. 장관 지내고, 국립대학교 총장 지낸 형과 아우는 정신적으로 이미 죽은 사람인데 나는 현재 진행형으로 펄펄 살아 있다. 비결을 알려주마. 당신은 배울 자격이 있는 것 같다.

청소년 시절, 입학시험에 번번이 낙방하는 바람에 나는 학교를 제대로 다닐 수 없었다. 좋은 학교는 나를 받아주지 않았고, 나쁜 학교는 내가 받아주지 않았다. 그래서 나는 당신처럼 학교 밖에서 공부했다. 나에게도 중학교 시절, 고등학교 시절, 대학 시절이 있다. 하지만 그 시절은, 대학에서 당신이 보았다시피 짧다. 짧아서 마치 한 차례의 질풍노도로 지나가 버린 것 같다. 형과 아우는 욱일승천이었다. 나는 대구로 나와 사설학원을 전전했다. 사설 학원을 전전하면서도 교복은 꼭 입고 다녔다. 배지도 안 붙은 교복을 입고 다녔다. 학교 다니는 애들이 부러웠다. 부러운데도 부럽다는 말을 못하면 어떻게 하는지 당신은 잘 알 거다. 당신 역시 경험이 풍부한 것 같으니까. 그렇다. 나는 학교 밖에서 공부하면서 학교 안에서 공부하는 친구들을 비난하는 데 유용한 논리를 하나 발명했다. 이걸 방어기제라고 하나? 인마, 왜 세월을 믿어? 왜 시간을 믿어? 친구들 깔보기는 내게 적지 않은 위안이 되었다. 하지만 늘 자신만만하게 친구들을 깔볼 수 있었던 것은 아니다. 친구들이 고등학교, 대학교, 대학원을 차례로 졸업하는 걸 보는 내 마음은 착잡했다. 가까운 친구들이 박사학위를 받기 시작했을 때 나는 마음고생을 많이 했다. 그때 내가 어설프게 내린 결론은 이것이다. 아, 시간에다 방울을 매달면 언젠가 그 방울은 금방울이 되는 것이구나! 나는, 언젠가는 금방울이 될, 여느 방울 하나 매달지 않은 채로 시간을 흘려보내고 있구나. 내 손으로 방울을 매달지 않은 채 흘려보내는 세월, 나의 방울을 달지 않은 채 흐르는 세월, 그 세월을 바라보고 있는 일이 얼마나 고통스러운 일이었는지 일일이 설명할 수는 없다.

'조통수'는 불어도 세월은 간다, 거꾸로 매달려 있어도 국방부 시계는 돌아간다…… 군대살이 할 때 우리가 잘 쓰던 말이지, 왜? 군대살이를 경험한 남성 중에 이 말을 모르는 사람은 없다. 군대살이는 자지로 만든 통소를 부는 것만큼이나 고통스럽지만, 그 고통을 견디고 있으면 특별히 재수 없는 일이 일어나지 않는 한, 훈련병에서 이등병으로, 이등병에서 상등병으로, 상등병에서 병장으로 계급이 오른다. 그리고 시간이 더 흐르면 군복을 벗는다. 우리가 거꾸로 매달려 있을 때도 국방부 시계는 돌아가는 것이다. 나는 군복을 벗으면서 시간에다 방울을 매다는 일, 세월에다 주머니를 매다는 일이 얼마나 중요한 일인지 깨달았다. 하지만 나는 시간에 방울을 매달지 않았다. 매달 줄 몰랐던 것이다. 시간에, 세월에 저항하는 인간에게 흘러가는 봄날은 처참한 것이다. 시간에 저항하는 인간에게 〈봄날은 간다〉만큼 잔인한 노래는 없다. 세월로부터 진급을 보장받지 못하는 인간들, 세월로부터 퇴직금도 연금도 약속받지 못하는 인간들이 누구인가? 시간에 방울을 달지 못한 인간들이다. 〈봄날은 간다〉를 가장 잘 부르는 인간들은 아마도 이런 인간들일 것이다.

나는 마흔 살을 넘긴 뒤에야 가족과 함께 미국으로 떠났다. 시간에 방울을 매다는 새로운 삶을 시작하기 위해서였다. 늦게나마 석박사 과정에 등록하고자 했다. 시간에다 방울을 매달고자 했다. 하지만 나는 공부가 안 받는 모양이다. 체질이 아닌 모양이다. 결국 학교를 마치지 못했다. 시간에다 방울 매다는 데 마지막으로 실패한 것이다. 나는 시간에다 방울을 매다는 대신, 봄이면 미국의 셋집 뜰에다 씨앗을 묻거나 나무를 심거나 했다. 가는 봄날이 덜 심란했다. 오 년 세월을 그렇게 보냈다. 귀국한 직후에는 서울의 아파트에 살지 않으면 안 되었다. 내 마누라는 이녁 손으로 씨를 묻지 않은 봄날을 견디기 어려워했다. 나도 그랬다. 내 손으로 씨를 묻지 않은 봄날, 내 손으로 나무를 심지 않은 봄날이 참 힘들었다. 아항, 바로 요것이구나, 내게도 터전이라는 게 있구나…… 할렐루야!

그래서 구 년 전, 마누라와 아이들 서울에다 떼어 놓고 시골로 내려갔다. 우리 아버지가 사둔, 산과 전답을 일구어 나무를 심었다. 첫해, 그 나무들이 어린 데다 뿌리를 내리느라고 푸르름을 지어내지 못 했다. 하지만 삼 년이 지나자 숲이 되었다. 봄날 가는 것이 점점 덜 심란했다. 아니다. 세월이 맹렬한 속도로 흐르기를 나는 은근히 기다리기까지 했다. 세월이 흘러야 내 나무들은 빠른 속도로 숲이 되어갈 것이 아닌가? 해마다 봄이 오면 나는 아주 많은 나무들이 꾸미는 숲 속으로, 백목련 · 자목련 숲

속에 몸을 숨길 수도 있다. 확인하러 가자. 내가 시간에다 매단 이 방울이 금방울이 될 것은 거의 확실하다. 나는 왜 나무를 심는가? 우리는, 우리가 심지 않은 나무를 쓴다. 그러니 뒤에 올 사람들을 위하여 우리가 나무를 심어야 하지 않겠는가? 이런 단순하고 순진한 논리를 업고 나무를 심는 것이 아니다. 나무는 나의 종교가 되었다. 비로소 나는 종교를 얻은 것이다. 당신이 왜 신학교, 기독교를 등졌는지 나는 모른다. 나의 경우는 그리스도를 들쳐 업고는 죄인들만 신학교와 교회에 남겨 놓고 나와 버렸다. 하지만 그리스도는 내 종교가 아니었다. 나의 친구였다. 그리스도가 '나무'라는 거 당신 아나? 십자가가 서 있던 골고다의 그 자리가 아담의 무덤 자리였다는 이론이 있다는 거 당신 아나? 중세 사람들이 그리스도를 '아보르 비타에 크루치파사에', 곧 '십자가에 못 박힌 생명나무'라고 불렀다는 거 당신 아나? 부활의 특권을 누리는 것은 그리스도와 나무밖에 없다. 당신이 그러지 않았나? 칠십 년 된 잣나무에서 떨어진 씨앗이 발아하더라고. 보라고. 잣나무는 처음 열매를 매단 그해부터 세세연년 부활했던 거다. 나는 평화를 거의 찾은 것 같다. 나는 나무로 부활할 것이 거의 확실하다. 그래서 내가 죽으면 내 숲에, 내 나무뿌리에 묻어달라고 아이들에게 유언해 놓았다. 인성人性이니 신성神性이니 하는 따위의 말 나는 거의 쓰지 않는다. 숲에는 그런 구분이 없다. 제 손으로 가꾼 숲길을 걸어보면 당신도 그런 말을 쓰지 않을 것이다. 확인하러 나와 함께 봉화로 내려가자. 나의 자랑스러운 종교가 어떤 모습을 하고 있는지 확인하러 가자."

웃지 말았으면 좋겠다. 아니다. 웃으려면 웃고 말려면 말아도 좋다. 그런 일이 있었다. 선배의 간증 어느 시점에서 그런 일이 일어났는지는 잘 모르겠다. 그 일 때문에 선배의 간증이 끊겼던 것은 확실하다. 가까운 개울의 갈대밭에서 까투리 두 마리가 날아올랐다. 들고양이에 쫓겼던 것일까? 푸드득 소리를 듣는 순간 내가 벌떡 일어섰다. 두 마리의 까투리 중 한 마리는 내 머리 바로 위에서 거의 수직 상승에 가깝게 날아올랐다. 꿩은 원래, 단거리 비행을 잠간씩 할 뿐, 장거리 비행에 능하지 못할 뿐 아니라 정교한 비행 솜씨도 없다. 그런데 다른 한 마리는 고도를 높이지 못하고 내 귓가를 스치듯이 날아갔다. 쿵 소리가 났다. 작업실 판유리에 무엇인가가 부딪는 둔탁한 소리였다. 달려가 보았다. 판유리에 꿩의 보드라운 털이 묻어 있었다. 갑자기 널평상에서 일어선 나를 피하여 전속력으로 날던 까투리 한 마리가 판유리에 부딪친 것이다. 땅바닥에 떨어진 까투리는 부리가 부러져 있었다. 입가에서는 피가 흘렀다. 즉사였다.

"시작이 좋다. 기적이라고는 말하지 말자. 우리 시골집에서도 종종 일어나는 일이다."

선배가 물을 끓이고 그 물에 까투리를 담갔다가 털을 뜯었다. 여러 마리 잡아먹어 본 듯한 솜씨였다. 정확한 손질로 선배는 까투리의 배를 가르고 내장을 들어내었다. 모래주머니는 보라색이었다. 선배는 모래주머니를 반으로 가르고는, 속껍질을 솜

씨 좋게 벗겨내었다. 모래주머니의 내용물은 소화되다 만 찔레 열매 세 개가 전부였다. 한기가 들었다.

“이러고도 공중 나는 새에게 먹거리를 주셨다고 하느님 찬양해야 하나? 당신 너무 가슴 아파 하지 마.”

그날 우리 둘은 무 썰어 넣고 그 까투리 볶아 맛있게 밥 먹고 술 마셨다.

다음날 봉화로 내려갔다. 세상에. 골짜기 하나가 그의 숲이었다. 칠십만 평이라고 했다. 자기 손으로 심은 나무만 삼백만 그루라고 했다. 봄날이 총알같이 지나가라고 할 만도 했다. 인부들과 트럭 여섯 대가 기다리고 있었다. 나무는 반 이상이 8년생이었다. 8년생으로 골랐다. 메타세쿼이아 이백 그루, 목련 이백 그루, 값비싸기로 유명한 배롱 백 그루, 느티나무 이백 그루, 구상나무 이백 그루, 은행나무 이백 그루를, 이틀 동안 캐내고, 뿌리 싸매어 트럭에 실었다. 봉화 떠나던 날 나는 그에게 나무 값과 거래하는 은행의 계좌번호를 물었다. 그가 대답했다.

“인부는 우리 집에서 일하는 분들이다. 나무 심을 동안 잘 먹여주고 잘 재워주어야 한다. 임금은 지불하지 않아도 된다. 당신에게 주는 나의 작은 선물이다. 트럭 운임은 당신이 지불하는 것이 좋겠다. 부담스러울 테니까. 나무도 나의 선물이다. 양재동에서 만났을 때 내가 당신에게, 어쩌면 내가 도움을 줄 수 있을지도 모르겠고, 어쩌면 당신이 내게 도움을 줄 수 있을지도 모르겠다고 한 말, 기억할 것이다. 당신에게 약간의 도움을 줄 수 있어서 기쁘다. 사실 욕심이 앞서서 나무들을 밀식密植했다. 밀식한 나무는 원래 우듬지가 밉다. 당신에게 선물하는 나무들의 우듬지도 미운 편이다. 서로 햇빛 많이 받으려고 키만 덜렁 클 뿐, 옆으로 뻗어나가지 못하기 때문이다. 팔렸으면 좋겠지만 경제 사정이 안 좋아져 팔리지 않았다. 당신 덕분에 중간 중간 나무를 솎아 줄 수 있었다. 그러니까 나만 당신에게 도움을 준 게 아니고 사실은 당신도 내게 도움을 준 것이다. 방울 단 것을 축하한다. 잘 키워라. 올해는 숲 노릇을 못할 것이다. 뿌리 내리느라고. 내년 봄에 한번 초대해 주라. 숲이 되거든 그 숲길 거닐면서 〈봄날은 간다〉라는 노래를 불러봐라. 느낌이 조금 다를 것이다."

나흘 걸려 그 나무 모두 심었다. 아랫마을에 사는 한 부인네가 올라와, 사방천지가 나무인데 어쩌자고 또 나무를 심느냐고 했다. 나는 대꾸하지 않았다. 나와 함께 봄날을 보낼 나무들을 심는다고 하고 싶었지만 나는 아무 말도 하지 않았다. 느티나무를 집 가까이 심으면 내당內堂에 변고가 생긴다고도 했다. 하지만 나는 그런 것이 별로 두렵지 않다. 내가 매단 방울이 어떤 방울로 변할 것인지 그것에는 관심이 없다. 나와 나누는 영적인 교감, 그것 하나면 충분하다. 나무는 내 재산에 속하지 않을 것이다. 내 실존에 속할 것이다.

고마운 민우 선배.

나무들이 푸르름을 지어내면 그를 초대할 것이다. 까투리라도 좋고 장끼면 더 좋다. 그날, 또 한 마리의 어리버리한 꿩이 내 작업실 판유리를 상대로 박치기를 해주면 얼마나 유쾌할 것인가?

part

나는 나무를 심는다.
빈 땅에는 나무를 심는다.
나는 늙겠지만 나무는 자랄 것이다.
나는 내 값을 못 할 만큼 늙어 가겠지만
나무는 언제나 제값을 할 것이다.

—산문집 《위대한 침묵》 중에서

순수한 사람

공선옥

텔레비전을 쳐다보던 아이가 대뜸 내뱉었다.

"저 사람 진짜 우리 아빠 같다."

부동산 투기에 위장전입에 탈세에 논문 표절까지 했다는 사람이 청문회장에서 죄송합니다, 저의 불찰입니다, 하나마나한 소리만 읊조리다가 결국 장관에 임명되는 모습을 보고서 한 말이었다. 그러니까 아이에게는 이 세상 모든 '나쁜 사람'은 다 '아빠 같은 사람'들이었고, 그 나쁜 사람 중의 한 사람인 아빠를 자신이 응징할 수 있는 유일한 방법은 '양육비 청구 소송'을 하는 것이었다.

"정말 나빠. 그러니까 소송해야 해. 아빠같이 자기 맘 대로인 사람은 법으로 해야 해."

아이는 일부러 그러는지, 아니면 저절로 그래지는지 하여간 이를 득득 갈았다. 이제 겨우 열다섯 살짜리가 '돈' 부분에 잔뜩 힘을 주면서 이를 가는 모습은 일견 인생을 다 산 노인 같아 보이기도 했다. 노인 같은 아이를 바라보는 것이 불편해 내가 저를 외면하면서, 그깟 돈…… 이라고 뇌는 것을 아이가 알아채고는,

"엄마아!"

소리 질렀다.

"내가 왜 담탱한테 민수보다 더 맞은 줄 알아? 돈 때문이야!"

아이는 담임선생을 '담탱'이라고 한다. 저와 민수가 교실에서 싸웠는데 담임이 민수보다 저를 더 야단치고 저에게만 매를 든 이유가 민수네보다 우리가 더 가난해서라고 아이는 믿고 있었다. 민수가, 가난한 집 아이들만 골라서 '깐죽'대는 것을 참다 못해 먼저 주먹을 날린 건 자기지만, 싸움의 진짜 원인은 민수가 제공했다는 제 주장을 담임이 믿어주지 않는 것도 결국 돈 때문이라는 것이다. 어쨌든 아이는 아빠에게서 돈만 받아내면, 자신이 적어도 돈 없는 집 아이라는 이유만으로 매 맞을 일은 없어질 거라고 생각하는 것일까. 나는 아이가 흥분해서 하는 말을 듣고 있자면 화가 난다기보다 서러워졌다. 내가 저를 외면하는 것이 사실은 내가 서러워서, 그래서 눈에 눈물이 맺히는 것을 저한테 보이기 싫어서라는 것을 아이는 최근에 눈치 챈 것 같았다. 소리 질러 놓고는 아이가 내 뒤로 조용히 다가와 내 어깨를 붙잡았다.

"엄마야, 엄마가 울면 나는 화나니까 울지 마. 엄마가 울기만 하고 소송 안하면, 나는 이제 엄마도 미워해버릴 거야. 그러니까, 해, 알았지?"

목소리는 일견 부드러운데, 내용은 독했다. 그렇게 해서 하게 된 게, 아이아빠를 상대로 한 '양육비 청구 소송'이었다. 나는 아이아빠의 돈을 '그깟 돈'이라고 표현했다. 아이 주장대로 아이아빠한테 돈을 달라고 요구하는 과정에서 오가게 될 불쾌한 장면들을 떠올리는 것만으로도 나는 머리가 아프고 절로 숨이 가빠졌다. '그깟 돈'을 받아내기 위해 내가 견뎌야 할 '정신적 수고'는 그러나 이 세상의 모든 행복과 불행이 돈에서 판가름 난다고 생각하는 아이의 '현실적 고통'에 비교할 수는 없을 터였다. 나 혼자 힘으로는 소송이라는 것을 도대체 어떻게 해야 할지 엄두가 나지 않아 돈이 들 걸 뻔히 알면서도 변호사 사무실을 찾아가는데, 같이 안가도 된다고 했는데도 굳이 따라나선 아이는 아빠가 돈을 주면 자기 밑으로 들어가는 돈 때문에 엄마가 고생하는 것도 더 줄어들 것이라며 어디 소풍이라도 가는 듯이 어깨를 들썩거렸다. 그럴 때의 아이는 이제 노인이 아니라, 소년가장 같았다.

법원 근방에 가면 변호사 사무실이 많다는 정보야 알았지만 막상 어느 변호사 사무실로 찾아가야 할지 막막하여 우선 건물 외벽에 붙은 간판부터 살폈다. 이제창, 김만호, 박수열, 한원장, 김숙희. 둘러본 이름 중에 유일하게 여자 이름인 김숙희로 정했다. 혹시 아이 키우는 엄마 변호사라면 내 입장을 더 잘 이해해 줄 수 있을 것이라는 기대 그대로 아이엄마 변호사인 김숙희는 역시나 아이에게서 말을 끌어내는 데도 노련한 데가 있었다. 세련된 커리어우먼 형 복장인데 화장을 너무 두껍게 해서인지, 얼핏 장날을 맞아 모처럼 꾸민 시골 아줌마 같기도 했다.

“지금 중학교 이학년이면 이제 앞으로 영호한테 돈이 많이 들어가겠구나.”

“예.”

“돈이 사람을 훌륭하게 성장시키는 전제조건 중의 전부는 아니지만, 그래도 돈은 한 사람이 성장하는 데 아주 중요한 부분이기도 하지.”

“네.”

왠지 두 사람의 차분한 대화가 ‘쿵짝’이 잘 맞았다.

“그래. 영호의 마음은 나도 이해할 수 있을 것 같다. 영호는 앞으로 뭐가 되고 싶지?”

“음, 변호사요.”

나는 영호에게서 변호사가 되고 싶다는 말을 들은 기억이 없었다. 하긴, 꿈은 순간적으로 생각나기도 하고 또 중학교 1학년 나이인 만큼 수시로 변하기도 할 때니까, 하고서 나는 변호사와 아이의 대화를 그저 가만히 듣고 있을 수밖에 없었다. 왜냐하면 내가 무슨 말인가를 하려고 하자 변호사가 내가 말하려 하는 기색을 제지했기 때문이다.

“정말? 와아, 영호가 변호사가 되고 싶구나. 그래. 영호가 변호사 꿈을 이루기 위해서라도 아빠의 경제적 도움이 절실하겠다, 그치?”

“당연하죠.”

아이는 숫제 신이 났다.

왠지 모를 저항감이 솔솔 피어났으나, 아이의 한층 밝아진 모습에 뭐라고 말을 하기가 애매했다. 어쨌든, 김숙희 변호사에게 ‘양육비 청구 소송’에 대한 사무를 의뢰한 것은 전적으로 아이 때문이었다. 아이가, 왠지 변호사 아줌마가 첫인상부터 좋더니, 이야기하는 게 엄마와는 차원이 다르다고 꼭 그 아줌마로 하자고 우기는 데다, 같은 여자이고 같은 아이엄마인 만큼 통상의 수임료보다 훨씬 저렴한 가격으로 변호를 맡아준다니, 나는 그저 그런가보다, 수임료를 주면서 고마워 할 수밖에 다른 도리가 없었다. 수임료를 주느라, 나는 지난달 그만둔 회사에서 받은 퇴직금의 절반을 털었다.

해고통지는 핸드폰 문자로 날아왔다. 핸드폰 부품회사였는데 내가 만든 부품이 들어간 핸드폰으로 날아온 해고통지를 바라보며 나는 슬프다거나 망연해진다거나 충격을 받거나 그래야 할 것인데도 민망하고 무안한 기분이 먼저 들었다. 그래서 해고통지 문자가 찍힌 핸드폰을 들고 있는 것 자체가 곤혹스러워 혼자서 발을 동동 굴렀다. 언제는 한 식구처럼 일하자 해놓고, 전날 퇴근할 때까지도 아무 내색도 없다가, 아침에 출근하려는 순간에 맞추어, '오늘부로 오명희 씨는 출근하지 않으셔도 됩니다. 그동안 수고하셨습니다.'라는 짧은 문자를 보내다니. 나는 나를 잠깐 휴가 보내고 싶어서 보낸 문자인가, 싶어 회사로 전화를 걸었더니, 말 그대로 그만 나와도 된다고, 말하자면 해고통지라고 확인해 주는 목소리에서 민망함과 무안함을 넘어 어떤 이질감을 구체적으로 느꼈다. 그것은 그러니까, 내게는 익숙하지 않은 세계였다. 핸드폰으로 해고통지를 보내 놓고 그것을 미심쩍어하는 사람에게 그것은 해고통지가 맞다고 확인해주는 사람들의 세계는 어떤 세계일까, 를 잠시 생각했다. 그러나 그 세계는 내 상상력으로는 도저히 닿을 수 없는, 아득한 세계였다. 아이가 속한 세계 또한 마찬가지였다. 아이는 돈에 굉장히 민감했다. 아이가 그럴 때마다 나는 내가 아이만한 때를 생각했다. 내가 아이만한 무렵에는 이 세상에서 가장 중요한 것이 무엇이었을까. 적어도 돈은 아니었던 것이 분명하다. 아이보다 어린 시절에는 사금파리가 내게는 가장 중요한 물품이었다. 유리조각, 오지그릇 깨진 것들이 왜 그렇게 소중했던 것인지, 나는 지금 기억하지 못한다. 어쨌든 소중하니까 소중했을 것이다. 그리고 그다음 소중했던 물품은 '시루핀'이라는 것이었다. 검은 실핀을 시루핀이라고 불렀다. 까맣게 윤나는 시루핀을 옷핀에 끼워서 앞섶에 주렁주렁 매달고 다니는 아이들을 나는 가장 부러워했었다. 어느 날, 아이가 눈에 보이는 사물들을 가리켜 얼마짜리냐고 물을 때, 어떤 행위를 가리켜 얼마 받느냐고 물을 때, 나는 어린 것이 별걸 다 궁금해 한다고 통박을 줬다. 통박을 주는 것으로 마음에 이는 민망함을 무마시켰다. 아이의 입에서 처음 돈 얘기가 나왔을 때, 그때 나는 이미 알아챘어야 했는지도 모른다. 내가 살고 있는 이 세계에 새로운 물건이 나오고 그 물건이 무엇에 쓰는 물건인지를 내가 겨우 알았을 때는 이미 그 새로운 물건은 더 이상 새로운 것이 아니게 되는 것을 빈번히 경험하게 되는 사람들에게는 이 세계는 언제나 낯선 세계일 수밖에 없음을. 휴대폰만 해도 그렇다. 남들이 휴대폰을 들고 다니기 시작할 때 나는 내게는 소용에 닿지 않는 물건이라 관심을 두지 않고 살다가, 어느 순간부터 입사원서에도, 은행에서 통장을 새로 만들 때도 핸드폰 번호를 써넣어야 하는 칸이 생기고 나서 나는 내게도 핸드폰이 필요한 세상이 도래했음을 알아채고 화들짝 놀랐었다. 이제 휴대폰으로 인터넷뿐 아니라 못하는 게 없는 세상이 왔다는데 내가 휴대폰으로 인터넷을 해야만 생존이 가능한 단계는 아니므로 나는 아직 휴대폰으로 인터넷을 하며 사는 사람들의 세계가 궁금하지 않다. 그러나 아이는 달랐다. 아이는 다른 아이들이 가진 이른바 '스마트폰'이란 것을 갖지 못해 부쩍 불행해 하며 살고 있었다. 아이가 제 친구들하고 열심히 '문자질'을 하기에 그렇게 하고 싶은 말이 많으면 직접 만나서 하면 되지 않느냐고 했더니 아이가, 직접 얼굴 맞대고 하면 하기 힘든 말도 문자로 하면 편하게 할 수 있다고 했다. 그러면 '휴대폰으로 온 해고통지' 문자도 직접 얼굴 맞대고 하면 서로가 힘들 것을 염려한 '세심한 배려'의 결과일까. 아무려나, 휴대폰 문자로 온 해고통지를 내가 무안한 마음 없이 받아들이기까지는 또 얼마나 많은 시간이 걸릴지 알 수 없는 일이었다. 무안해 하든, 덤덤해 하든, 내가 해고된 것은 사실이었고 나는 이제 새로운 생계대책이 절실한 상황이 되었다. 아이 아빠에게 '양육비 청구 소송'을 제기 했던 것은 어쩌면, 아이의 채근도 채근이지만 절박해진 생계문제 때문이기도 했을 것이다. 재판은 예상보다 빨리 열렸다. 아이는 '법'이 저를 보호해주리라 여겼는지 굳이 학교도 빼먹고 법정에 따라나섰다. 아이 아빠는 법정 로비에서 아이를 발견하자마자, 소리부터 질렀다. 아비를 한 번도 찾지 않다가 돈 달라고, 그것도 법정에서 애 얼굴을 봐야 하는 아비 된 자의 참담한 심정을 당신들이 아느냐고, 소리 지르지 말라고 제지하는 사람들에게 또 소리 질렀다. 자신의 바로 그러한 행동이 아이로 하여금 아빠를 멀리하게 하는 요인이라는 것을 그러나, 아이 아빠는 인정하려들지 않았다.

"세상에 어느 애비가 자식한테 돈을 주고 싶지 않겠습니까. 그러나 아비는 자식한테 돈만 주는 기계가 아닙니다."

흥분한 아이 아빠가 판사 앞에서 소리 지르자, 판사가 법정 경위를 불러 아이 아빠를 법정에서 퇴정시키라고 지시했다.

"우리 애기아빠가 원래는 안 그래요. 그런데 오죽하면 저러겠습니까. 아이를 너무 보고 싶어 했는데 법정에서 보게 되니, 그

쏙이 쏙이겠습니까. 우리 시댁 사람들이 얼마나 점잖은 사람들인지 아십니까? 그리 점잖은 사람이 저리 소리 질러쌓는 데는 그만한 이유가 있다는 거 아닙니까. 아버지가 멀쩡히 살아있는데, 찾아보지도 않다가 느닷없이 돈 달라고 법정으로 불러들이는 이런 몰상식한 경우가 어데 있답니까, 판사님."

아이 아빠의 재혼녀가 아이 아빠를 변호했다. 판사가 아이 아빠 대신 아이 아빠의 재혼녀에게, 아이 아빠가 법원에서 가사조사를 받고 아이와 함께 하는 캠프 프로그램을 이수해야 한다고 명령하고서 첫 번째 재판은 별 '소득 없이' 허무하게 끝났다.

재판이 끝나고 돌아오는 길에 변호사의 차를 얻어 탔다. 변호사가 아이에게 물었다.

"왜 아빠를 안 보려고 해?"

"아빠가 소리 지르니까요."

"아무리 아빠가 소리 질러도 아빠는 아빠야."

"그래도 싫어요."

나는 아이가 조금만 더 생각해서 말하기를 바랐다. 말하자면, 싫어요, 라고 말하기보다, 나는 아빠가 싫지는 않지만, 소리부터 지르는 아빠가 힘들어요, 라고 말하는 게 더 정확하다는 것을 아이가 알게 되기를. 그러나, 이제 아이는 정말로 아빠가 싫은지도 몰랐다. 변호사가 살펴보라고 건네준 소송서류 속에 아이 아빠가 제출한 '양육비를 지급하지 않는 이유' 부분을 읽어본 아이가, '나는 이제부터 아빠를 아빠라고 생각하지도 않을 거야.'

라고 말했던 것이다. 왜냐하면 거기에는 아이가 아빠를 만나려 하지 않기 때문에 돈을 주지 않는다는 비난의 말이 반복되어 씌어 있었기 때문이다.

"아무리 싫어도 없는 것보단 낫단다."

"돈 주면 그렇겠죠."

변호사 표정이 싸늘해졌다.

"내가 영호 있는 데서 이런 말씀 드려서 안됐기는 하지만, 영호엄마, 아이한테 왜 이런 교육을 시키신 거예요? 두 사람이야 서로가 맞지 않아 헤어지셨겠지만 그래도 아이가 있잖아요. 아무리 부정하고 싶으셔도 돈하고는 상관없이 아이한테 아빠는 아빠잖아요, 그쵸? 나도 변호사이긴 하지만 아이 키우는 입장에서 보자면 아이한테 너무 아빠에 대한 부정적인 생각을 키워주신 게 아닌가, 좀 염려가 되네요. 영호야, 추석 명절, 설 명절 때만이라도 꼭 아빠한테 가거라. 가기 싫어도 연락은 드려라. 아빠가 아무리 네 맘에 안 들더라도 너는 네 할 도리를 해야 떳떳한 사람이 되는 거야, 알았지?"

집에 가는 버스가 서는 정류장 앞에서 내렸다. 변호사가 차창을 열고 나를 가까이 오라고 손짓한다.

"영호엄마, 담에는 아이를 법정에 데리고 오지 마세요. 뭐 좋은 일 있다고 그런 데를 데려오세요? 모든 결정은 결국 영호엄마가 하셔야 해요, 아이한테 너무 끌려 다니지 마시구요, 알았죠?"

내가 미처 대답하기도 전에 변호사가 탄 차는 떠났다. 버스는 그날따라 유독 빨리 오지 않았다.

"아이, 이것이 뭔 일인지 모르겠다. 동식이가 맥없이 쓰러져 부렀다."

친정엄마한테서 전화가 온 건 새벽이었다. 엄마는 어쩌면 큰오빠, 작은오빠, 큰언니, 작은언니네 집에 모두 전화를 돌렸는데, 그들의 덤덤한 반응에 꾸역꾸역 나오는 서러운 울음을 겨우겨우 틀어막으며, 그래도 아직 당신이 전화를 걸 수 있는 사람이 남아 있다는 사실을 스스로 위안 삼으며 내게 전화를 걸었을 것이다. 예전에 아버지가 돌아가셨을 때도 엄마가 울면서 전화를 해왔던 것이 기억났다. 그때도 엄마는 '느그 아부지가 맥없이 쓰러져 부렀다'고 했었다. 큰오빠, 작은오빠, 큰언니, 작은언니들은 아버지가 맥없이, 말하자면 이유 없이 쓰러진 것이 아니라, 평생 동안 장복한 술 때문임을 알고 있어서 그랬는지는 몰라도, 아버지가 쓰러졌다는 엄마의 다급한 전화를 받고서는 오히려 안도를 했다는 것을 나는 나중에, 아버지 장례를 치르고서야 알았다. 쓰러진 동식이 걱정돼서라기보다, 아버지에 이어 어느 자식에게도 마음의 의지처를 갖지 못한 엄마를 향한 가여움 때문에 나는 자는 아이를 차마 깨울 수가 없어 그대로 두고 고속버스 터미널로 갔다. 고속버스 안에서 나는 아이를 깨우기 위해 수없이 집에 전화를 걸었다. 아이는 저를 깨우지 않으면 깨우지 않았다고 화를 내고 깨우면 깨운다고 화를 낸다. 깨우지 않으면 내 인생을 망칠 셈이냐고 화를 내고 깨우면 잠 좀 자자고 화를 낸다. 아이가 화를 낼 때마다 나는 민망하고 무안해진다. 아이는 끝내 전화를 받지 않았다. 전화를 받지 않는 아이 때문에 불안한 마음을 안고 막상 내가 친정에 도착했을 때, '맥없이 쓰러졌다'는 동식이는 멀쩡하게 마당에서 연기를 피우고 있었다. 묻지도 않았는데 엄마가,

"그것이 그렇게, 야가 맥없이 쓰려져 있다가 갑자기 깨나더니, 저렇게 물고기를 꿉고 있다."

"그럼 어떡해, 고기라도 꾸어 묵고 기운 차려서 그년 잡으러 가야제."

동식은 소를 팔아서 만든 비용을 들여 '절대 도망가지 않는다'는 베트남 여자와 결혼했다. 그리고 그 여자는 결국 지난 설 명절 어름에 '도망'을 갔다.

"그년이 소 한 마리 값이여. 소 한 마리가 뭐여. 왔다갔다 차비에."

"차가 아니라 비행기제."

"응, 그려, 비양기. 비양기 값에, 또 뭐여…… 하여튼지, 잡기는 잡아와야제, 안 그러면……."

안 그러면 소 값만 날리게 생긴 것이 아깝다는 것이리라. 엄마가 과도하게 분개하는 것이 소 값이 아까운 것도 아까운 것이지만 동식의 비위를 맞추기 위해서라는 것을 나는 금방 눈치 챘

다. 엄마가 그렇게 비위를 맞춰주지 않으면 동식이 제 마누라 집 나가서 생긴 분노를 엄마한테 풀 것이 두려워 엄마가 그러는가, 하고서 왠지 불안한 마음에 집안을 둘러보니 과연, 마당 한 귀퉁이에 널브러져 있는 비닐봉지 속에서 깨진 술병들이 비닐을 찢고 삐져나오고 있는 것이 보였다. 그러니까, 저 비닐봉지 속 깨진 술병이, 베트남 여자를 도망가게 한 것인지도 몰랐다.

정말 제 아내를 찾으러 가는 것인지는 알 수 없으나 동식은 마당에서 물고기를 구워서 소주 몇 병을 비운 뒤에 가방을 챙겨 메고 집을 나섰다. 어디로 갈 거냐고, 차비는 있느냐고 묻고 싶었지만, 엄마가 나를 향해 눈을 껌벅껌벅하는 것이 아무것도 묻지 말라는 신호임을 알아채고 그저 뒤따라 나가서 동식의 뒤꼭지를 망연히 바라봐 주는 수 외에는 달리 할 수 있는 게 없었다. 동식이 집을 나서자마자 엄마는 휴이히히히, 하는 기괴한 한숨소리를 길게 내뱉었다. 나는 사실 동식이 없을 때를 기다려 엄마에게 돈 이야기를 하려고 했었다. 그러니까 내가 새벽 첫차를 타고 친정에 온 것이 엄마가 가여워서이기도 했지만 사실은 그보다 돈 얘기를 해볼까, 하는 마음이 아주 없지는 않았었다. 나는 큰오빠와 작은오빠가 아버지가 남긴 논을 가져간 것을 알고 있었다. 그리고 큰언니, 작은언니가 각자 결혼할 때 또 밭을 가져갔다는 것도 알고 있었다. 동식이 제 몫이 논도 밭도 아닌 집인 것에 불만을 품고 쓰러져 가는 슬레이트집에 불을 질렀다.

그 일로 동식의 첫 번째 아내인 현주엄마가 집에 불 지르는 남자와는 더 살 수 없다고 했다. 동식은 이혼을 거부하며 현주엄마를 거의 날마다 두들겨 팼다고 했다. 결국 현주엄마네 친정 쪽 사람들이 이혼소송을 제기하려 하자 '폭력남편' 오동식이 위자료 없이는 이혼해줄 수 있다 하여 겨우 이혼에 합의를 보았다. 동식의 이혼에 일말의 책임도 없다할 수 없다고 합의를 본 논과 밭을 가져간 형제들이 돈을 모아 동식에게 새집을 지어줬는데, 집만 새집이면 뭐하냐고 동식이 폭력을 휘두를 조짐을 보이자 그런 종류의 폭력을 아버지에게서 당해본 엄마는 지레 겁을 먹고 소를 팔아 동식에게 새장가 갈 자금을 쥐어줄 수밖에 없었다.

"내가 소는 기어코 너한테 줄라고 했단 말이다. 소 팔아 쓸데없는 짓을 해서 새 일을 만들었다, 내가."

그러니까 엄마는 내가 돈 말을 할 것을 미리 알고서 지금 차단막을 치는 것이리라. 그럴 수밖에 없는 처지에 있는 엄마가 나는 다시 한 번 가여워졌다. 내 눈에서 눈물이 피잉 돌고 있는 것을 눈치 챈 엄마가 얼른 돌아서 얼굴을 감추는 것은 엄마 눈에서도 눈물이 괴고 있는 것을 내게 들키지 않으려고 하는 몸짓임을 나는 안다. 엄마는 울음 섞인 목소리조차도 들키지 않으려고 일부러 뭔가를 찾는 척하며,

"아이, 뒷밭에 가서 남세나 좀 뜯어갖고 가라."

엄마가 나에게 줄 것은 뒷밭의 채소들밖에 없는 모양이다. 나

는 바구니를 끼고 뒷밭으로 가는 엄마를 따라갔다. 하고 싶은 말은 입안에 그대로 담은 채.

뒷밭으로 가는 길 중간에 소나무 숲이 있다. 소나무 숲 아래로는 저수지가 있다. 저수지가 생기기 전부터 그곳에 정자가 세워졌는지는 알 수 없으나, 소나무 숲 속에서 있는 정자에서 저수지를 바라보고 있으면 저수지 잔잔한 물결이 금방이라도 가슴까지 차오를 것 같다. 산이 깊어서 저수지 물은 사시사철 더 불거나 더 줄어드는 기색 없이 언제나 적당한 양으로 출렁거렸다. 오늘 소나무 숲 정자에 낯선 사람들이 앉아 있다. 남자 둘과 여자 한 사람인데, 그중 여자가 인사를 해온다.

"안녕하세요?"

"예. 안녕하시요오."

엄마가 아는 사람들이나 되는 것처럼 심상하게 대꾸한다. 한참 뒷밭으로 가는 길을 오르다가 문득, 걸음을 멈추고,

"저 사람들도 그 사람들인가?"

자신이 심상하게 맞인사한 사람들에 대한 궁금증을 한참 뒤에사 토로한다. 어이가 없어 나는 좀 웃는다.

"아는 사람들이면 어쩌고 모르는 사람들이면 또 어쩐다냐잉?"

알든 모르든 사람이 사람한테 인사하는 게 나쁠 일은 없을 것이다.

"며칠 전에 앞집 승택이가 왔다 갔다."

승택이는 내 동창이다.

"승택이가 델꼬 온 사람들이 소나무 숲에서 바라보는 저수지가 기가 막히다고 험서…… 저수지가에 땅 내놀 것 없냐고 묻고 다니드라."

나는 고개를 들어 소나무 숲과 저수지와 저수지 너머 들과 산과 마을과 골짜기를 둘러본다. 아름답다. 이곳의 아름다움이 승택에게는 돈이 될 수도 있을 것이다.

"요새는 여가 이쁘다고 외지 사람들이 공일날이면 아조 떼로 들이닥친다. 차를 동네 앞에다 대놓고 동네 고샅을 걸어서 산길을 걷고 이 근방 사방을 걸어댕기다가 간단다. 요새는 그렇게 걷기여행이 유행이람서야?"

아이한테서 문자가 왔다.

'엄마, 변호사 아줌마한테 전화해봐.'

혼자 깨어나서 밥 먹고 학교를 갔는지는 알려주지 않고 제 요구사항만 적은 문자가 나는 야속하다. 학교를 갔는지 안 갔는지는 모르지만, 어쨌든 아이는 오늘도 소송 문제를 생각하고 있는 것만은 분명하다. 빨리 또 재판이 열려야 아빠한테서 돈을 받아낼 수 있는 날도 가까워질 터인데, 재판은 한번 열리고 나서는 감감무소식이다. 아닌 게 아니라, 변호사에게서 아무 연락이 없으니, 다음 재판은 언제 열리는지, 열리기나 하는 건지가 궁금했다. 변호사 사무실의 사무장을 통해 전화를 받은 변호사는 그새 나를 잊기라도 했던 것일까.

"오명희 씨? 아아 양육비 소송하신 부운. 그렇잖아도 내가 전화를 하려고 했어요. 뭐냐면 애기아빠가 사무실로 카드를 보내왔더라고요. 일정한 한도 내에서 지불 용도로만 쓰는 카든데, 아이한테 그 카드를 주면 아이가 한도 내에서 쓸 수 있는 카드예요. 아이아빠는 아이 생활을 잘 모르니, 아이가 어디다 돈을 쓰는지라도 알고 싶어서 그렇다네요."

"……"

"오명희 씨, 영호어머니, 왜 아무 말씀이 없으세요? 제 생각에는 그것도 나쁘진 않다고 생각되는데. 왜냐면, 돈으로 지급되는 방식은 아이아빠가 맘이 달라져서 안줘버리면 못 받을 수도 있지만 카드는 그렇지 않잖아요. 어때요? 받아들이시겠어요?"

나는 뭐라고 답변을 해야 했으나, 어떤 느낌, 말하자면, 민망하고 무안한 느낌 때문에 달아오른 뒷덜미만 만지작거렸을 따름이다.

"대답 안하시는 걸 보니, 싫으신가 보네요? 알겠어요. 다음에 또 상의하십시다. 내가 좀 바빠서 일단 전화는 끊고 담에 또 연락드릴게요."

내가 변호사와 전화를 하는 동안 엄마는 상추, 열무, 오이, 호박, 호박잎, 가지 등속을 바구니 가득 채웠다.

"요 상추는 깨깟이 시쳐서 물기 탈탈 털어 불고 보리밥에 된장 놓고 싸묵으면 겁나게 꼬시다이. 열무는 꼬치 허고 다마네기 허고 항꾸네 갈아서 물 자박자박 잡고 담가노면 입맛 없을 때

션허니, 영판 개미지고 외는 그냥 묵어도 되고 너물 해묵어도 맛나다이. 호박도 살캉 익혀서 양념장으로 설설 비벼 묵어봐라. 호박잎은 어찌고 찌는지 알지야? 요러고 손바닥으로 비벼서 쪄야 보들보들 연해진다이. 까지는 살큼 익혀서 찬지름 치고 조선간장으로 조물조물 무쳐노면 고기반찬보다 낫드라. 테레비서 봉게 어떤 박사님이 나와 각고 말씀 허시기를, 요 까지 한나만 잘 묵어도 여름나기는 문제가 없다고 허시드라."

엄마가 설명하지 않아도 나는 바구니 속 채소들의 요리법과 맛을 익히 알고 있다. 엄마도 내가 모를 것이라고 생각해서 설명을 한 것은 아닐 것이다. 나는 엄마의 설명과 당부를 들으며 아이를 생각했다. 아이는 상추쌈보리밥을 먹으며 고소해하기보다는 고기쌈 못 먹어서 짜증을 낼 것이며 열무물김치에서 시원함을 느끼기보다 얼음빙수를 더 찾을 것이며 이 세상 반찬 중에는 오이나물, 호박나물이 다 있다는 것은 상상하지 못할 것이며 호박잎쌈의 보드라운 느낌이 어떤 것인지 알려고 하지 않을 것이고 가지나물은 간장보다 기름에 볶아주기를 더 원할 것이며 …… 그러나 나는 채소의 요리법과 맛을 설명하며 아연 생기가 도는 엄마한테 차마 아이의 식성을 말할 수는 없었다.

"동식이가 전화를 안 받는다이. 너는 영호한테 전화 했냐?"

영호도 전화 안 받는다는 소리를 할 수가 없어 나는 얼른 화장실로 들어가 버렸다. 화장실인지, 창고인지 알 수 없이 화장실 안 가득 잡동사니들이 쌓여 있는 것이 답답하여 대충 치우는 시늉이라도 하려는 참인데,

"계세요? 저기요오, 저 화장실 좀 쓸 수 있을까요?"

정자에서 엄마와 내게 인사했던 외지 여자 목소리다.

"그러씨요. 인자 촌도 측간이 안에 있응게 안으로 들어와서 일 보씨요."

"제가 막걸리를 좀 마셔가지고요. 남자들처럼 아무 데서나 일을 볼 수가 없어서……."

"막걸리 묵으면 소변이 자주 매렵제, 암만. 그리 들어가씨요. 아이, 사람 들어강게 일 다 봤으면 얼릉 나오니라."

내가 나옴과 동시에 여자가 화장실로 달려 들어가다가 그만 와그장창, 스텐 세수대야 위로 엎어지고 말았다. 화장실 안에서 여자의 아파서 어쩔 줄 모르는 소리가 들려온다.

"어디 안 다쳤소?"

"괜찮아요. 그래도 쫌 아파요."

"술을 묵으면 기운이 쎄져. 그렁게 더욱더 조심해야제 안 그러면 큰일나."

"맞아요. 근데 할머니 저 이제 눌거 거든요. 그러니까 다른 쪽으로 좀 비켜주실래요? 할머니가 문 앞에서 제가 누는 소리 들으면 제가 잘 안 눠질 것 같아서요."

"큭큭큭, 순수허네, 순수혀."

엄마 입에서 '순수'란 말이 나오는 것에 나는 조금 놀랐다. 내가 모르는 사이에 엄마도 변한 것일까. 엄마는 여자가 화장실에서 나오면 줄 요량인지 엄마도 아껴서 먹는 커피를 탄다. 엄마는 봄 내내 산을 헤매며 꺾은 고사리, 취나물을 팔아 번 돈으로 저 인스턴트 커피를 샀을 것이다. 커피가 몸에 좋지 않다고 조금만 마시라고 했더니,

"인이 벡여서 인자 커피를 끊을 수가 없단 말이다."

하면서 엄마는 커피를 보약 마시듯이 마셨다.

"션허요? 자 요리 와서 커피 한잔 마시씨요."

귀한 손님 올 때 쓴다고 사놓고 한 번도 쓰지 않던 꽃무늬 커피 잔을 화장실에서 나온 여자에게 내민다.

"다방커피네요? 저 이 커피 두 잔만 더 타주시면 안 돼요? 정자에 있는 사람들한테도 갖다 주게요. 아, 이 김치 진짜 맛있겠네요? 한번 먹어봐도 돼요?"

점심 먹고 안 치운 밥상 위에 놓인 열무김치를 냉큼 집어먹는다.

"사실은요, 막걸리를 먹는데 안주가 없어가지고요. 이 김치 조금만 얻어 가면 안 돼요? 아, 김치 먹으니깐, 라면이 생각나네. 할머니, 혹시 집에 라면 남은 거 없어요? 라면 값은 제가 드릴 테니까요, 라면 있으면 좀 주세요. 이 근방에는 가게도 없죠?"

"가게가 없어. 그런디 어디서 오신 분들이요?"

"저희요? 바람도 쐴 겸 사진 찍으러 왔는데, 경치가 너무 좋아서 오늘 그냥 퍼질러 버렸네요. 오랜만에 고향같이 아름답고 푸

근한 곳에 오니까는 아무것도 안 하고 그냥 놀고 싶은 거 있죠. 할머니 같은 분들이 이렇게 커피도 주시고, 김치도 주시고, 라면도 주실 거죠? 근데, 며느님이신가 봐요?"

"우리 딸."

"아하, 따님이세요?"

"근데 따님이 통 말씀이 없으시네요? 저희 같은 도시 사람들이 싫으신가 봐요. 그럼, 전 이만 실례했습니다."

여자가 가고 나자 엄마가, 내 옆구리를 쿡 찌르며,

"나는 심심해서 그런가 누가 말 붙이면 반갑고 좋더라마는 너는 싫은갑다이."

김치와 라면을 주섬주섬 챙겨들고 소나무 숲으로 올라갔다. 엄마가 커피와 함께 들고 나간 라면을 사기 위해 엄마는 또 무엇을 팔아야 했던 것일까. 소나무 숲에서 노랫소리가 들려왔다. 한참 만에 엄마가 불콰해진 얼굴에 천진한 웃음을 띠고 집으로 왔다.

"아이, 짐치보시기 다 내놔라. 사람들이 그렇게 인심도 좋고 배울 만치 배운 사람들이라 그런가 경우도 바르고 조타! 내가 새끼들 때문에 속 끼리고 살다가 어디서 왔는지는 몰라도 먼 데서 온 사람들이 준 막걸리 묵고 기분이 조타, 오늘! 아이, 너는 인자 갈래? 가거라, 싹 다 가부러라, 가서는 이 악물고들 사러라, 못난 느그 엄씨는 느그들헌테 암 것도 줄 것이 없다. 느그 어매 젖은 진작에 부타져불고 수중에 일전 한 닢이 없다, 시방.

그렁게 느그들은 맘 모질게 묵고들 사러라잉."

엄마는 김치보시기를 안고 소나무 숲으로 올라갔다. 소나무 숲에서 승택이 엄마가 노래하듯이 엄마를 불러젖히는 소리가 들려왔다.

"어이, 짐치 한나 가지러 가서는 뭔 맛난 것을 해오니라고 그리 느시렁거린가?"

동네 노인들이 낯선 외지인들이 주는 막걸리 한 잔씩 얻어 마시고 노래 부르고 춤춘다. 나는 엄마가 준 채소를 담은 비닐봉지를 챙겨들고 집을 나섰다. 올 때는 읍내에 내려 택시를 타고 들어왔지만 갈 때는 버스시간에 맞추어 나가니 찻길까지 걸어 나가면 된다. 나는 막차시간에 대어 친정을 나섰다.

당신과 나 사이에 저 바다가 없었다면 쓰라린 이별만은 없었을 것을……

나는 정자 위에서 목청 돋워 노래 부르고 있는 엄마를 불렀다. 노래 부르느라 미처 내 목소리를 듣지 못한 엄마한테 승택이 엄마가, 고함을 쳤다.

"어이, 자네 딸이 자네 불르네. 딸이 간다고 어매를 불러."

엄마가 맨발로 내게 달려왔다.

"아가, 잘 가거라이. 잘 가고, 또 오니라이."

엄마가 울음을 틀어막느라고 일부러 악을 쓰는 것임을 나는 알고 있었다. 내 아이는 내가 눈물을 보이면 저는 화가 난다고 했다. 내 눈물에 화내는 아이 때문에 나는 더 서러웠다. 내가 엄마의 '아이'라서인가. 내 아이가 그러듯이 나도 엄마의 울음에 화가 치받쳤다. 잘 가라고 말하는 엄마 목소리에 울음소리만 섞여 있지 않았어도 나는 아무렇지 않아 했을지도 모른다. 늘 그렇게 살았듯이, 그러니까, 경우 없는 형태의 해고통지에도 조금 힘들어 하다가 금방 잊고 살았듯이, 변호사, 혹은 아이아빠로부터 내가 받는 모욕감 같은 것도 다 용서할 수 있었을지도 모른다. 그러나, 엄마의 울음이 나를 화나게 했다. 나는 그 화를 어떡하든 가라앉혀야만 변호사도, 아이아빠도 용서가 될 것 같았다. 변호사와 아이아빠를 용서해야 우리 아이가 '좋아하는' 돈을 받아낼 수 있을 거였다. 나는 찻길로 걸어가다 말고 돌아서 소나무 숲 정자로 다가갔다.

……그리움에 지쳐서 울다가 지쳐서 꽃잎은 빨갛게 멍이 들었소오……

노래 부르면서 승택이 엄마가 정자 마룻바닥에 널부러진 엄마 옆구리를 툭툭 건드렸다. 엄마는 숫제 인사불성이 되었다. 나는 조용히 정자로 다가갔다. 외지인 남녀들이 나를 빤히 바라보았다. 나는 여자를 향해 되도록 또박또박 말했다.

"있잖아요. 아까 저희 집에서 라면 달라고 하면서 돈 주신댔잖아요?"

"내가, 내가 그, 그랬던가요?"

"네."

"어, 얼마예요?"

"이만 원요."

나는 달리 계산을 한 것은 아니었다. 그래도 커피와 라면을 사기 위한 엄마의 수고를 생각하면 그 정도는 받아야 할 것 같았을 뿐이다. 여자는 황당해 했다.

"뭐, 뭐라구요? 아니 어떻게 라면이…… 김현태 씨, 우리 라면 몇 봉지 삶았어?"

당혹스럽고 황당해서였을 것이다. 여자 눈에 핑글, 눈물이 고였다.

"아, 그냥 드려, 뭘, 라면 값 가지고, 옛수, 이만 원 여깄습다."

김현태 라는 남자가 내미는 돈을 나는 냉큼 받아들었다. 여자가 인상을 잔뜩 찌푸리고 혼잣말처럼,

"순수한 사람 같았는데…… 되게 재밌다아."

순수한 사람 같았는데 불순해서 재미있다는 것인가. 재미있기로 치자면 누가 들으면 오줌도 못 눌 정도로 순수한 사람이라면 값 이만 원에 벌벌 떠는 모습도 재미있다는 말을 하려다가 나는 그냥 꿀꺽 삼켜버렸다. 눈물로 빨개진 여자의 눈이 정말, 순수해 보였기 때문이다.

"우리 딸이 뭣이 어쩐다고 그런다요?"

엄마가 뭔 사태가 났나 하고서 몸을 일으키려 하다가 다시 누워버렸다. 나는 돈 이만 원을 누워 있는 엄마 호주머니에 넣어주고서 차 시간에 대기 위해 뛰기 시작했다. 화는 어느덧 사라졌지만 새롭게 눈물이 샘솟기 시작했다. 눈물이 나는 건, 감추려

고 해도 어쩔 수 없이 들리는 엄마의 울음 섞인 목소리 때문일 거라고 생각했다. 그러나, 나는 알았다. 내 새로운 눈물 속에는 또한 느닷없는 라면 값 청구에 눈이 빨개진 한 여자의 울음도 섞여 있다는 것을. 멀리서 막차가 이마에 하얀 저녁달을 달고서 길모퉁이를 돌아 달려오고 있었다.

공선옥

1963년 전라남도 곡성에서 태어났다. 전남대학교 국어국문학과를 중퇴하고 1991년 《창작과 비평》 겨울호에 중편 〈씨앗불〉을 발표하며 작가로 활동을 시작했다. 1992년 여성신문 문학상, 1995년 신동엽창작기금, 2004년 오늘의 젊은 예술가 상, 2005년 올해의 예술상, 2008년 백신애문학상, 2009년 가톨릭문학상, 오영수문학상을 받기도 했다. 《피어라 수선화》《오지리에 두고 온 서른살》《시절들》《내 생의 알리바이》《수수밭으로 오세요》《멋진 한 세상》《붉은 포대기》《유랑가족》《달맞이꽃 울엄마》《명랑한 밤길》《나는 죽지 않겠다》《내가 가장 예뻤을 때》《영란》등의 작품이 있다.

도마뱀의 밤

김인숙

선생의 부음을 섬에서 들었다. 핸드폰의 문자 수신음이 울렸고, 단체 발송되는 문자메시지가 떴다. 단체에서 보내오는 소식은 회원이나 회원 가족의 부고가 대부분이다. 선생의 이름도 그런 식으로 내게 왔다. 나는 그 이름이 내가 아는 선생의 이름이 아니기를 바랐다. 문자메시지를 책상 앞에서 확인했었다. 그 잠깐 사이 노트북 화면이 대기화면으로 넘어가 있었다. 나는 곧 선생의 이름을 검색하기 시작했다. 밝아진 노트북 화면에 기사들이 떴다. 선생이 맞았다.

선생의 부음을 가장 먼저 전한 핸드폰이 노트북 옆에 놓여 있다. 전화를 걸어야겠다고 생각했다. 그러나 누구에게? 누구에게 전화를 걸어 무엇을 말할 것인가. 나는 인천공항에서 일곱 시간

비행기를 타고 날아오는 곳에 있다. 나는 슬펐지만, 내 슬픔이 과장되게 보이는 것은 싫었다. 한국에 있었다면 당장 선생의 빈소로 달려갈 수 있으리라. 달려가 잠시 울다가 어느새 조금씩 웃으며 선생에 대한 추억을 지인들과 함께 나눌 수 있으리라. 잠시 울겠지만 너무 많이 울지는 않으리라. 그러나 비행기로 일곱 시간 거리를 두고, 누군가에게 전화를 걸어 다짜고짜 울음을 터뜨리는 일은, 아니다 싶었다. 그런데 대체 뭐가 아니란 말인가.

노트북 화면이 다시 대기화면으로 넘어가는 것을 보다가 발코니로 나갔다. 손에는 여전히 핸드폰이 들려 있다. 정원에 피어 있는 열대의 꽃들을 바라보는 동안 다시 문자 수신음이 울렸다. 또 다른 단체로부터 온 선생의 부고였다. 정원의 나뭇가지에 다람쥐가 앉아 있는 게 보였다. 이야나에게 섬사람들도 사냥을 즐기느냐고 물었던 기억이 났다. 그때 이야나가 손가락으로 나무 쪽을 가리키며 사냥으로 저걸 잡는다고 말했었다. 손바닥만 한 다람쥐 한 마리가 나뭇가지를 타고 있는 게 보였지만, 이야나가 가리키는 것이 그거라고는 믿을 수 없었다. 저걸 잡을 수는 있겠지만 사냥한다고까지는 말할 수 없을 것 같았다. 내가 뭐, 뭐? 뭘 가리키는 거냐고 계속해서 물은 끝에야 이야나가 가리킨 것이 정말로 그 다람쥐라는 것을 알게 되었다. 한국의 다람쥐와는 좀 다르게 생겼지만, 다람쥐가 다람쥐지, 저게 어디 먹을거리나 되겠는가. 저걸 뭘로 잡아? 내가 다시 물었고 이야나가 대답했다. 총. 그리고 나의 대답. 잇스 넌센스.

발코니에서 나는 로밍 요금이 엄청나게 나오는 핸드폰을 손에 들고, 아무에게도 전화 걸지 못한 채, 혼자 중얼거렸다. 이야나, 이건 말도 안 돼. 이건 너무 느닷없잖아. 이야나가 내 눈을 들여다보았다. 다람쥐를 총으로 잡는다는 말을 믿지 않았던 나를 쳐다보며 언짢아하던 그 눈길이 아니다. 그때 이야나는 말했었다. 나는 섬사람이야. 여기서 태어나 여기서 평생을 살았다고. 그렇지 않았다면 네가 날 네 소설 속 주인공으로 만들지도 않았을 거잖아. 그런데 믿지 못한다고? 네가 날 만들어놓고 날 믿지 못한다고? 그럼 난 뭐야?

선생의 부음을 듣고 발코니에 서서 나는 한국의 친구들이 아니라 이야나에게 말하고 있다. 지금으로서는 말을 건넬 수 있는 사람이 이야나 밖에는 없는 것이다.

선생님을 다시는 만날 수가 없게 되었네.

이야나가 내 어깨에 손을 얹었다.

내가 지금 네 마음을 이해한다고 하면 그건 믿어줄래?

그리고 나의 대답. 노, 네버. 너는 내 소설 속 주인공이잖아. 이해하는 것은 내 몫이지 네 몫이 아니야.

섬으로 떠나오기 전, 선생의 연락을 받았었다. 선생에게서 직접은 아니었고 지인을 통해서였다. 몇몇이 모여 선생의 작업실에서 술이나 한 잔 하기로 했는데 나도 함께 오는 건 어떻겠냐고 선생이 말하셨다고 한다. 그 전까지 선생을 자주 뵐 일이 없었다. 모임의 뒤풀이 자리 같은 데서 우연히 만나 뵙게 되면 선생이 몇 테이블 건너의 나를 부르시곤 했다. 달리 하시는 말씀도 없었다. 내 이름을 다정하게 '누구야'라고 부르시지도 않고, 거북하게 씨자 붙여서 부르시지도 않고 거두절미 '김인숙' 하고 부르셨다. 그리고 술 한 잔 받으라고 하셨다. 그게 전부였다. 섬으로 떠나오기 직전 지인을 통해 받았던 연락 역시 마찬가지였을 것이다. 몇 테이블 건너의 나를 문득 발견했을 때처럼, 문득 떠오르셨을 거고, 문득 술이나 한잔 하자고 하셨을 것이다.

약속 날짜가 되었을 때, 다시 지인을 통해서 연락이 왔다. 선생께서 몸이 불편하시다고 했다. 대단한 건 아니고 갑작스러운 복통이라고 했다. 그래서 찾아뵙는 날을 일주일 뒤로 미루기로 했다는 것인데, 나는 그 사흘 뒤의 비행기 티켓을 이미 예매해 둔 상태였다. 선생께 직접 전화를 걸어 죄송하다고, 변경된 날짜에는 가 뵐 수가 없겠다고 말씀 드려야 할 것 같았으나 그러는 게 또 어려웠다. 예의와 성가시게 구는 일의 구분이, 혹은 친밀감의 거리를 재는 일이 내게는 항상 어려운 일이었다. 돌아와 가을에 뵙겠다고 했다. 선생께는 직접 말씀 드리지 못하고 지인에게 전해달라고만 했다.

선생의 부음을 받았을 때, 가을은 아직 오지 않았다. 한국에서도 섬에서도. 섬에 있는 집은 나무가 많아 한 여름에도 시원했다. 에어컨도 선풍기도 틀지 않은 채 한여름을 보냈다. 밤이면 이불을 끌어당겨 덮으면서 한국의 열대야를 상상하곤 했다. 누가 날 부러워할 사람도 없는데 혼자서 고소해했다. 대가가 없지는 않았다. 나무가 많은 집에는 모기도 엄청 많았다. 집이 유독 시원한 이유는 통풍 구멍이 많아서이기도 했다. 어떻게 해도 모기가 들어오는 구멍을 다 막을 수 없었고, 모기향도 모기 스프레이도 소용이 없었다. 온몸이 모기 물린 자국투성이어서 하루 온종일 온몸을 긁어대고 가려움 방지약을 처발라야 했다.

선생의 부음을 받고 발코니에 서서도 나는 모기에 물린 목을 긁고 있다. 가려움은 긁을수록 맹렬해진다. 도저히 멈출 수가 없다. 끝장을 봐야 한다. 이야나가 한숨을 내쉬며 말한다.

너, 피 나.

나한테 너라고 부르지 마. 난 그렇게 불려질 사람이 아니야. 나는 너를 만들었다고. 네 상처와 고독과 불운까지 내가 다 만들었다고. 고작 그러기 위해서 만들었다고 하더라도, 너는 내 소설 속에서 불멸하잖아.

여기는 신들의 섬이다. 누가 가장 먼저 그런 식으로 이 섬을 부르기 시작했는지는 모를 일이다. 섬에 매혹 당한 관광객 중의 하나, 혹은 이 섬의 관광청에서 가장 먼저 만들어낸 이름일지도 모른다. 그랬다면 제법 괜찮은 네이밍이다. 이 섬에는 그야말로 헤아릴 수 없을 정도로 많은 사원들이 있고, 집집마다 가족사원도 있고, 그 모든 사원들에 다 신들이 산다. 이야나가 내게 사원의 신상에 대해서 설명해준 적이 있다. 그러나 나는 그의 말을 잘 알아들 수가 없었다. 그는 내가 만들어낸 인물이므로 내가 알고 있는 영역만 말해야 하지만, 때로는 나를 가르치려 들기도 한다. 솔직히 말하자. 실은 그래서 만들어냈을 것이다. 내가 알지 못하는 영역의 이야기를 내 입으로는 말 하지 못하므로, 이야나 같은 인물이 필요했을 것이다.

이야나는 친절히 설명하려고 노력했다. 저 신상의 이름은 무엇, 그리고 또 저 신상의 이름은 무엇. 그러나, 그럼 이것도 신이야? 내가 질문을 하자 이야나는 화를 냈다.

신은 하나 뿐이야. 어떻게 이것도 신이고 저것도 신일 수가 있다는 거야?

그렇게 말한 건 방금 전에 너였잖아.

이야나의 화가 마침내 폭발했다. 오, 너는 정말 아무 것도 이해하지 못해.

하나이면서 여럿인 것, 물론 나는 그런 걸 이해할 수 없다. 이야나가 왜 화를 내는지도 알 수 없어서 나는 이야나의 눈치를 봤다. 그리고 속으로만 조용히 말했던 것이다. 이건 패스, 신에 관한 씬은 패스. 이야나, 잠깐 내 소설 속에서 사라져줄래?

나는 이야나가 등장하지 않는 장면을 쓴다. 한 여자가 자신을 배신한 남자 때문에 괴로워하고 있다. 이런…… 이 여자는 심지어 살인사건에까지 연루되고, 칼에 찔리기까지 한다. 그리고 보니 나는 칼에 찔리는 장면을 좋아하는 것 같다. 칼에 찔리는 장면으로부터 시작되는 소설도 있고 제목이 '칼에 찔린 자국'이라는 소설도 있다. 나는 잠시 키보드 위에 얹어져 있던 손을 떼어낸다. 그리고 거울 앞에 서본다. 벽에 걸려 있는 거울은 집주인의 것인데, 신의 얼굴이 장식되어 있다. 그렇다고 짐작한다. 이야나에게 이것도 신이야? 물어봤다가는 '어떻게 거울이 신일 수가 있다는 거야?'라면서 또 화를 낼지도 모르니 물어보지 않기로 한다. 이 섬에 오기 전에 관광책자를 봤고 거기에서 거울에 조각된 것과 같은 사진을 보았었다. 섬사람들이 믿는 종교의 신이라고 되어 있었다.

아무튼 거울 앞에 서서 나는 신의 얼굴이 아니라 내 몸을 바라본다. 넓은 이층집을 나 혼자 세 얻어 살고 있으니 홀딱 벗고 돌아다닌다고 해도 나를 엿볼 사람은 없다. 그렇더라도 샤워를 한 다음도 아닌데 옷을 벗고 내 몸을 볼 생각은 없다. 그런 드라마틱한 설정은 생각만 해도 얼굴이 뜨겁다. 그러나 그런 생각이 들자 옷을 다 입고 서 있어도 여전히 내가 낯 뜨겁게 여겨진다. 나는 다시 책상 앞으로 돌아온다.

내 몸에는 몇 군데 흉터들이 있다. 대부분이 어려서 얻은 것들이다. 깡말랐던 몸에 다리가 부실해서 그랬던가, 어려서 노상 넘어지고 다녔다. 그때 모질게 넘어졌던 상처가 그대로 남아 있는 것이다. 나이 들어서는 술 취해 넘어지기도 했다. 술 취했으니 모질게 넘어지기도 했겠지만, 나이 든 피부의 재생이 잘 되지 않아 그런 흉터도 여전히 남아 있다. 칼에 베인 자국도 있다. 칼에 베인 자국은 넘어진 상처보다 깊지 않았는데도, 사라지지 않았다.

칼에 찔린 적은 없다. 베인 것과 찔린 것은 완전히 다르므로, 분명히 해둬야 한다. 나는 칼에 찔려본 적이 없다. 내 소설 속 주인공들만 칼에 찔렸다. 그러고 보니 내 소설 속의 여자, 나 대신 칼에 찔리기 위해, 그 불운한 장소에서 대기 중이다.

선생께서 보자 하신 날에 가서 뵐 수도 있었을 것이다. 단기체류 일정으로 떠나는 여정이 아니었으니 일주일쯤 출발 날짜를 늦추는 것은 전혀 문제가 아니었다. 그러나 반드시 그래야 할 일도 아니었다. 당시에 떠나는 건 내 쪽이었으나, 떠나서 아주 안 돌아올 길도 아니었으니 돌아와서 뵈면 될 일이었다. 그렇다. 당시에 떠나는 건 선생이 아니라 내 쪽이었던 것이다.

그 동안 이 나라 저 나라를 여행 다녀 봤지만, 몇 달이라는 긴 기간을 나 혼자 해외에서 머물기로 결심한 것은 처음이었다. 초행인 곳은 두려웠고, 너무 익숙한 곳은 지루했다. 몇 해 전에 지인들과 함께 며칠을 머물렀던 섬이 떠올랐다. 초행도 아니고 익숙하지도 않았다. 일곱 시간 비행을 끝내고 공항에 도착을 한 것이 자정을 넘긴 시간이었다. 여행책자에서 안내해준 대로 공항택시를 탔다. 기사에게 호텔 이름이 적힌 쪽지를 보여주었다. 잘 모르는 곳인 듯싶었다. 인터넷으로 예약할 수 있는 곳 중에 가장 싼 곳을 택했었다.

도시는 완전히 어둠에 잠겨 있다. 숲과 나무들이 택시의 헤드라이트 불빛을 받고 음습하게 드러났다가 사라졌다. 밤의 거리를 지키는 것은 개들뿐이었다. 어디에나 개들이 있었다. 개들이 차도 한복판에서 잠들어 있다가 달려오는 차를 바라보며 느리게 몸을 일으키곤 했다.

기사는 말수가 많지 않은 사람이었다. 어느 나라에서 왔느냐고도 묻지 않고, 여행을 왔는지 일 때문에 왔는지도 묻지 않았다. 차는 그저 어둠과 침묵 속으로 달리고 있을 뿐이다. 나는 옆좌석에 놓아둔 가방의 손잡이를 단단히 잡고 있다. 만의 하나, 택시기사가 갑자기 강도로 돌변한다면 가방의 손잡이를 쥐고 있는 따위가 무슨 소용이 있겠는가. 내가 손에 땀을 흘리면서도 놓지 못하고 있는 것은 가방 속의 지갑이며 여권 따위가 아니다. 지난 며칠 여행을 계획하고, 숙소를 예약하고, 한겨울에 한여름 옷을 파는 인터넷 쇼핑몰을 찾아다니고, 배탈약과 두통약과 해열제를 사고, 영화와 드라마를 다운받아 노트북에 저장하고…… 그러면서 내가 나를 소설 속의 주인공처럼 만들어가는 풍경이 때때로 마땅치 않았다. 아니, 자주 마땅치 않았다.

너는 먹고 살아야 하는 생활인이야. 지금 따져야 하는 건, 통장 속의 잔고지, 여행지 따위가 아니라고.

소설 한 편을 써서 벌 수 있는 돈이 여행지에서 몇 달 동안 쓰는 돈보다도 적을 수 있었다. 그러니 어차피 떠나 있거나 머물러 있거나 관리비 꼬박꼬박 내야 하는 내 집에 묵새기고 있는 것이 옳았다. 돈 때문만은 아니다. 집을 떠난다고 해서 글이 잘 써질 거라고는 믿을 수 없었다. 사실 그런 믿음은 처음부터 없었던 것이다. 안 써지고, 안 써진다는 핑계를 붙잡은 채 하루하루 흘러가는 내 삶이, 지겨웠을 뿐이다. 그러니 무슨 짓이든 해야만 했다.

그러나 모르지 않았다. 어디에서나, 언제거나, 결국 아무 일도 일어나지 않을 것이다. 깊은 밤의 택시 안에서 가방의 손잡이를 땀 밴 손으로 단단히 잡고 내가 생각하는 것은 그러므로 나를 안심시키는 마음이 아니라, 환멸하는 마음이다. 고작 그것뿐이다. 어디에서나, 어떤 상황에서나 안전하고 불안하고, 그리하여 마침내 여전히 평화롭고 영원히 불안할 나의 삶을 확인하는 것은, 소설 속이거나 소설 밖이거나 나와 내 주인공이 다다를 수 있는 최고의 지점일 것이다. 그러므로 다행인가, 불행인가.

나는 이야나를 식당에서 만난다. 일 년 내내 더운 날씨의 섬, 모든 식당들은 창문도 문도 없는 열린 구조로 되어 있다. 문을 꽁꽁 닫아 놓고 에어컨을 켜는 곳은 편의점뿐이다. 좋은 식당에서 편안히 앉아 식사를 하려면 더위를 견디는 수밖에 없다. 천장의 커다란 팬이 간신히 바람을 일으킨다. 차가운 맥주가 필요하다.

음식은 천천히 나온다. 맥주 한 병을 시켜 놓고 음식을 기다리는 동안, 누군가 나와 이야기를 나누어줄 사람이 아쉬워진다.

식당의 종업원들과 대화를 나눌 생각은 없다. 낯선 언어가 통용되는 곳에서 우리가 할 수 있는 말은 회화 교본의 첫 페이지에서 벗어나지 않는다. 나는 어느 나라 사람이에요. 나는 관광을 왔어요. 나는 이곳이 참 좋아요. 그러고 나면 더 필요한 말도, 더 할 수 있는 말도 없다. 회화 교본에는 당신은 몇 살입니까 라는 말 정도도 나와 있겠지만 그런 말은 물어볼 생각도, 대답할 마음도 없다.

주문한 음식을 기다리는 동안 마시는 맥주 한 병, 그러나 더운 날씨의 맥주 한 병은 금방 취기를 불러온다. 말이 하고 싶어진다. 이야나를 불러올 수밖에 없다. 이야나라면 언제든지 나와 함께 있어줄 수 있다.

그는 섬에서 태어나 섬에서 자란 사람. 기왕이면 젊고 잘 생긴 남자. 그러나 그 역시 언젠가는 늙고 죽어갈 사람. 나와는 완전히 다른 곳에서 태어나 완전히 다른 곳에서 살며, 그러다가 우연히 내 소설 속에서 만나게 될 그는, 그의 삶은, 그의 사랑은, 그의 죽음은 무엇일까.

내게 불려 나온 이야나는 처음부터 짜증스러운 얼굴을 감추려고 하지 않는다.

너, 취했지?

이야나는 벌써 알아차린 것이다. 아직 한 병도 다 안 마셨는데? 그런 변명 같은 건 소용없다. 그는 내가 음식이 나오기 전에 한 병을 더 시킬 거라는 걸 알고 있고, 음식을 다 먹기 전에 또

한 병을 시킬 거라는 것도 알고 있다. 숙소로 홀로 돌아가는 길에 편의점에서 또 한 병을 살 거라는 것도, 나보다 먼저 알고 있을 것이다.

소설은 언제 쓰니? 너, 소설 쓰러 왔다면서? 그런데 맨날 술만 마시네.

술만 마시는 건 아니야…… 소설도 써.

그런데 난 왜 아직도 이 모양이야? 넌 아직 날 다 만들지도 않았잖아. 난 아직도 너 때문에 길거리에서 뒹굴고 있다고. 난 아직도 지독하게 가난하고, 여전히 날 버린 애인 때문에 꼴사납게 징징거리고 있잖아.

조금만 기다려 봐.

기다리면, 날 부자로 만들어줄 거야?

부자 되는 게 쉽니?

이야나가 날 흘겨보듯 쳐다보다가 고개를 흔들어버린다.

그럼 다른 애인이라도 만들어줘.

난…… 어때?

이야나, 마침내 울화를 터뜨린다.

너 그딴 소리나 하려면 나 불러내지 마. 제발 아무 때나 불러내지 말라고. 아무리 네가 날 만들었다고 해도, 나도 할 일이 있는 사람이야. 네 소설 속에서 나도 먹고 살아야 한다고. 네가 날 그렇게 만들었잖아. 하루라도 일을 안 하면 당장 굶어 죽을 가난뱅이로 만들어 놨잖아. 그러니까 난 일하러 가야 해.

이야나는 자주 내게 쌀쌀맞다. 내게 쌀쌀맞으라고 만들어낸 인물이 아닌데도 그렇다. 이해할 수가 없다.

이야나가 날 팽개치고 가버린 후, 주문했던 음식이 나온다. 맥주 한 병 더, 라는 말을 간신히 참고 포크를 집어 든다. 접시 위에 놓인 닭다리에 포크를 꽂으며 혼자 중얼거린다. 망할 자식……. 그래서, 성격 좋은 놈을 만들었어야 해. 저 자식을 갈아치워 버려야지. 이야나, 너는 아웃이야.

그래도 여전히 분이 안 풀려 기어코 맥주 한 병을 더 시킨다. 부자가 되게 해달라고? 그게 그렇게 쉬우면, 나도 소설 같은 거 안 썼겠다. 닭다리를 뜯으며 그런 말을 속으로 중얼거리다가, 갑자기 마음이 적막해진다. 그렇구나. 나는 부자가 되고 싶은 거구나. 돈도 많고, 마음도 풍요롭고, 게다가 젊고 잘 생긴 애인까지 있는…… 그런 사람이 되고 싶은 거구나. 그러나 열대의 섬, 천장의 팬이 무겁고 습한 바람을 날리고 있는 레스토랑에서 나는 내 나라에 두고 온 가난을 유예해 둔 채, 여전히 혼자다. 대체 어느 세월에 이르러야 그러한 사실을 더는 의문 없이 수긍하게 될지가, 의문이다.

선생께서 젊었던 시절에 가지고 다니던 명함에는 당신의 이름이 '그리스인 조르바를 번역한 누구'라고 되어 있었다는 얘기를 들은 적이 있다. 그 얘기를 들었을 때 가장 먼저 떠오른 것은 조르바 춤을 추고 있는 선생의 모습이었다. 더 정확히 말하면 영화 속에서 춤을 추고 있는 안소니 퀸의 모습이었을 것이다. 책 속의 조르바와, 영화 속의 안소니 퀸과, 그것을 우리말로 되살리고 있는 선생의 모습이 겹쳐 떠올랐다. 마지막 엔터키를 누르고 갑자기 두 팔을 치켜 올리고 스텝을 밟기 시작하는 그들. 그들은 여럿이면서 하나다. 춤에 대해서 잘 알지는 못하지만, 조르바 춤에는 각이 중요해 보인다. 열정, 그리고 마지막 남은 모든 것을 다 쏟아붓는 최후의 순간은 자유와 포효로 보이지만, 그것을 그렇게 보이게 하는 것은 결국 각이다.

그러니까, 각.

선생의 부음을 받고 조르바를 다시 보기로 한다. 상가에는 가지 못하니, 그렇게라도 해야지 하는 기분이다. 땡볕이 쏟아지는 거리를 걸어 서점을 찾아간다. 관광지의 거리에는 외국어 책을 전문으로 파는 서점들이 있다. 영어 책들이 가장 많이 보이고, 스페인어 책, 중국어 책도 보인다. 최근의 베스트셀러들로 채워진 진열대에《그리스인 조르바》는 없다. 현지어 책을 파는 서점에 가면 있을지도 모르지만, 나는 이 섬의 언어로 조르바라는 글자가 어떻게 쓰이는지도 알지 못한다. 영어 책으로 그리스인 조르바가 있다고 하더라도, 그걸 영어로 읽을 능력은 없으니 표지만 바라보다가 말 것이지만, 오래된 책을 꽂아둔 듯한 벽의 진열장까지 살펴보기로 한다. 한국에 있었다면 상가喪家에만 가면 될 일을, 가서 조금 울다가 밤 너무 늦기 전에 돌아오면 그만일 것을, 여기에서, 이러고 있다.

서점은 에어컨을 빵빵하게 틀어 놓아 소매 없는 옷을 입고 있는 내 맨 어깨가 시릴 지경이다. 시린 목과 어깨를 자꾸 쓰다듬으며 책을 살피다 말고 창밖의 거리를 내다본다. 내 입에서 갑자기 어, 하는 소리가 터져 나온다. 모터바이크 한 대가 멀쩡히 달려오다가 자동차의 후미를 들이받고 나동그라진 것이다. 양방향의 차들이 모두 급브레이크를 밟고 그 한 가운데에서 모터바이크가 팽이처럼 돌고 있다. 운전자는 공중으로 날아올랐다가 급브레이크를 밟은 자동차의 보닛에 튕겨 바닥으로 떨어져 내렸다. 삽시간에 사람들이 새까맣게 몰려들어 사고 현장을 더는 바라볼 수가 없었다. 세상의 모든 사람들이 순식간에 그 사고현장으로 달려온 것 같은 지경이다. 서점 안에 있던 사람들도 모두 바깥으로 달려 나가 실내가 텅 비어버렸다. 그러나 잠시 후, 나는 다시 사람들이 웅성거리는 꽉 찬 서점을 본다. 책 속에서 나온 사람들인가, 싶다. 하긴 책 속의 사람들에게도 구경거리는 필요할 것이다. 비록 그 구경거리가 참혹한 교통사고의 현장이라고는 하더라도. 아니, 어쩌면 실은 더욱 그래서.

선생의 부음이 나를 너무 감상적으로 만들었던 것은 분명했다. 서점의 창문에 매달린 사람들은 책 속에서 나온 사람들이 아니라 지하 매장에서 뛰어 올라온 사람들이다. 뒤늦게 뛰어 올라와 소란의 정체를 아직 정확히 파악하지 못한 사람들이 각기 제 나라 언어로 그야말로 소란스럽게 어떻게 된 일인지를 서로 묻고 있다. 갑자기 밖에서 함성소리와 박수소리가 터져 나온다. 그리고 둥글게 원을 그리고 있던 사람들이 길을 열자 모터바이크를 세우고 있는 운전자가 보인다. 그는 무사한 모양이다. 서점 안에서도 탄성소리가 새어 나온다. 그러나 곧이어 다시 비명소리다. 모터바이크에 올라타려던 운전자가 다시 그 자리에서 풀썩 하고 쓰러져버렸기 때문이다. 쓰러지는 '각'이, 그야말로 눈부시다. 한낮의 거리, 운전자의 헬멧에 반사되는 햇살이 눈을 찌르는 듯하다. 앰뷸런스 사이렌 소리가 다가오고 있다.

그리스인 조르바를 쓴 카잔차키스는 실제로 조르바를 만났던 걸로 알려져 있다. 소설 속에 묘사된 것처럼 조르바와 함께 광산 일을 하기도 했다. 그리고 크레타 섬에는 소설 속 주인공의 무덤이 아닌, 실재했던 조르바의 무덤이 있다. 책의 번역 후기에 선생이 조르바의 무덤 앞에서 절을 하는 장면이 묘사되어 있던 걸로 기억한다.

선생은 이제 조르바를 만나셨을까. 둘이 만났다면 아직 영혼의 말을 배우지 못한 선생을 위해 조르바는 춤으로 말을 대신해주었을까. 기왕이면 유쾌한 상상을 해보고 싶다. 춤을 추는 조르바와 그 춤에 응대하는 선생, 그 사이로 느닷없이 오토바이 운전자가 끼어든다. 헬멧을 벗은 운전자의 얼굴이 보인다. 세상에, 이야나다. 이야나는 행복해 보인다. 이야나가 행복하게 선생에게 말하는 소리가 들린다.

소설 속에서 죽기가 정말로 힘들었거든요. 나를 만든 여자는 나를 죽일 생각이 없더라고요. 그래서 하마터면 정말로 불멸할 뻔 했다니까요.

나는 다시 노트북을 켠다. 나 대신 칼에 찔리기 위해 대기하는 여자의 장면을 넘어 이야나를 부른다. 이야나가 노트북 위에 뜬다. 점멸하는 커서를 오래 쳐다본다. 불멸은 아무나 하는 게 아니다. 이야나가 내 소설 속에서 태어나는 바람에 이야나는 불멸하고 싶어도 불멸할 수 없는 존재가 될지도 모른다. 그것은 소설의 운명이 아니라 책의 운명이다. 그러나 이야나에게 그런 말을 해줄 수는 없다. 불멸하지 않게 되어 다행이라고 말하는 대신 불같이 화를 낼 것 같다는 생각이 들어서이다. 이야나의 목소리가 들리는 듯하다.

나는 내가 스스로 죽는 방법을 알고 있어. 그러니까, 너는 네 일을 해. 술 마시지 말고, 괜히 게으르게 이 거리 저 거리 왔다 갔다 하지 말고, 온 힘을 다 해서 네 노트북 자판을 두드려. 손가락이 부러질 때까지 두드리란 말이야.

그런데 이야나의 저 말은 영혼의 언어일까, 아니면 내가 내 소설 속에서 다 하지 못한 말일까.

섬에 도착한 후 며칠 뒤의 일이었다. 호텔 근처에서 부동산을 발견했고, 중단기 거주는 물론이거니와 비자 연장까지 대행해 준다는 광고판이 있는 것을 보았다. 혼자 떠나온 여행은 무료했다. 여행까지 와서 잠만 자고 있을 수는 없으므로 무엇이든 일을 만들어야 했다. 부동산에 들어가 몇 달 간 머물 숙소와 몇 달 간 머물 수 있는 비자를 발급받을 수 있겠느냐고 물었다. 그저 심심해서였다. 정장을 차려 입은 젊은 직원은 친절하고 우아했다. 그가 내 앞으로 노트북을 가져와 부드럽게 마우스를 움직이자 저택들의 사진이 차례차례로 뜨기 시작했다. 단기 임대 주택들이었는데, 내 눈에는 다 저택 수준으로 보일 정도로 크고 대단한 집들이었다. 그에 비해서 임대료는 쌌다. 이런 정도의 집을 이런 정도의 임대료로 몇 달간만이라도 살아본다면, 그것도 괜찮겠는걸. 통장의 잔고를 잊고 싶은 유혹이 맹렬해졌다. 다행히 브레이크가 걸렸다. 임대료가 싼 저택들은 단기 임대라고 해도 최소 6개월 이상 계약이 의무사항이었고, 전체 임대료를 선불로 내야만 했다.

오직 문제는 일정 때문이라는 아쉬운 표정을 지으며 내가 자리에서 일어서자, 직원이 마지막으로 사진 한 장을 더 보여주었다.

임대료를 10프로 정도 더 낸다면 더 짧게도 계약이 가능할지 몰라요. 주인하고 한 번 얘기해보시겠어요?

아, 이 집은…….

아름답지요? 가구도 전부 있어요. 에어컨도 있고요.

그렇긴 하지만 너무 크네요, 혼자 머물기에는.

메이드를 소개해 드릴게요. 메이드를 위한 방도 따로 있으니까요. 원한다면 젊고 잘 생긴 남자 메이드를 소개해 드릴 수도 있어요.

나는 깜짝 놀라 직원을 바라봤다. 이 친절하던 직원이 느닷없이 무슨 무례한 말인가. 그러나 직원은 그저 부드럽게 미소를 짓고 있을 뿐이었다. 아무래도 내가 잘못 들은 말인 것 같았다. 직원의 영어가 너무 유창하고 빨라서 잘 알아들을 수 없을 때가 많았었다. 직원이 명함을 내밀며 다시 연락해 달라고 했다. 마데라는 이름이 적혀 있었다.

신기하네요. 내가 묵고 있는 호텔 매니저 이름도 마데던데요.

아마, 더 많이 만나시게 될 거예요.

그런가요?

웃으며 악수를 하고 헤어진 후 부동산에서 나왔을 때, 비가 내리고 있었다. 마침 가까운 데 택시가 보여 다짜고짜 달려가 문부터 열었다. 타도 되지요? 비 때문에 달려오는 나를 미처 보지 못했던지 놀란 표정이었던 택시기사가 곧 환한 미소를 지어 보였다.

물론이지요. 어서 오세요. 나는 마데라고 해요.

아, 또…….

뭐라고 하셨어요?

섬에서는 첫째 아기가 태어나면 그 이름이 첫째, 둘째 아기가 태어나면 그 이름은 둘째, 그리고 셋째, 넷째, 그러다가 다섯째 아이가 태어나면 다시 이름이 첫째로 돌아간다는 것을 나는 나중에야 알게 되었다. 마데는 둘째라는 뜻의 이름이다. 섬사람들이 일반적으로 아이를 몇 명씩이나 낳는지는 모르지만, 어쨌든 25프로 이상의 확률을 가진 이름이라는 소리다.

이야나에게 내가 이야나라는 이름을 주었을 때, 그가 내게 물었다. 나는 첫째인 이야나야, 둘째인 이야나야? 아니면 다섯 번째로 태어나서 다시 첫째가 된 이야나야? 이야나의 질문이 좀 성가시게 여겨져서, 나는 대수롭지 않게 대꾸했다.

한국 사람들은 그런 거에 별로 관심 없어.

그럼 네 책을 한국 사람만 읽을 거야?

일단은, 뭐 그렇지.

그럼 네 소설 속에서 내가 죽으면, 나는 다시 어디서 태어나?

넌 안 죽을 거야.

안 죽는 사람은 없어.

넌 소설 속에 있을 거야.

불공평해.

뭐가?

내가 안 죽는다면 넌 날 사람으로 만든 게 아니니까.

며칠 후, 나는 호텔에서 짐을 챙겨 나와 '저택'으로 이사를 했다. 3개월 단기 임대였는데, 부동산 직원의 말처럼, 호텔비보다 싼 임대료로 단기 주택을 임대한 것은 정말 운이 좋은 일이었다. 집주인의 이름이 또 마데여서 하마터면 웃음이 터질 뻔 했다. 왜 그러느냐는 듯, 미소를 지으며 바라보는 집주인에게 그 이유를 설명할 수는 없었다. 집주인의 안내를 받아 집을 구경했다. 가끔씩 한숨이 삼켜졌다. 부동산에서 찾아줄 수 있었던 가장 좋은 조건의 가장 작은 집이었음에도 내게는 여전히 너무 컸다. 2층 방으로 올라갔을 때는 기어코 입 밖으로 한숨이 터져 나왔다. 1층과는 달리 가구가 하나도 없어서 2층 방에서 자고 있으면 텅 빈 운동장을 이마에 얹고 있는 거 같은 기분이 들 것 같았다. 집주인 마데가 두 손을 모으며 말했다. 오늘 안으로 2층 방에도 침대를 들여 놓겠다고 했다. 식구가 이렇게 많을 줄은 몰랐다고 그가 말을 이었다. 침대가 부족하면, 빌려줄 수 있는 매트리스도 있다는 말이 또 이어졌다. 그러고는 집주인 마데가 내 어깨너머로 물었다. 매트리스 필요해?

돌아보았을 때, 이야나가 거기 서 있었다. 이야나가 내게 찡긋, 윙크를 해 보였다. 놀란 마음에 서둘러 둘러보니, 거실에 웅성웅성 서 있는 사람들이 보였다. 마당에 서 있거나 앉아 있는 사람들도 보였다. 누군가는 여행가방을 들고 있었고, 누군가는 냉장고를 열어보고 있고, 누군가는 집주인 마데의 어린 아들과 정원에서 장난을 치고 있었다. 오래 전에 봤던 영화가 떠올랐다. 다중인격자를 다룬 영화였는데, 마지막 장면인가에서 주인공의 다중인격들이 모두 한 화면 안에 불려 나왔었다. 아마도 족히 이십 년 전에는 봤던 영화였을 텐데 여전히 그걸 기억하고 있는 걸 보면, 그 장면이 매우 충격적이었던 것일 테다. 그렇다면 여기가 내 다중인격의 공간인가.

어쩌면 이루지 못한 욕망의 공간, 내가 입 속으로만 삼켰던, 그렇게 나의 내부로 사라져버린 말들의 공간, 부유하는 모든 것들의 공간, 언젠가 죽어 윤회하고 싶은 것들의 모습, 아니, 윤회하고 싶지 않은 것들의 잔상…… 그렇다, 내 소설 속인 것이다.

"사람들이 모두 윤회한다면, 윤회하는 사람들은 다 어디로 가는 거지요?"

"사람은 과거로 윤회하거나 미래로 윤회할 수도 있겠지."

"욕망으로 윤회하거나, 소망으로 윤회하거나."

"그 둘의 차이를 안다면 해탈할 수도 있겠지."

"무서워요."

"뭐가?"

"……."

"말하지 못하니, 또 쓰겠구나."

"무서워요."

"……나도 무섭다."

선생까지 내 소설 속으로 들어온 날 밤, 나는 잠을 잘 이루지 못한다. 뒤척이는 침대 위, 천장에서 큰 도마뱀이 나를 살피고 있다. 내가 뒤척이지 않아야만 움직이기 시작할 것이다. 그러므로 도마뱀의 평화를 위해, 나는 죽은 듯 웅크려야만 한다. 밤은 나의 세계가 아니다. 죽음도 불멸도 그러하다. 소설은 거기 어디쯤에 존재할 것인가. 함부로 불러냈던 선생께 죄송하다. 그런데도 나는 다시 중얼거린다. 죄송해요, 말씀 드리는 대신에, 다시 한 번, 무서워요 라고. 나보다 내가 더욱 무서운 도마뱀이 천장에 달라붙어 맹렬히, 그야말로 맹렬히 죽은 시늉을 내고 있는 밤이다.

김인숙

1963년 서울에서 태어났다. 연세대학교 신문방송학과를 졸업했다. 1983년《조선일보》신춘문예에 단편〈상실의 계절〉이 당선되어 문단에 데뷔했다. 1995년 한국일보문학상, 2000년 현대문학상, 2003년 이상문학상, 2005년 이수문학상, 2006년 대산문학상, 2010년 동인문학상을 수상했다. 주요 작품으로는〈함께 걷는 길〉,〈칼날과 사랑〉,〈유리구두〉,〈브라스밴드를 기다리며〉,〈그 여자의 자서전〉이 있으며, 장편소설《핏줄》,《불꽃》,《'79~'80 겨울에서 봄 사이》,《긴 밤, 짧게 다가온 아침》,《그래서 너를 안는다》,《시드니 그 푸른 바다에 서다》,《먼 길》,《그늘, 깊은 곳》,《꽃의 기억》,《우연》,《소현》,《미칠 수 있겠니》등이 있다.

군위로 가는 버스

윤대녕

마포 횡단보도

1996년 여름의 일이다. 그해 나는 마포에 있는 강변 오피스텔에 혼자 세 들어 살고 있었다. 교통사고 후유증으로 얻은 일종의 신경장애를 이겨내기 위해 나는 매일 저녁 무렵이면 한강변을 산책하는 습관이 붙어 있었다. 그리고 저녁을 먹은 다음 오피스텔로 돌아와 검붉은 노을에 젖은 한강을 내려다보며 캄캄한 밤을 맞이하곤 했다.

아마 8월이 아니었을까? 어느 날 한강에서 돌아오는 길에 나는 가든호텔 앞 횡단보도 건너편에 서 있는 기골이 장대한 어떤 중년의 사내를 발견했다. '발견'이라는 느낌을 받은 것은 그가 마치 주변의 공기를 그물처럼 끌어당기고 있는 듯한 강렬한 존재감 때문이었다. 뒤미처 나는 그가 누군지를 알아챘다. 비록 일면식도 없었으나 나로서는 그를 모를 수가 없었던 것이다. 그런데 왜 그는 마포 횡단보도 앞에 서 있는 것일까? 풍문에 듣기론 미국에 체류하고 있는 것으로 알고 있었기에, 나는 맞은편 신호등 앞에 우두커니 서서 그를 환영처럼 바라보고 있었다. 그는 헐렁한 바지와 티셔츠 차림에 슬리퍼를 신고 있었다. 나중에 알고 보니 그는 불과 얼마 전에 미국에서 돌아온 참이었다.

이윽고 신호등이 바뀌었으나 나는 마네킹처럼 그대로 서 있었다. 왜 그랬는지는 모르겠다. 그는 내 옆을 성큼성큼 지나쳐 근처에 있는 고려 아카데미텔 안으로 바삐 사라져버렸다. 나는 그제야 그의 뒤를 따라왔음을 깨닫고 서둘러 발길을 돌려 아까 그 횡단보도를 건너갔다. 혼자 저녁밥을 먹는 동안 나는 이십대 문청시절에 열병을 앓듯 매혹돼 있던 니코스 카잔차키스와 조지프 캠벨과 움베르토 에코와 그리고 최근에 발간된 칼 융의 책들을 떠올리고 있었다. 남들에게 뿐만 아니라 그는 내게 있어서도 일찌감치 '신화의 전도사'였던 것이다. 또한 까마득한 선배 소설가이기도 했다.

며칠 후 가든호텔 커피숍에서 나는 그와 다시 우연히 마주쳤다. 그날 나는 모 출판사의 편집자와 만나기로 돼 있었는데, 그는 약속시간이 한참 지났는데도 좀처럼 나타나지 않았다. 신경이 대파 자라듯 시시각각 곤두설 무렵, 뒷전 어디에선가 경상도

억양이 섞인 우렁우렁한 목소리가 들려왔다. 나는 거의 반사적으로 뒤를 돌아보았고 동시에 그와 눈이 딱 마주쳤다. 순간 나는 마치 명령을 받은 병사처럼 자리에서 일어나 그가 앉아 있는 곳으로 다가가 꾸벅 인사를 했다. 뜻밖에도 그는 내게 알은체를 했다.

자네 혹시 소설 쓰는 윤 모씨 아닌가?

그의 옆에는 북디자이너로 유명한 정병규 선생이 깔끔한 차림에 역시 깔끔한 표정으로 웃고 있었다. 악수를 나누는 동안 나는 자동반사적으로 허튼소리를 내뱉었다.

저는 며칠 전에 이미 선생님을 횡단보도 앞에서 만난 적이 있습니다. 신호등 옆에 마치 헤라클레스처럼 우뚝 서 있더군요.

나는 알고 있었다. 내 말투가 늘 상대를 뜨악하게 만든다는 것을.

긴가민가한 표정으로 나를 올려다보던 그가 결국 동문서답하듯 되받았다.

그래? 그럼 또 만나게 되면 함께 술이나 한잔 하세.

그로부터 한 달쯤 후에 나는 마포를 떠나 양수리로 들어갔다. 그 전에 가든호텔 커피숍에서 한 번 더 그를 목격했다. 그날 그는 고려원 편집장이었던 어떤 시인과 만나고 있었다. 먼발치에서 보았기에 나는 굳이 다가가 재차 인사를 하지는 않았다.

70년대 스튜디오

양수리에서 약 오 개월을 지내는 동안 나는 차라리 술로 연명하다시피 했다. 대작大作을 염두에 두고 감행한 은둔이었으나, 좀처럼 몸이 회복되지 않으면서 오히려 나날이 열패감만 쌓여갔다. 어느 날 수소문 끝에 내 거처를 찾아온 지인이 내 몰골을 보더니, 그 자리에서 병원으로 전화를 걸어 건강검진을 예약했다. 더불어 내 명의로 일산 신도시 아파트에 전세 계약을 맺어 강제로 나를 이주시켰다.

일산으로 이주하고 나서 가끔 만나 술을 마시게 된 양반은 훗날 소설가가 된 문학기자 출신의 김훈 선생이었다. 어느 날 나는 김훈 선생과 함께 신촌에 있는 '70년대 스튜디오'라는 음악카페에서 술을 마시고 있었다. 그런데 그 자리에 꿈인 듯 '그'가 합석해 있었다. 어떻게 세 사람이 한자리에 모였는지 동기가 당최 기억이 나지 않지만, 그날 세 사람은 늦게까지 흥에 겨워 술잔을 주고받았다. 그 술집은 60년대에서 80년대에 이르는 팝과 가요를 LP로 틀어주는 것으로 항간에 알려져 문인, 예술가들이 심심찮게 드나들었다. 주인은 70년대 크리스천 아카데미에서 활동한 적이 있는 전직 운동권 출신이었다.

내가 슬쩍 신청한 김추자의 〈월남에서 돌아온 김상사〉와 〈무인도〉가 흘러나오자 그는 야릇한 표정으로 나를 바라보더니, 곧 월남에 대한 기억들을 얘기했다. 이어 백설희의 〈봄날은 간다〉와

해리 벨라폰테의 〈대니 보이〉까지 듣고 나서 누군가 내게 노래를 시켰다. 나는 지체 없이 맥주병을 들고 일어나 조영남의 〈제비〉와 최무룡의 〈꿈은 사라지고〉를 불렀다. 하지만 내게 박수를 보내는 사람은 아무도 없었다. 다만 지청구처럼 이런 말이 귀에 들려왔을 뿐이었다.

또 〈꿈은 사라지고〉야? 레퍼토리 좀 바꿔 봐.

뭐, 두 분도 만날 〈봄날은 간다〉만 부르잖아요.

거나하게 취한 상태에서 세 사람은 이차 자리로 옮겨갔다. 아까 뭘 먹은 것도 같은데, 새삼스럽게 배가 고팠던 것이다. '형제갈비' 2층이었던가? 아무튼 우리는 수육 안주에 소주를 마셨다. 그는《선의 황금시대》와 '육조 혜능'에 대해 얘기했고 김훈 선생은《선가구감仙家龜鑑》을 나는《벽암록碧巖錄》에 나오는 덕산과 용담 화상의 일화로 되받았다. 그러다 화제는 엉뚱하게 일본문학으로 옮겨갔다. 이유를 알 수 없었으되 우리는 여전히 조금 흥분한 상태였다. '70년대 스튜디오'에서 들었던 흘러간 노래 탓이었을까?

그가 선창을 하듯 바쇼의 하이쿠를 먼저 읊었다.

종소리 스러져
벚꽃 향기 날리는
저녁이어라

곧바로 김훈 선생인가 내가 이어 받았다.

여행길에 병드니
황량한 들녘 저편을
꿈은 헤매는도다

그날 몇 시쯤에 어떻게 헤어졌는지 제대로 기억이 나지 않는다. 다만 취중에도 과천 집으로 가기 위해 그가 택시에 오르던 모습만이 아직도 판화처럼 뚜렷하게 뇌리에 남아 있을 따름이다. 그리고 우리는 보름쯤 후에 하동 쌍계사에서 전혀 생각지도 못했던 만남을 다시 갖게 된다.

쌍계사

1997년 3월이었다. 삼십대 중후반에 나는 해마다 2월 중순이면 쌍계사로 내려가 한 달쯤 지낸 뒤 서울로 올라오곤 했는데, 어느 날 모 출판사의 편집자와 소설가 전경린 씨가 나를 찾아왔다. 전경린 씨는 서울에서 마산으로 내려가는 길에 잠깐 들른 것이었다. 산문山門으로 마중을 나갔던 나는 화들짝 놀라고 말았다. 일행 중에 등산복 차림의 그가 차에 함께 타고 있었던 것이다. 이런 경우, 어쩐 일이시냐고 묻는 것은 되레 실례가 될 뿐이라는 걸 나는 알고 있었으므로 그저 웃음으로 인사를 대신했다. 불일폭포 쪽으로 등산부터 하시겠냐고 묻자, 그는 그게 무슨 뜻이냐며 회합주會合酒부터 내놓으라고 나를 다그쳤다.

내가 묵고 있는 쌍계사 아래 '청운산장'에 들자마자 우리는 계곡으로 내려가 동동주를 마시기 시작했고 술자리는 밤이 늦도록 이어졌다. 벚꽃이 아직 만개할 때가 아니어서 다들 서운한 눈치였으나, 개울 건너편에 미리 핀 산벚꽃 몇 그루가 달빛을 받아 정령처럼 우리를 훔쳐보며 밤새 수군거리고 있었다. 저쪽 숲속에서는 소들이 지나가며 방울을 쩔렁대는 소리가 들려오고 있었다. 우리는 영산회상에 모여 서툰 선문답을 주고받는 술 취한 운수납자들 같았다. 밤이 깊어 갈수록 계곡물 흘러가는 소리가 귀에서 점점 커졌다.

다음 날 아침 우리는 재첩국으로 해장을 한 다음 쌍계사로 올라갔다. 대웅전으로 올라가는 돌계단 옆에 벚꽃 대신 목련 한 그루가 화사하게 피어 있었다. 그런데 누군가 잡아 뜯은 듯 목련 가지가 몇 개 부러져 있었다. 나는 무심결에 비 맞은 중처럼 중얼거렸다.

어떤 작자가 목련 가지를 저렇듯 쥐어뜯어 놨을까요? 절 경내에 있는 나무치곤 꼴이 여간 사나운 게 아니네요.

그러자 옆에서 소요하고 있던 그가 싱긋 웃으며 이렇게 반문했다.

'쥐어뜯는다'는 말은 충청도 방언인가? 거 억수로 맛깔스러운 표현이구먼. 자, 경내도 둘러봤으니 그만 내려가 다시 동동주나 한잔 하지. 그 청운산장 동동주 보름달처럼 잘 익었더라구.

도로 산장으로 내려가려는 참에, 동백나무 옆에 서 있던 전경린 씨 옆으로 이십대 중반쯤 돼 보이는 사문이 머뭇거리며 다가왔다. 그리고 대뜸 이렇게 묻는 것이었다. 우리는 관람하듯 그들의 대화를 가까이에서 엿듣고 있었다.

이게 무슨 꽃입니까?

전경린 씨는 당황했는지 엉겁결에 그만 이렇게 대꾸하고 말았다.

……동백이잖아요.

그 순간 내 옆에 있던 그가 혀를 찼다. 아니나 다를까. 사문이 곧장 칼로 베듯 되받았다.

그런데 그런 걸 뭐 하러 얘기합니까?

젊은 땡중의 선문답에 당하고 만 전경린 씨는 얼굴을 붉히며 자신도 대꾸를 하는 순간 아차, 싶었다고 잠시 후에 털어놓았다.

우리는 헤어질 때까지 다시 동동주를 마셨고 그는 서울로 올라가는 차 안에서 마실 술까지 손수 챙겼다. 만나기보다 헤어지는 것이 더욱 어렵다는 것쯤은 다들 알고 있었다. 그러기에 헤어지는 순간까지 술을 마셔야만 했을 것이다.

그들이 떠나고 나서 이삼 일 뒤, 쌍계사 십 리 벚꽃길이 돌연 구름떼가 몰려온 듯 하얗게 변했다.

그 후 나는 오랫동안 그를 만나지 못했다. 그해 가을인가, 그가 다시 미국으로 돌아갔기 때문이었다.

과천

2000년 3월에 나는 과천으로 그를 찾아갔다. 무려 삼 년 만의 만남이었고 내가 어렵사리 청해서 이루어진 만남이었다. 어쩌다 혼인을 하게 되었으니 주례를 맡아 주십사고 나는 그에게 반벙어리처럼 더듬거리며 말했다. 결혼식 사회를 봐주기로 돼 있는 한겨레신문의 최재봉 기자와 지금의 아내와 함께였다. 그는 대답 대신 내 옆에 다소곳이 앉아 있는 여인을 사이사이 눈여겨보며 술을 마실 따름이었다. 술이 좀 되고 나서야 그는 '작가의 아내로 사는 게 얼마나 힘든가'에 대해서, 나도 아내도 아닌 최재봉 기자에게 얘기하고 있었다. 무슨 뜻이었을까? 또 선문답을 하자는 얘기신가? 술이 좀 많이 되고 나서야 그는 내 아내가 될 사람에게 말했다.

작가의 아내로 산다는 게 얼마나 힘든 것인지 아직은 모를 것이오. 왜냐하면 지금보다 더 큰 작가로 만들어야 할 테니 말이오.

얘기 끝에 그는 아니 그렇소? 라며 다시 옆에 앉아 있는 최재봉 기자를 돌아보았다. 그날 알았으되, 그는 최재봉 기자를 무척이나 신뢰하고 있었다. 그건 나 또한 마찬가지였다. 자리에서 일어날 때까지 그는 내게는 단 한마디도 하지 않았다. 무슨 뜻이였을까? 그 말없음은 내가 앞으로 마음에 품고 있어야 할 화두였을까?

아무려나 나는 그의 주례로 4월에 혼례를 올렸다. 그날 평창동의 하늘은 눈이 부시게 푸르렀는데 결혼식이 끝나자마자 봄비가 부슬부슬 내리기 시작했다. 또 하나 신부의 친구들이 이구동성으로 그날 주례사가 근사했다고 하는데, 어쩐 일인지 나는 전혀 기억이 나지 않는다. 나중에 물어보니 그건 아내도 마찬가지였다. 결혼식 내내 졸음이 몰려올 정도로 긴장한 탓에 미처 새겨듣지 못했던 것이리라.

제주도

2003년 봄에 나는 식솔을 이끌고 제주도로 내려갔다. 잦은 슬럼프가 계속되더니 급기야 몸이 두 동강 난 듯한 괴로움 때문에 더 이상 일산 생활을 지속할 수가 없었다. 제주도에 내려가서 한 달을 앓고 나서야 나는 악몽에서 깨어난 듯 제정신이 돌아왔다. 뜻하지 않게 찾아온 휴식의 시간 앞에서 나는 오히려 허둥거리고 있었다. 바닷가에 작업실을 얻어 단편 두어 편을 쓴 뒤, 나는 쉬는 것도 용기에 속한다는 것을 깨닫고 이후 매일 바다에 나가 고기를 잡는 일에 열중했다.

가끔 서울에서 내려온 사람들이 내게 전화를 걸어와 술을 마시길 청했고 그중에는 평소 전혀 왕래가 없던 사람들도 끼어 있었다. 처음엔 무턱대고 고맙게 받아들였지만 시간이 지나면서 나는 제주도 알림이, 혹은 가이드처럼 변해갔다. 그래서 나는 다시 문을 닫아걸었다. 외롭고 고독하기 위해 내려온 제주도에서 가이드 신분으로 지낼 수는 없는 노릇이었다. 2005년 제주도에서 떠나올 때까지 내가 유일하게 만나 술을 마신 사람은 신경정신과 전문의 천자성 선생뿐이었다. 그는 광주 출신으로 나보다 한 살 많았고 독자로서 이미 내 소설을 대부분 읽은 사람이었다. 그리고 무엇보다도 내 상태에 대해 잘 알고 있었다.

2004년 가을, 그가 화가인 사모와 함께 제주도에 다녀간다는 소식이 전해져왔다. '그리스로마 신화와 한국 신화'에 대한 강연이 예정돼 있었던 것이다. 일행 중에는 내가 서울에서 가깝게 지냈던 화가, 사진작가, 기자, 출판인 들이 다수 섞여 있었다. 나는 식구와 함께 강연이 열리는 호텔로 찾아갔다. 그 자리엔 웬일인지 가수 조영남 씨도 와 있었다.

강연이 끝나고 나서 일행은 횟집으로 옮겨갔고 그 자리에서도 그는 신화에 대한 강의를 멈추지 않았다. 예의 폭발할 듯한 열정은 이제나 그제나 여전했다. 횟집에서 나와 우리(그와 사모, 나와 아내)는 호텔 스카이라운지로 자리를 옮겨 다시 술을 마셨다. 필리핀 가수들이 부르는 올드 팝송을 들으며 위스키를 마셨던가, 보드카를 마셨던가. 헤어질 무렵 우리는 기분 좋게 취해 있었다. 조니 워커 레드를 즐겨 마신다고 그가 말했던가? 그게 그날이었는지 다른 어느 날이었는지 좀처럼 기억이 나지 않는다.

이튿날 아침 그는 '제주 할망 신화'에 대한 강의차 독자들과 함께 산굼부리로 떠났고 나는 오랜만에 만난 지인들과 제주 해안도로를 일주하며 가는 곳마다 술을 마셨다. 가이드 또한 오랜 지인들을 만나게 되면 어쩔 수 없이 술을 마시게 되는 모양이었다. 저녁참에 집에 들르니, 사모가 산굼부리에 오르다 다리를 다쳐 누워 있다는 소식이 기다리고 있었다. 나는 급히 아내를 데리고 호텔로 찾아갔다. 깁스를 한 상태에서도 사모는 놀라울 정도로 태연한 모습이었다. 그 모습을 보며 나는 2000년 봄에 과천에서 만났을 때, 그가 했던 말을 문득 떠올리고 있었다. '작가의 아내로 산다는 게 얼마나 힘든 것인가'. 아내도 그날 사모를 보며 깊은 인상을 받은 눈치였다.

사리 때의 썰물처럼 일행이 서울로 빠져나간 밤, 나는 조니워커 레드를 한 병 마시고 나서야 잠이 들었다.

2005년 봄에 나는 일산으로 돌아왔다.

그를 마지막으로 본 것은 일산 백병원에 마련된 소설가 박영한 선생의 빈소에서였다. 2006년 여름이었던 걸로 기억한다. 검은 양복 차림으로 나타난 그를 보고 나는 내심 충격을 받고 말았다. 기골이 장대하던 모습은 온 데 간 데 없이 머리가 하얗게 변해 있었고 몸이 무척 왜소해져 있었다. 빈소에 딸린 식당에서 나는 그의 옆에 앉아 있었는데, 누군가 그에게 왜 그렇게 몸이 안 좋아 보이냐고 하자, 그는 돌연 벌컥 화를 내더니 이렇게 말하는 것이었다.

여기 지금 상가 아니오? 그런데 그런 걸 뭐 하러 얘기합니까?

그러고 나서 십 분쯤 후에 그는 자리에서 일어나 버렸다.

작년 여름 그리고 가을

8월 27일 정오쯤이었을 것이다. 수년간 그의 옆을 지켜왔던 지인에게서 내게 한 통의 전화가 걸려왔다. 강남 성모병원에서 그가 운명했다는, 부음을 전하는 전화였다. 네? 라고 반문한 뒤 나는 줄곧 침묵하고 있었다. 아니 침묵하고 있을 수밖에 없었다. 먼 데서 사리 때의 썰물이 거칠게 빠져나가는 소리가 이명처럼 들려오고 있었다. 나는 사인조차 묻지 않았다. 얼른 받아들이기가 힘들었기 때문이리라. 빈소는 강남 삼성병원에 마련될 것이라고 하면서 지인은 전화를 끊었다. 외출해 있던 나는 일단 집으로 바삐 돌아갔다. 아내에게 그의 부음을 전하자 역시 망연한 표정으로 아무 말도 하지 못했다. 그날 저녁 삼성병원 빈소에서 사모와 대면했으나, 나는 그저 '몹시 놀랐다'는 말 외에는 더 이상 아무 말도 하지 못했다.

문상을 하고 나서 나는 지인들 틈에 끼어 앉아 소주를 두어 잔 받아마셨다. 장례는 수목장으로 치러질 것이라고 누군가가 말했다. 양평 작업실 옆, 그가 생전에 손수 가꾸던 나무들 가까이에 안장될 거라고 했다. 그러하구나.

수목장은 49재에 맞춰 음력 9월 9일에 치러졌다. 음력 3월 3일에 강남에서 왔던 제비가 다시 강남으로 돌아간다는 바로 그날이었다. 하늘이 드높이 맑고 덧없이 푸르른 날이었다. 수목장이 끝나고 나서 그날 모인 사람들은 작업실 앞 작은 연못에 둘러앉아 술을 마시며 노래를 부르고 저 아득한 태고의 원시인들처럼 함께 어우러져 춤을 추었다. 한 죽음이 축제를 통해 비로소 완성되는 순간이었다. 그날은 아무도 눈시울을 붉히지 않았고 아무도 쉽게 그 자리를 떠나지 못했다. 저녁참에 돌아가지 못한 사람들은 작업실 안 거실에 모여 앉아 난로에 장작을 집어넣으며 다시 긴긴 이야기를 나누다 마침내 어두워져서야 각자 유령 같은 모습으로 그곳을 떠나왔다.

군위로 가는 버스

얼마 전 나는 마포에 갈 일이 있었다. 돌이켜보니, 1996년 그곳을 떠난 뒤로 한 번도 가본 적이 없음을 깨닫고 나는 새삼스럽게 세월의 무상함에 젖어 있었다. 당시 지하철 공사로 어수선했던 거리는 말끔하게 정리돼 있었고 왠지 이곳에서는 더 이상 내가 아는 사람을 마주칠 것 같지 않다는 기분이 들었다.

나는 가든호텔이 마주보이는 횡단보도 앞에서 신호가 바뀌기를 기다리고 서 있었다. 버스와 승용차 들이 지나가는 것을 망연히 바라보며 나는 십오 년 전, 바로 이 횡단보도에서 그와 처음 마주쳤던 기억을 떠올리고 있었다. 아니 저절로 그때 기억이 떠올랐을 것이다. 누군가 자연自然처럼 이 세상에 태어나 이윽고 떠나간다는 것은 무슨 의미인 걸까? 다만 지나가는 것에 불과한 것일까? 아마도 그건 아닐 것이다. 왜냐하면 그를 알던 사람들의 마음에 숱한 기억들을 남겨놓고 떠나기 때문이다. 그럼에도 그는 생전에 스스로를 과인過人, 즉 '지나가는 자'로 명명했다. 그래, 이 순간에도 모든 것들이 그렇게 지나가고 흘러가고 있었다. 거리의 사람들이, 차들이, 바람이, 하늘이, 내가…… 그리고 그날도 한강 쪽으로는 검붉은 노을이 바삐 내려앉고 있었다.

그러한 잠시, 내 눈에 돌연 이런 문구가 튀어 들어왔다.

'삼국유사의 고장 군위-로 여러분을 초대합니다!'

정신을 차리고 보니 그것은 버스에 붙어 있는 '전원주택지 분양 광고'였다. 군위는 바로 그가 태어난 곳이었다. 나는 혹시나 싶어 신호에 걸려 멈춰 서 있는 버스 안을 살펴보았다. 십오 년 전 그때처럼 길은 건너지 않은 채, 신호등 옆에 우두커니 서서 말이다.

그는 운전석 바로 뒷좌석에 앉아 있었다. 예의 짧고 하얀 머리에 멜빵 차림의 옷을 입고. 그가 이쪽을 돌아보며 잠깐 웃었던가? 아마 그랬던 것 같다. 이윽고 신호가 바뀌고 나서 그를 태운 버스는 군위라고 짐작되는 곳으로 내처 달려갔다.

윤대녕

1962년 충남 예산에서 태어났다. 단국대학교 불문학과를 졸업한 후 1990년《문학사상》으로 등단했다. 이후 창작집《은어낚시통신》《대설주의보》《남쪽 계단을 보라》《누가 걸어간다》《제비를 기르다》《많은 별들이 한곳으로 흘러갔다》 등을 펴냈으며, 장편소설로는《옛날 영화를 보러 갔다》《추억의 아주 먼 곳》《달의 지평선》《코카콜라 애인》《사슴벌레 여자》《미란》《눈의 여행자》《호랑이는 왜 바다로 갔나》 등이 있다. 1994년 오늘의 젊은 예술가상, 1996년 이상문학상, 1998년 현대문학상, 2003년 이효석문학상, 2007년 김유정문학상을 수상했으며, 현재 동덕여대 문예창작과에서 학생들을 가르치고 있다.

어디에 있니

전경린

어디에 있니.

석중은 2년 전 해정이 실종된 뒤로, 문자 메시지를 보내곤 했다. 수회는 그때마다 공교롭게도 양양, 부산, 경주 같은 먼 곳에가 있었다. 서울에서도 같은 문자를 받았으나 그런 때는 답을 하지 않았다. 석중도 어디에 있니, 묻는 것으로 끝이었다. 너무 헛헛해서 왜 그러냐고, 따질 수도 없었다. 그리고 어제 수회는 진주에 있었다. 친정 엄마 회갑이라 태경의 유치원을 빼먹고 고향집에 온 참이었다. 이번에 다녀가면 일을 시작해야 하니 한동안 내려올 수 없었다.

예의, 어디에 있니, 하는 문자가 왔다. 서울에서 멀리 있으니 숨바꼭질이라도 하는 기분이었다.

진주에 왔어, 하자 거기 언제까지 있니, 하는 질문이 왔다.

진주는 둘에게 고향이었다. 그들은 이웃이어서 같은 초등학교와 중학교를 나왔다. 집골목을 빠져나가면 곧바로 남강 변이었다. 햇볕이 작열하는 여름 낮에 강변길을 따라 촉석루로 갈 때면, 장어 집마다 얼굴을 온통 흰 수건으로 감은 여자들이 뜨거운 연탄 화덕 앞에 앉아 장어를 굽고 있었다. 장어기름이 타는 연기에 휩싸여 붉은 눈을 비벼대는 여자들 앞을 지날 때 수회는 다가올 생이 두려워 숨이 막혔다. 둘은 덩어리진 검은 연기 속을 지나간 뒤에 동시에 숨을 토하고는 눈물을 지리며 웃음을 터뜨리곤 했다.

모레, 라고 넣자, 나 내일 그쪽에 갈 거야, 하는 답이 왔다.

술래에게 들킨 듯 이마가 찌릿했다.

석중은 연이어 문자를 넣었다.

내일 쌍계사에서 보자.

하필 쌍계사라고 했다. 두 사람은 오래 전에 쌍계사에 간 적이 있었다. 횟수를 세어 보니 10여 년 전이었다.

수회는 내일 서울 가야 해와, 그러자, 사이에서 망설였다.

다섯 시에 쌍계사 들어가는 다리 앞에서 봐, 라는 문자가 또 들어왔다.

꼼짝없이 맞닥뜨린 것이다. 수회는 휴대전화를 놓고 방 안을 서성이다가 답을 넣었다.

그래.

1

화개 장터를 지나 벚나무 길로 들어서니 식당과 민박집들이 나타나기 시작했다. 벚나무엔 반쯤 푸른 잎이 돋았고 낙화 꽃잎이 도로 위에서 흩날렸다. 계곡 건너 마을의 산과 들은 온통 차밭이었다. 산방, 민박집, 차 시배지, 찻집, 카페, 가든 따위의 이름을 넣은 큰 안내판들이 스쳐갔다. 그 사이 차 마을로 자리 잡은 모습이었다. 적지 않은 규모에다 온천까지 든 리조트도 있었는데, 리모델링 중이라니 벌써 오래 전에 생긴 듯했다. 개화 시즌이 지나서 길은 텅 비어 있었다.

수회는 2층 목조 건물 찻집을 지나치다가 갓길에 차를 세웠다. 넓게 편 벚나무 가지가 터널을 이룬 길이었다. 찻집의 현관에 걸린 노란 등이 쇠약한 불을 켠 채 달랑거리고 있었다. 예전에 길가의 어느 2층 다실에서 차를 마신 기억이 있는데, 그 집 같기도 했다. 주인이 차밭을 가지고 있어서 직접 차 농사를 짓는데다 유명 공방에서 직매하는 다기와 다구도 함께 팔던 집이었다. 차 시중을 들던 아가씨의 단정한 몸짓과 채소 씨앗 같은 눈빛이 그리웠다. 필요한 동작 외엔 아무 낭비도 없는 몸짓과 무표정에 가까운 덤덤한 얼굴이었다. 수회는 머뭇거리다가 차에서 내렸다. 어쩌다 보니 너무 일찍 도착한 것이다. 오후 다섯 시 약속인데 3시였다.

문을 밀자 문틀 위쪽에 달린 종이 딸랑 울렸다. 다기와 다구들이 진열된 홀 곁에 테이블이 겨우 세 개 놓인 좁다란 차실이 들어서 있었다. 언덕에 잇대어 지은 탓에 벽에는 바위 일부가 그대로 들어와 있었다. 좁은 세로 벽 중앙에는 주인 부부와 법정 스님이 함께 찍은 사진 액자가 눈에 띄었다. 출입문 오른 쪽에 든 방안에서 뒤늦게 기척이 들리더니 파마머리를 한 중년 여자가 나왔다. 야위었는데도 얼굴이 푸석했고, 회색 몸뻬 바지 차림을 하고 있었다. 예전 처녀는 개량한복을 입고 검은 머리카락을 단정하게 뒤로 묶었었다. 10년도 더 지난 일이니, 아마도 그 처녀는 이곳을 떠나 결혼을 하고 아이도 낳았을 것이다.

2층에 자리가 있는지 물으니, 이 계절엔 사용하지 않는다고 대답했다.

여자는 뚱한 표정이었다. 꽃이 진 비수기의 평일에 혼자 들어온 손님이 달갑지 않은 모양이었다. 그러거나 말거나 수회는 발효차를 주문하고 튼튼한 꽃가지가 늘어진 창 앞에 자리를 잡았다. 도로에는 이제 막 자동차 한 대가 지나가고 그 뒤를 따라 꽃잎들이 화르르 솟구쳐 올랐다가 흩어졌다. 창 앞에 휘늘어진 가지에서도 꽃잎이 하나 둘, 떨어졌다. 새로 돋은 잎사귀들 사이로 꽃송이 몇 점이 남은 나뭇가지 너머로, 누군가의 회상처럼, 계곡 건너의 마을과 산과 푸른 차밭이 아련하게 펼쳐졌다. 수회는 그 풍경을 유리 같은 눈으로 보고 있다가 갑자기 가슴에 손을 올렸다. 몸 안에 장기 같은 것이 하나도 없는 듯 허전했다.

차를 가져온 여자의 얼굴은 여전히 뿌루퉁했다.

올해 차 농사가 잘 되었느냐고 수회가 물었다.

냉해와 가뭄을 같이 입어 차나무가 많이 말라죽고 찻잎도 다른 때보다 억세다고 여자는 대답했다.

기온 변화 때문에 차 농사를 망쳐버린 모양이었다. 차 밭도, 차를 덖는 산방도, 가든과 민박집들도 저렇게 규모를 키웠으니 마을 사람들의 근심도 커졌을 것이었다. 여자는 또 방으로 들어가 버렸다. 여자가 통화하는 소리를 들으며 수회는 차를 우렸다. 아무래도 박대당하는 기분이었다. 차 맛도 편치 않았다. 막연한 후회의 감정이 밀려왔다.

2

수회는 쌍계사 입구 주차장에 차를 세우고 매표구 앞으로 갔다. 산장에 가려는데 입장권을 사야 하느냐고 물으니, 매표구 안에 있던 남자 둘과 얼굴이 새하얀 아가씨가 어리둥절해했다.

산장, 어, 없는데요. 없어졌어요. 아가씨가 대답했다.

수회는 입이 벌어진 채 겨우 그 말을 알아들었다. 예전에 석중과 묶었던 산장이 사라진 것이다. 산장 식당의 직접 담은 동동주와 재첩 국으로 저녁 식사를 하고, 커다란 거울이 있던 마루를 지나 복도를 따라 끝 방에 들어갔었다. 계곡 쪽이라 밤 내내 천둥치듯 요란한 물소리에 끝도 없이 어디로 휩쓸려가는 것만 같았다. 수회는 잠이 깰 때마다 석중의 가슴에 귀를 파묻으며 견뎠다. 그때도 이맘때여서 마당가에 있던 동백나무에 붉은 꽃이 피어 있었다.

쌍계사 들어가는 오르막을 보니 길 가장자리를 따라 시침질한 듯 연꽃등이 총총 걸려 있었다. 석가 탄신일 등이었다. 그때 전화가 왔다.

석중은 순천에 있는 대학에서 세미나 참석 중이었다. 중국에서 동양사를 공부한 그는 학위를 마치고 돌아와 수년 동안 강사로 떠돌다가 올해 들어서야 전임 교수 발령을 받았다.

어디에 있니, 석중이 물었다.

집이야, 수회는 시계를 본 뒤에 대답했다.

난, 늦을 거 같아, 집이면 좀 있다 출발해, 라고 석중이 말했다.

알았어. 수회의 입매가 새침해졌다.

수회야, 석중은 불러놓고 말이 없었다. 그리고 전화는 끊어졌다.

수회는 차를 몰고 나가 계곡 길을 훑으며 하룻밤 묵을 곳을 찾기로 했다. 민박집들은 총총 이어졌지만, 막상 방을 찾으려 하니 마땅치 않았다. 벚나무 길과 물이 흐르는 계곡 풍경 속에 자연스럽게 어우러져 보이던 소박한 민박집들이 갑자기 조악하거나 을씨년스러워 보였다. 심지어 그 텅 빈 집들은 어딘가 덫이라도 쳐놓은 것처럼 음흉해 보이기까지 했다. 수회는 민박집 마당 안에 차를 세웠다가 들어가 볼 엄두를 내지 못하고 도로 차를 빼내 지나쳐갔다. 텅 빈 도로에는 뭉친 꽃잎이 이리저리 날려 다녔다. 날씨가 갑자기 흐려졌다.

숱한 민박집들을 지나며 계곡 깊숙이 들어갔을 때 뜻밖에도 4층 호텔이 나타났다. 2층에 자리한 호텔 레스토랑의 긴 테라스는 산을 향해 있고 마주한 산은 거친 지맥을 드러내며 우람하고 강경하게 버텨 서 있었다. 그 아래는 험한 계곡이었다. 지대가 높은 탓인지 산에는 만개한 꽃잎이 희부연 파스텔을 칠한 듯 뒤덮여 있었다.

수회는 호텔 주차장에 차를 세우고 정원 가장자리 길을 따라가 중앙 계단을 올라갔다. 1인용 카운터가 달랑 놓인 프런트는 비어 있고, 프런트와 마주한 레스토랑에 앞치마를 입은 여자가 테이블에 앉아 있었다. 여자는 플라스틱 바구니에 가득 찬 포크와 나이프를 쌍을 지어 키친 티슈로 묶고 있었다. 레스토랑 실내엔 커피 향이 퍼져 있고 곳곳엔 다육식물로 장식되어 있었다. 그것들은 천장까지 닿는 것에서부터 아기 손가락보다 작은 것까지 크기도 종류도 다양했다. 수회는 다육식물을 볼 때면, 그 속에 인간의 전생이 갇혀 있는 듯한 느낌이 들었다. 기억나지 않는 지난 생을 생각하고 또 생각하며 백 개의 손, 천 개의 손을 내뿜는 것만 같았다. 바깥 테라스엔 철제 식탁과 의자들이 놓여 있었는데, 그곳에 서 보니, 계곡 위 허공에 덩실 떠 있는 듯 아찔했다.

주인 부부는 장을 보러 갔다고 했다.

개방형 주방에 설치된 에스프레소 기계를 보자 커피 생각이 간절했지만, 수회는 불면증이 있어 참아야 했다. 방을 보고 싶다고 하니, 여자는 레스토랑 위층으로 안내했다.

여자가 문을 연 방은 302호였다.

계곡으로 통유리 창이 나 있어서 전망이 좋아요. 커튼을 치지 않아도 되죠. 산엔 아무도 없으니까요. 여자가 커튼을 젖히며 설명했다.

작은 방 안에서는 오래된 견과류에서 나던 비린내가 났다. 뭐라고 꼬집어 말할 수 없는 불미스러운 냄새였다. 오래된 모텔을, 식당 앞에 테라스를 내어 달고 정원 정도를 꾸며 호텔로 개조한 것 같았다.

혼자인가요? 여자가 물었다.

수회는 더블베드를 쳐다보며 막연히 고개를 저었다.

빈방이 더 있겠지요? 수회가 물었다.

그럼요. 여자가 의아한 표정을 지었다.

산에는 바람이 거세게 불고 있었다. 그리고 빗방울이 날려 와 유리창에 부딪혔다.

비가 오네요. 수회가 말하자 여자가 재빠르게 받았다.

햇빛이 비쳤다가 말았다가, 비가 오다 말다 해요. 산이 높아 계곡의 날씨가 불안하지요. 이 방으로 할래요? 여자가 물었다.

수회는 결정을 못하고 창밖의 산을 보았다. 여자의 휴대폰이 울렸다.

여자는 휴대폰 액정을 확인하고는 잠깐요, 하더니 밖으로 나갔다.

아래층으로 가는 모양이었다. 수회는 침대에 걸터앉았다. 더 돌아다니기에도 지쳤다. 허술한 민박집 보다는 더 형식화된 호텔에서 보내는 편이 나을 것 같았다. 수회는 문득 긴 한숨을 내쉬었다. 그때 흐릿하지만 날카로운 목소리가 들렸다. 마치 수소를 마시고 장난스럽게 변조한 음성 같았다.

"살아 있는 것이 더 자랑스럽지도 않다. 처음부터 현명했다면, 난 한 자리에 가만히 앉아 아무 짓도 하지 않았을 거야. 모든 경험은 어리석었어. 먼지만 들썩거린 꼴이야."

숲의 나뭇가지들을 뒤집는 바람의 말인가, 유리창에 부딪치는 빗방울의 말인가, 묵은 시간과 투숙객들의 체취가 한데 뭉친, 오래된 견과류의 냄새가 하는 말인가. 그것은 중국 여행을 떠나기 전날 밤에 해정이 했던 말이었다. 텔레비전 뉴스에서는 파산한 중소기업인의 자살이 보도되고 있었다. 거실 가운데에 여행 가방이 세워져 있었고 현관에는 한 번도 신지 않은 새 운동화가 놓여 있었다.

수회는 놀라서 방을 둘러보았다. 침대 머리맡에 걸린 액자도 침대를 둘러싼 초록색 틀도 조명등도 조악했고 벽지의 무늬는 현란하고 방은 미끄럽고 방 전체가 기름이 밴 듯 번들거렸다. 수회는 숨이 턱 막히는 것을 느끼며 서둘러 백을 챙겨 밖으로 나갔다. 복도의 누런 카펫에는 다육식물 같은 추상적인 무늬가 나 있었다. 수회는 고개도 들지 않고 프런트를 지나 계단을 계속 내려가 정원 길로 나갔다. 수회는 궁금했다. 사람은 변하는 것을 못 견디는 걸까, 변하지 않는 것을 못 견디는 걸까. 떠나는 사람들은 무엇을 못 견뎌 떠나는 것일까. 오늘 밤 어디에서도 석중을 만나지 못할 거라는 예감이 들었다. 수회는 차를 몰고 올라갔다. 더 깊은 계곡으로.

3

만약 해정이 죽었다면, 사인은 아사일 것이다. 그는 중국 여행 중에 연안에서 실종되었다. 자기 발로 사라진 실종이었다. 출발 시간에도 나오지 않아 석중이 그의 호텔 방문을 열었다고 한다. 방은 텅 비어 있었다. 빈방의 테이블에는 엽서가 한 장 달랑 놓여 있었다. 누군가에게 쓴 것도 아니었고, 그 내용도 장난처럼 우스꽝스러웠다.

“누런 황토고원 아래 누런 요동 마을 앞으로 누런 남자가 누런 소를 끌고 가는데, 누런 흙바람이 불어……. 내가 보이니?"

아래에 날짜와 시간이 기록된 그 엽서는 전날, 유림에서 연안으로 가는 버스 안에서 쓴 것이었다. 버스는 오후 내내 황토고원 지대를 지나갔다. 황토고원 벽에는 숨구멍이 숭숭 뚫려 있었는데 그런 곳은 요동이라는 토굴집이었다. 굴 앞에 철제 출입문이 하나씩 붙어 있는 게 전부였다. 그 마을 사람들은 요동에서 살고 있었다.

저기서 100년쯤 자고 깼으면 좋겠다……. 해정이 옆자리 친구에게 그런 말을 했다고 한다. 100년 뒤에 잠이 깨어 밖으로 나왔을 때 세상이 어땠으면 좋겠냐? 친구가 물었다고 한다. 해정은 창에서 시선을 떼지 않고 대답했다. 세상 같은 거 다 없어지고, 저렇게 누런 흙만 가득했으면 좋겠다…….

해정이 언제 호텔을 떠났는지 아무도 알지 못했다. 그들 다섯 명은 대학 동창들이었다. 석중이 여행을 주도했다. 중국에서 공부했고 자주 세미나를 다니다 보니 자연히 여행 이야기가 나왔고 한 해 전부터 날짜를 맞추어 겨우 뭉친 것이었다. 동창들은 여행 내내 단체 사진을 찍어댔고 중국 요리를 과식했고, 밤마다 고량주를 마셨다. 그날은 마지막 날이라 더욱 취했다고 한다. 석중과 동창들은 돌아오지 못하고 일주일을 연안에 머물며 영사관 관계자와 함께 공안들까지 동원해 해정을 찾았으나 헛수고였다.

칠불사 표지판을 지나 더 들어가 마을을 지나고 마지막으로 초등학교를 지나자 인가는 끊어지고 국립공원이 시작되었다. 매표소는 비어 있었다. 수회는 계속 길을 따라 들어갔다. 고도가 높은지 그곳에는 벚꽃이 이제 피고 있었다. 빗방울은 처음 올 때와 같이 성글게 차창에 떨어졌다. 불안할 정도로 오랫동안 산길이 이어졌다.

수회는 마지막 마을이라는 안내판을 보고 끝까지 들어가 등산로 입구에 있는 마지막 집에 차를 세웠다. 곧 밤이 내릴 것처럼 산마을의 공기는 잿빛이었다. 산악인의 집, 베이스캠프, 마운틴 게스트하우스, 고로쇠 수액 같은 간판이 보였다. 마치 히말라야 산중의 오지 마을 같은 정경이었다. 수회가 차에서 내리자, 계곡을 따라 이어진 첫 집에서 몸집이 큰 노파가 나왔다. 마당 끝에 가보니 발밑은 가파른 계곡이었다. 계곡 가장자리를 따라 흙집들을 일렬로 짓고 계곡 아래로도 미로 같은 계단을 만들어 절벽의 구조를 이용해 방들을 넣은 모습이었다. 중국의 황토고원에는 토굴집도 있다지만, 계림의 가파른 돌산에는 절벽 집들도 있다. 에스키모 설원에는 얼음집이 있고, 몽골 초원에는 천막집이 있고, 물 위의 집들도 있고 나무 위의 집도 있다. 이상할 것도 없는 것이다.

노파는 방을 보여 주었다. 주인이냐고 물으니, 딸과 사위는 장보러 갔다고 했다. 그곳 역시 큰 식당이 딸려 있는데 염소 고기가 주 메뉴여서 테이블마다 연통이 달려 있었다. 노파의 성화에 못 이겨 계단을 내려가 방들을 다 살펴보고 시계를 보았다. 다섯 시가 겨우 지난 시간이었다. 검은 천을 씌우듯 산이 어두워지고 계곡 깊은 곳은 이미 먹빛이었다. 노파는 추우니 자기 방으로 들어오라고 고집스럽게 권했다. 노파는 딸과 사위가 올 때까지 어쨌든 손님을 잡아두려고 안간힘을 다하는 것 같았다. 이런 저런 물건이 쌓인 가겟방에는 풀지도 못한 짐 보따리들이 쟁여져 있고 16인치 텔레비전이 켜져 있었다. 할머니는 짐 보퉁이 틈에 앉아 바닥에 한 손을 짚고 아귀 같은 얼굴로, 자꾸만 손짓을 했다. 곁에는 꼭 태경이 만한 남자 아이가 외투까지 껴입은 채 잠들어 있었다. 가게 흙벽에는 커다란 결혼식 사진 액자가 옆으로 쓰러져 있었다. 딸과 사위인 모양이었다. 수회는 몸을 돌리고 나왔다.

4

쌍계사 들어가는 다리 앞에 있는 대형 주차장에 차를 넣고 불이 환하게 켜진 식당으로 들어갔다. 통유리 창에 민박, 단체 관광객 환영 같은 커다란 글자들이 메뉴와 함께 붙어 있었다. 규모가 크고 단단하고 환한 그 건물이 안도감을 주었다. 단체 손님들이 돌아간 시간이라 홀은 텅 비어 있었고 주방에는 네 명의 여자들이 뒷정리를 하느라 분주했다. 주인 여자는 카운터에 앉아 돈을 세고 있었다. 다들 손님을 본 둥 만 둥 했다. 주방에서 여자 하나가 마지못한 듯 물을 들고 나왔다.

주문하자마자, 준비라도 해두었던 것처럼 음식이 금세 나왔다. 주방에서 일하던 여자는 물이 묻은 손으로 음식 그릇을 거칠게 내려놓고는 가져왔던 행주로 옆 테이블들을 닦기 시작했다. 비빔밥을 반쯤 먹었을 때 노파 하나가 출입문을 왈칵 열고 들어왔다.

노파는 창고에 넣어둔 제사상을 누가 치웠냐고 소리를 내질렀다. 주방에서 일하던 여자들이 눈을 동그랗게 떴다.

할머니, 저는 안 치웠어요. 우린 창고에 있는 거 손도 안대요. 주방 여자들이 기어드는 음성으로 대답했다.

그러자 카운터의 여자가 작지만 분명한 음성으로 말했다. 새 상을 사놨잖아요. 새 상 쓰세요. 왜 귀퉁이 떨어진 상을 자꾸 찾아요? 칠도 다 벗겨진 걸.

노파가 카운터의 여자를 쳐다보고 소리쳤다. 그래서 버렸냐? 내가 평생을 쓴 것인데, 죽을 때까지는 그 상을 쓰겠다고 했는데, 시어미 말을 뭐로 듣고 내버렸냐? 당장 찾아와. 카운터의 여자가 느리고 부드럽게 말했다. 내다버린 지가 언젠데, 어디 가서 찾아와요, 한 달도 더 됐는데?

아이고, 새집 짓더니 남의 옷가지도, 물건도 제 멋대로 전부 내다버리더니 이젠 평생 쓴 제사상까지 내버리니, 차라리 나를 내다버려라. 세상에 남아 있는 게 하나도 없어. 아이고, 아이고…….

노파는 비명을 지르며 밖으로 달려 나갔다.

다 부서진 상을 가지고 왜 저 난리래……. 주방 여자 하나가 주인 여자를 편들듯이 중얼거렸다.

다들 홀에 손님이 없는 것처럼 굴었다. 수회는 노파가, 겨우 낡은 제사상 하나 때문에 비명을 지르는 것이 아니란 것을 알고 있었다. 그 낡은 제사상은 노파가 쓰던 이 세상 마지막 물건인지도 모른다. 그런데도 그 노파가 부러웠다. 잃어버릴 수 있는 것이, 귀퉁이 떨어진 제사상밖에 없다면 더욱 부러웠다.

수회는 해정이 실종되었을 때 비명도 눈물도 나오지 않았다. 수치스럽고 두렵고 미워서 오히려 그 사실을 무시하려고 했다. 진정한 미움은 무시라는 것을 그때 알게 되었다. 물론 미움의 단계는 얼마든지 더 있었다. 증오, 저주, 그러나 그것은 무시보다는 뜨거운 감정들이다. 해정은 여행을 가기 전에 퇴직 신청을 깔끔하게 마쳤다. 그가 실종된 후 곧바로 퇴직금이 나온 것이다. 수회는 그 돈으로 담담하게 20년 만기 아파트 담보대출을 갚았다. 그리고 앨범과 안방과 거실에 있던 결혼식 사진을 모두 모아 상자에 넣었다. 그 뒤로는 체온이 2도쯤 내려간 듯 몸 안이 계속 서늘했다.

화개장터로 들어섰어. 곧 도착할 거야. 석중에게서 온 문자였다.

수회는 카운터의 여자에게 방이 있느냐고 물었다.

여자는 대뜸 4만원이라고 대답했다.

수회는 음식값과 같이 계산을 했다. 방은 계곡 가에 붙어 있었는데 침실과 주방으로 나누어져 있었다. 계곡을 향해 난 통유리문 너머로 물이 흐르고 건너편 숲에 가려진 목조 식당의 긴 테라스에 걸린 불빛들이 바람에 흔들리는 듯 아련했다.

수회는 석중에게 문자를 보냈다. 나 진주로 돌아가고 있어. 미안해.

석중에게선 답이 없었다.

보일러를 돌리는지 방바닥이 이내 데워지기 시작했다. 수회는 주방의 유리문에 붙여 이불을 폈다. 자리에 누우니 계곡 건너편 식당의 불빛과 구름이 흐르는 파란 밤하늘이 시야에 가득 들어찼다. 흐르는 물 위에 누워 있는 것 같았다. 매일 잠이 드는데 두 시간, 세 시간이 걸리고 밤새 잠 위에 떠 있는 날도 많았다. 그렇다고 무슨 생각을 하는 것도 아니었다. 모래 같은 공백뿐이었다. 꿈조차 꾸어지지 않았다.

수회는 자다가 놀라 갑자기 눈을 떴다. 거대한 만월이 눈썹 끝에 달려 있었다. 그것은 이제 막 몸을 가르고 지나간 둥근 칼 같았다. 방바닥은 뜨겁고 공기는 열기에 차 있었다. 몸을 움직이려 해도 가슴이 파헤쳐진 듯 꼼짝할 수 없었다. 가랑이 사이에서 문득 체액이 뭉클 흘렀다. 얼음처럼 차가워 보이는 파란 밤하늘에 흰 구름 한 점이 지나가고 있었다. 새벽 3시일 것이다. 매일 밤 같은 시간에 잠이 깼다. 달은 눈썹 끝에 걸린 채 좀체로 지나가지 않았다. 머리 밑에서 식은땀이 뭉클 흘렀다. 땀이 아니라

피를 흘리는 느낌이었다. 어디에 있니……. 수회는 가위 눌린 채 중얼거렸다.

5

쌍계사 매표소에서 표를 사는데 누가 곁으로 다가와 섰다. 석중이었다. 수회는 태연한 얼굴로 먼저 오르막길을 올랐다. 몇 걸음을 두고 석중이 뒤를 따랐다. 일주문을 지나자 연못 위에 걸린 다리를 건너가 금강문을 지나고 천왕문으로 들어섰다. 다리 양편에는 난간을 따라 석가 탄신일의 연등이 총총 걸려 있었다. 수회는 사천문 안에서 석중을 기다렸다.

어디서 잤니? 석중이 물었다.

저기서. 수회는 막연히 고갯짓으로 대답을 했다.

거긴 뭐가 많이 나? 수회가 물었다.

어디?

요동이 있다는 황토고원.

감자. 타박감자가 기막히게 맛있어.

그럼 아무리 없어도 감자는 먹겠네.

그럼, 아무리 없어도 감자는 먹어. 굶어죽지는 않을 거야. 정말이야.

그랬으면 좋겠다.

사천문 밖으로 나오자 수회가 주변을 둘러보았다. 왼편으로 불일폭포 가는 길과 팔상전 안내표시가 있었다. 오른편에는 중간 크기의 동백나무 두 그루가 서 있었다. 화장실 가는 쪽이었다. 수회는 동백나무 아래로 가서 몇 걸음 서성이더니 약수를 한 바가지 떠 마셨다. 예전에 그 동백나무가 이 나무 맞을까……. 이 자리가 아닌 것 같기도 하고, 이보다 더 큰 나무여야 할 것 같기도 한데, 잘 모르겠다. 예전에 왔을 때 말이야……. 수회가 동백나무 아래로 다가서며 말했다.

옛날처럼 꽃은 붉었지만, 피어 있는 꽃보다 땅 위에 떨어진 꽃이 더 많았다.

그땐 지금보다는 이른 계절이었나 봐. 신선하고 붉은 동백꽃이 나무에 가득 피어 있었지. 산장에서 자고 일어나 세수만 하고 바로 올라왔으니 아직 새벽이었어. 절이 텅 비어 있었지. 향내 밴 안개가 이제 막 절 처마 아래를 떠나고 있었어. 절을 둘러보고 나무 아래 서 있는데, 스님 한 분이 내 곁으로 다가서더니 말을 거는 거야.

무슨 꽃이 이리 고울까……. 동백꽃을 보고 무슨 꽃이냐고 물으니 난 잠깐 머뭇거렸지만 스님이 분명 묻는 것 같았기에, 동백꽃이에요 했지. 대답을 할 때, 이미 뭔가 잘못 되었다는 느낌이 왔었어. 말도 끝내기 전에 얼굴이 달아오르더라. 스님은 붉어지는 내 얼굴을 보고 희미하게 웃더니, 그런 대답은 하는 게 아니지, 하고는 합장하고 가시는 거야. 얼마나 부끄럽던지 얼굴이 왈칵

달아올랐지. 그때 네가 와서 물었잖아. 왜 그래? 내 꼴이 우습기도 해서 이야기를 해 주었지. 스님이 설마 꽃 이름을 몰라서 그렇게 말했겠니. 나 정말 안 해도 되는 대답을 해버렸어……. 그때 너는 그저 내 얼굴을 빤히 보고 내려가는 길로 앞서 가더라. 기억 나?

기억 나. 석중이 대답했다.

그런데 이상하지. 10여 년이 지나 여기 오니까, 그 말이 이제 다르게 들려.

어떻게?

그 말, 내게 한 말이 아니었을까.

이제야 말귀를 알아듣는구나. 석중이 말했다.

넌 그때도 그렇게 생각했다는 거니? 수회가 되물었다.

당연하지. 그날 새벽에 너 참 예뻤거든.

수회는 늘 궁금했던 질문들이 떠올랐다.

너에게 두 가지만 물어볼게.

뭐?

그날 밤, 왜 나를 안고만 있었니? 도리어 내가 물소리를 핑계로, 네 품 안으로 파고들었는데도, 왜 나를 그냥 두었니? 그 전에도, 그 후에도, 그렇게 오랫동안.

수회는 둘이 떠난 그 여행에서 무슨 일인가 일어나기를 기대했었다. 석중이 혹시 빠뜨릴까봐 약국에 들러 피임기구까지 준비해 갔던 여행이었다. 석중의 눈동자가 돌멩이처럼 단단해졌다. 가끔 석중의 눈이 변하는 때가 있었다.

이상한 말이지만, 중학교 2학년이 되던 봄에 난 너를 처음 보았어. 어린 시절 내내 한 동네에서 자랐는데도 말이야. 넌 그 봄의 어느 날 갑자기 달라졌지. 그때 난 겨우 열다섯 살이었어. 두어 해 동안, 난 불에 타는 나무 같았어. 너는 몰랐지?

수회의 눈동자도 차가운 돌처럼 굳었다.

너는 몰랐어. 그때 난, 네 곁에 있으면서도 다가가지는 않기 위해 노력했지. 그 노력이 습관이 된 거야. 나중엔 굳이 더 다가가지 않아도, 그냥 보기만 해도, 어디에 있는지 알기만 해도 충분하더라.

수회는 침통한 얼굴로 고개를 숙이고 걷기 시작했다.

결혼은 왜 안했니? 수회가 물었다.

그냥, 생각이 없었어. 공부하느라 세월이 가는 줄도 몰랐고. 수회야, 난 해정을 이해해.

수회의 표정이 일그러졌다. 이제와 생각하니 석중이 자신을 슬그머니 해정에게로 민 것 같았다. 자기감정만 챙기고 수회라는 실체는 밀어낸 것이다. 인생이 등 뒤에서 깔깔 웃는 것만 같았다. 수회는 돌아서서 석중을 정면으로 노려보았다. 석중은 그 눈길을 그대로 다 받았다.

수회는 대웅전을 두고 그 맞은편의 나한전으로 깊숙이 들어가 앉았다. 한가운데 부처가 앉고, 양편에 여덟 나한이 일정한 간격으로 떨어져 둘러 앉아 있었다. 제각기 몸짓과 표정이 다른 나한은 코조차, 뺨조차, 이마조차 미소 짓고 있었다. 미소와 몸짓의 기척들로 나한전 공기가 풀밭처럼 수런대는 듯했다. 몸속에 향내가 배어드는 사이 수회의 얼굴에 엉겨 있던 의혹이 서서히 가셨다. 석중이 들어와 절을 하고 그 곁에 앉았다. 숨소리가 가라앉고 정적이 오래 흘러갔다.

편안하다. 이런 데서 한 100년 자고 깼으면 좋겠다. 석중이 중얼거렸다.

이런 데가, 내 몸 안에 있으면 좋겠다. 그러면, 너도 해정도 내가 재워줄 수 있을 텐데……. 수회가 말했다.

석중은 놀라 수회 쪽을 쳐다보았다. 환한 그늘 속이었다.

존재한다는 거 말이야. 거기엔 수식이 아무것도 없잖니. 수회가 말했다.

존재엔 수식이 없지. 석중이 대답했다.

존재한다는 건 그냥, 실제로, 존재하는 거지. 실물이 실제로 존재하는 게 뭐가 그리 어렵다고…….

그러네. 존재엔 아무 강요도 없네. 석중이 고개를 끄덕였다.

6

수회는 눈과 속눈썹이 숯처럼 검은 아가씨를 다시 보았다.

재첩국 정식으로 아침 식사를 하고 우연히 들른 길가의 이층 찻집에 그 아가씨가 있었다. 아가씨는 믿어지지 않을 정도로 옛 모습 그대로였다. 회청색 개량 한복 차림이었고 검은 머리를 묶은 뒤통수는 약간 납작했다. 화장기 없는 얼굴이 조금 커진 것 같기도 하고 창호지 종이처럼 약간 바랜 것 같기도 했다. 별 표정 없는데도 뺨과 코와 이마가 미소 짓는 것 같았다. 눈은 총명하고 입술은 단정하고 몸짓은 새처럼 가벼웠다.

차는 조금 오래 걸려서 왔다. 준비를 마쳤으니, 10초만 우려 따라내라고 주의를 주었다. 찻주전자를 들여다보니 발효차를 한 번 우려 헹군 듯했다. 차를 마시는 사이에 여자 관광객 둘이 들어오더니 찻집 한가운데 자리에 앉아 호들갑을 떨기 시작했다. 그 여자들도 10년 만에 찻집을 다시 찾은 사람들이었다. 여자들은 아가씨를 향해 연방 질문을 쏟아냈다.

아이고, 이 아가씨 그대로다. 딱 그대로다. 이 집이 원래 아가씨네 집이에요?

아니에요. 여기서 일해요.

지난 10년이 흘러가는 동안 여기서 그대로 일했어요?

그 전에도 10년 동안 일했으니 20년인 걸요.

아이고 , 여기서 20년을 보냈다고? 그럼 지금 몇 살인 거야?

열다섯 살부터 여기서 일했어요.

결혼은 안했어요?

안했어요. 그 사이에 공부했어요. 방송대학 졸업도 하고 대학원도 마친 걸요.

아이고, 대단한 아가씨네. 그럼 이제 계획이 뭐예요?

여기서 계속 차 시중드는 거요.

계획이 그뿐이에요?

그뿐이에요.

석중이 빈 찻잔을 놓고 중얼거렸다. 나한이 세속에서 차를 우리고 있네.

수회야, 너는 계획이 어때? 할 일은 생겼어?

집 근처 식물원에 취직했어. 주말엔 태경일 데리고 출근할 수도 있는 곳이야. 이번에 올라가면, 일 시작할 거야.

그리고, 계획이 그뿐이야?

그뿐이야.

석중은 수회의 얼굴을 전혀 처음 보는 사람처럼 쳐다보았다. 수회는 모르는 척하며 주방에서 차를 헹구는 처녀 쪽으로 고개를 돌렸다.

전경린

1962년 경남 함안에서 태어났다. 경남대학교를 졸업하고, 1995년 동아일보 신춘문예에 〈사막의 달〉이 당선되어 등단했다. 1997년 한국일보 문학상과 문학동네 소설상을 받았으며, 2004년 대한민국소설문학상 대상, 2007년 이상문학상, 2011년 현대문학상을 수상했다. 소설집《염소를 모는 여자》,《바닷가 마지막 집》,《물의 정거장》, 장편소설《내 생에 꼭 하루뿐일 특별한 날》,《난 유리로 만든 배를 타고 낯선 바다를 떠도네》,《열정의 습관》,《검은 설탕이 녹는 동안》,《황진이》,《엄마의 집》과 산문집《붉은 리본》,《나비》 등이 있다.

수영장

하성란

17호 강의실 문에 써 붙인 종이의 글자. '철학 입문'이 아니라 '철학 인문'이다. 들 입入과 사람 인人. 거북 구龜 같은 복잡한 획의 한자라면 또 모를까 딱 두 획뿐이니 "간발의 차로 틀리고 말았네요."라는 미스 오의 변명도 더 이상 먹힐 리 없다. 입문을 인문으로 써놓는 미스 오의 실수, 하루 이틀도 아니다. 한글로 적으면 좋을 텐데, 네 글자 전부 한자로 적을 것도 아니면서, 굳이 입문만 한자로 쓰고 열에 일곱은 이런 식으로 잘못 적는다.

"한글로 써도 좋아요." 한번은 기분 상하지 않도록 돌려 주의를 주었는데 "그래도 철학이니까"라는 대답이 돌아왔다. 거칠 것 없는 이십대 중반의 이 아가씨를 그래도 주눅 들게 하는 게 하나쯤은 있다니, 조금은 통쾌하면서도 매 학기마다 폐강을 염려해야 하는 현실이 떠올랐다. 그 생각을 들키고 만 것일까. 미스 오가 맹랑하다 싶게 그녀의 얼굴 정중앙을 손가락으로 까딱 가리켰다. "강사님! 멋져요. 거기, 주름살……."

문학청년의 포즈란 게 있듯 철학도의 포즈란 것도 있었다. 몇몇 남학생이 버버리 코트를 입고 줄담배를 피우며 학교 근처의 생맥주집 뒷골목에 토악질을 해대는 동안 그녀는 양미간에 내 천 자가 깊이 패도록 죽상을 쓰고 다녔다. 현상에 가려진 진실을 보라, 는 교수의 한 마디가 그녀에게 큰 영향력을 행사했다. 웬일인지 그녀는 '보라'라는 말에 강렬한 인상을 받았다. 몇 개의 단어로 이루어진 그 문장 속에서 그녀가 당장 실천할 수 있는 거라곤 그 말뿐이기도 했을 것이다. 그녀는 보고 또 보았다. 보이지 않는 것을 보려는 그녀의 의지는 대부분의 근시안인 이들이 그렇듯 눈을 찌푸리는 습관을 만들었다. 덕분에 삼십대 중반이 되자 흰머리보다도 먼저 양미간에 굵은 세로주름들이 자리를 잡았다.

그녀는 아직도 자신의 강좌 이름에 '철학'이라는 단어를 고집하고 있었다. 아카데미도 아니고 백화점 문화센터에서 철학 강좌는 찾아보기 힘들어졌다. 간혹 있다고 해도 부드럽고 말랑말랑한 제목들을 달았다. 빈 강의실을 돌아가며 강의를 해야 할 때마다 비인기 과목의 설움이 느껴지기도 했다. 이젠 슬슬 요즘 추세를 따라야 하는 건 아닌가, 그녀도 생각하고 있다.

그녀는 백화점 문화센터 담당자인 미스 오가 괴발개발 A4 프린트 용지 위에 써놓은 글자를 새삼스럽다는 듯 다시 들여다보았다. 철학 인문. 입문과 인문. 걸친 획이 왼쪽이냐 오른쪽이냐에 따라 이렇듯 생판 다른 뜻의 글자가 된다. 8년 전 베이징 발 비행기에서 결함이 발견되어 시안 공항의 계류장에 묶여 있지만 않았어도 조너선과는 영영 만나지 않았을는지도 모른다. 이륙 직전의 비행기에서 내려 우왕좌왕하고 있는 사람들 틈에서 그녀와 조너선의 눈길이 자꾸 부딪친 건, 나이 지긋한 관광객들 틈에서 그 둘이 비교적 젊은 축에 낀 때문이었다. 그걸 그 둘은 첫눈에 반한 거라고 오해했었다.

분명한 건 앞으로도 우리 앞에는 이렇듯 늘 갈림길이 있고 우리는 늘 가지 않은 길에 대해 아쉬워하고 있을 거란 거다. 아무튼 이럴 때 쓰라고 이 말은 있다. “딱 한 끗 차인데…….” 말부터 뱉어놓고 그녀는 움찔 놀라 조심스럽게 사방을 힐끗거렸다. 혹시나 누가 들은 건 아닐까. 요즘 부쩍 머릿속으로만 생각하고 말 것들을 입 밖으로 내뱉는 경우가 많아졌다. 혼자 오래 지낸 습관일까. 밥을 먹다가도 식탁 건너편에 누군가 앉아 있는 것처럼 슬쩍 묻는다. “간이 좀 세지 않아?” 물론 대답이 돌아올 리 없다. 그럴 땐 머쓱해지지 않도록 잠깐 사이를 두고 대답한다. “그냥 먹어둬.”

언제부터인가 자신 안에 또 다른 자신이 들어와 살고 있는 느낌이다. 둘은 무척 다르다. 까칠하게 굴며 자신조차도 재우치는 쪽이 진짜 자신인지 아니면 무례하기도 하며 돌출 행동을 하려는 게 진짜 자신인지 알 수 없다. 그 둘이 적당히 섞이면 좋으련만 둘은 물과 기름처럼 도무지 섞이지 않는다.

다행히 들은 사람은 없다. 엘리베이터 앞쪽 대기 의자에 수강생 몇이 모여 수다를 떨고 있을 뿐이다. 원색의 요란한 옷차림이나 등뼈를 곧추세우고 서 있는 자세로 봐서 '챠밍댄스' 반 수강생들이 틀림없다. 조금 외진 복도 안쪽으로 인기척이라곤 없다. 혹시나 철학 입문반의 수강생 중 누군가 들었다면 "어머나? 선생님도 그런 말을 다 할 줄 아세요?"라고 의아해했을 게 뻔하다. 특히나 그게 정 여사였다면 두 눈을 동그랗게 뜬 채 손뼉을 치며 호들갑을 떨어 수강생 전원이 다 알고도 남았을 것이다. 뭐, 수강생이라야 얼마 되지도 않지만.

얼마 전엔 부지불식간에 욕지거리가 튀어나왔다. 그것도 버스 안에서. 사람들이 많지 않은 시간인 것이 다행이라면 다행이었다. 세 시에서 네 시 사이, 나른한 오후였다. 사람은 많지 않았지만 그렇다고 빈자리도 없었다. 어느 날은 자신의 몸조차도 감당하지 못하게 무거울 때가 있다. 서 있는 사람이 그녀뿐이게 생겼다. 씨발좆도. 버스 손잡이를 잡으며 흘러내린 가방 끈을 추켜올렸다. 정신없이 문자를 보내고 있던 남학생이 깜짝 놀라 얼굴을 들고 그녀를 올려다보았다. 줄인 듯한 교복에 삼선 슬리퍼 차림이었다. 정장 차림에 나이도 지긋한 그녀를 보곤 자신이 잘못 들었나, 고개를 갸우뚱거렸다. 욕은커녕 벽에 낙서 한 번 해

보지 않았을 것 같은 인상의 그녀였으니까.

후련해지는 느낌은 잠시, 자신의 내부 어딘가 솔기가 터졌고 안에 것이 드디어 질질 새기 시작했다는 생각이 들었다. 맹세코 입에 담아본 적 없는 말이었다. 뭔가 의심쩍었는지 남학생이 다시 한 번 슬쩍 그녀를 올려다보았다. 그녀는 시치미를 떼듯 입을 꾹 다물었다. 지금은 속엣 것들이 한꺼번에 쏟아지지 않도록 자루의 주둥이를 끈으로 꽉 묶고 있어야 한다. 일단 끈이 풀리면 걷잡을 수 없어질는지도 모른다. 사실 일 년 전부터 그녀의 몸매도 자루 모양으로 불룩해지고 있었다. 안에 무엇이 들었는지 그녀도 모른다.

주차장에서 엘리베이터로 12층까지 올라오는 동안 거의 다 완성될 뻔한 문장은 그새 날아가고 없었다. 거의 완벽한 문장이 되려던 참이었다. 하나의 문장이 떠오를 때의 기분은 묘했다. 그것은 지금까지 그녀가 해왔던 학문과는 달리 머리가 아닌 손과 발끝에서 시작된다는 느낌이 들었다. 정말 감각적인 문장이었는데, 그 문장이 거의 그녀의 눈썹쯤까지 도달했는데, 그만 잘못 씌인 한자를 보는 순간 새처럼 날아가 버리고 만 것이다. 그리고 그 자리엔 "딱 한 끗 차인데"라는 그녀가 중얼거린 말만 강렬하게 남았다.

그녀는 철학을 공부한 사람으로 감정보다는 이성을 중요하게 생각했다. 이상하게도 감각적이고 즉물적인 표현들은 그렇게 쉽게 사라지려는 속성이 있다. 그랬기에 소크라테스도 플라톤도 감정을 늘 이성보다 푸대접했던 것일까. 플라톤은 감정을 '못생긴 말'이라고 했다.

보름 전 그녀에게 배달된 물건은 정체불명의 이상한 것이었다. 무심코 택배 상자의 테이프를 뜯고 안에 든 것을 들여다봤는데 너무 놀라 그만 상자를 떨어뜨리고 말았다. 그 바람에 안에 든 것이 상자에서 빠져나와 철퍼덕 거실 바닥에 나뒹굴었다. 누군가의 얼굴이었다. 조금 마음을 가라앉히고 다시 그것을 보았다. 누군가의 얼굴일 리 없지 않은가. 그것보다는 누군가의 얼굴을 본뜬, 그러니까 일종의 데드마스크 같았다. 그럼 누구의? 불현듯 아버지가 떠올랐다.

얼마 전 동생과 통화에서였다. 동생이 지나가는 말처럼 중얼거렸다. "아빠가 얼마나 늙었는지 몰라." 그런 말을 전하면서 동생은 뭔가를 씹어 먹고 있었다. "언니가 보면 깜짝 놀랄걸? 결혼식장에서 봤던 아빠로 생각하면 절대 안 돼. 하룻새 20년은 늙었어." 동생에게서 전해 듣는 아버지의 상태도 상태려니와 그런 상황을 아무렇지도 않게 무언가를 먹으며 전하는 동생이 더 이상했다. "아마 아빠인 줄 못 알아볼걸?" 동생은 연신 무언가를 씹었다. 질겨서 한참 씹어야 하는 것인 듯했다. 뭘 먹고 있느냐고 물어보지 못했다. 아버지가 아파 누워 운신도 못한다는데 뭘 먹고 있느냐고 묻는 건 도리가 아니었다. 아버지와 만나지 않은 지 고작 3주가 흘렀을 뿐이었다. 그런데 3주 만에 아버지가 어떻게 내가 알아보지 못하는 아버지로 변할 수 있다는 건가.

초여름, 막내 결혼식에서만 해도 아버지는 짱짱했다. 갓 맞춘 고급 양복도 잘 어울렸다. 오랜만에 모인 친지들이 하나같이 어째 세월이 단 한 사람만 비켜가는 모양이라고 입을 모았다. 누구보다도 그 사실을 아버지 본인이 잘 알고 있었다. 자신이 나이보다 훨씬 젊다는 것, 또래의 노인들보다 훨씬 건강하다는 걸 아버지는 알고 있었다. 그걸 즐기고 있었다. 내일을 기약할 수 없는 것이 노인의 건강이라지만, 그래도 동생의 과장은 심해도 너무 심하다는 생각이 들었다. "믿지 못하겠음, 지금 당장 사진 찍어 보내줄까?" 됐다, 라고 말하려는데 뚝 전화가 끊겼다. 잠시 뒤 문자가 왔다. 자고 있는 아빠. 뭔가 잘못되었는지 사진이 첨부되지 않았다. 사진이 오지 않았다고 문자를 보내려다 말았다. 갑자기 무서웠다. 혹시라도 동생의 말이 사실이라면 어떻게 해야 하나. 아버지의 변한 모습을 눈으로 확인하는 게 무서워졌다.

거실에 널브러진 그것을 용기내어 만져보았다. 실리콘으로 만들어졌는지 말랑말랑했다. 색은 붉데데 했다. 마치 말린 육포 같았다. 그러자 왜 며칠 전 동생과의 통화가 뜬금없이 떠올랐는지 생각났다. 동생이 전화 통화 내내 우물대고 있던 질긴 어떤 것. 뭘 먹고 있느냐고 물어보지 않았지만 아마도 그게 육포라고 혼자 짐작했던 건 아니었을까. 육포 같은 가면의 색을 보자 과정은 모두 건너뛰고 불현듯 아버지가 떠올랐던 건 아니었을까.

판매원은 충남 어디로 듣도 보도 못한 중소기업인데 제조원은 메이드 인 차이나로 되어 있었다. 조잡하게 인쇄된 사용 설명서를 읽어보았다. 제품의 이름은 '동안 미녀'였다. 세안을 하고 영양 크림을 바른 뒤 가면을 얼굴에 붙인다. 가면 안쪽엔 피부에 잘 붙을 수 있도록 점성질의 특수 천이 덧대어져 있었다. 잘 마른 육포 같은 겉면과는 달리 안은 촉촉하고 깜짝 놀랄 만큼 차가웠다. 진득한 풀 같은 것이 손에 달라붙었다 떨어졌다. 전원을 연결하면 가면이 움직이기 시작한다. 움직임의 속도나 강도는 기계의 버튼으로 조절할 수 있다. 강약 버튼이 하나, 동작 모드 버튼은 여섯 개나 되었다.

테스터 이벤트 난에 올라온 사진은 이렇지 않았다. 사진 밑에 '모니터에 보이는 제품의 색상은 모니터 해상도에 따라 다소 다를 수 있습니다'라고 명시되어 있었지만 그걸 감안한다고 해도 너무 달랐다. 붉데데한 육포 같아서 아버지가 떠올랐다지만 그것이 아니라더라도 뭔가 꺼림칙한 색이다. 조금씩 부패되는 쇠고기 같달까, 거무죽죽한 반점이 곳곳에 있다. 냄새를 맡아보니 쿰쿰한 냄새가 났다.

앞선 강의는 아이들 종이접기 시간이었던 모양이다. 치운다고 치웠을 텐데 노랑과 빨강, 원색의 색종이 조각이 바닥에 널렸다. 구두코 쪽으로 떼어내려 해도 단단히 붙었는지 꼼짝하지 않는다. 바닥 어딘가를 디딜 땐 신발 밑창이 아예 바닥에 붙어 잘 떨어지지도 않는다. 책상과 일체형인 의자를 옮기는데도 곳곳에서 끈적한 풀기가 만져졌다. 그녀는 일단 의자들을 강의실 뒤로 다 밀었다. 앞에 생긴 빈 공간에 다시 의자 열두 개를 옮겨와 둥글게 배치하기 시작했다.

미스 오가 몇 번이나 한자를 잘못 썼지만 수강생들 중 누구도 이의를 제기한 적 없었다. 글자 하나하나를 읽는 게 아니라 네 개의 글자를 뭉뚱그려 보기 때문이다. 그들의 머릿속에는 철학입문이라는 글자가 단단하게 박혀 있어 인문이 아니라 팔문八門이라고 썼대도, 설사 철학 문입이라고 잘못 썼대도 이상하게 여기지 않을는지 모른다. 인간의 이런 오감각을 꼬집어 말했던 건 누구였더라. 동생은 자신이 씹고 있던 것이 육포라고 말한 적이 없다. 그런데도 그녀는 무의식중에 동생이 육포를 먹고 있다고 넘겨짚었다. 질긴 거라면 말린 오징어도 있다. 어느 땐가 그녀는 육포를 씹으면서 이가 아플 정도로 질기다, 라고 생각했던 적이 있었고 질기다, 라고 생각하는 순간 동생도 육포를 먹고 있을 거라고 단정해버린 것이다.

사람 인人 자를 볼 때마다 그녀가 중학교 한문 선생님이 떠올리는 것도 그런 게 아닐까. 사람 인 자를 알려준 것도 사람 인 자가 상형문자라고 알려준 것도 그분이었다. 상형문자의 예시로 든 한자가 몇 개 더 있었지만 획 수상 맨 앞에 거론되었기 때문인지, 그날의 인상 때문인지 늘 사람 인 자가 먼저 떠오르곤 했다. 사람은 혼자 살 수 없고 서로 의지해 살아야 한다. 두 사람이 의지해 서 있는 형상에서 바로 사람 인 자가 만들어졌다.

선생님의 그 말에 반 아이들이 와, 탄성을 질렀다. 하지만 어린 마음에도 그녀는 의아했다. 두 사람이 의지해 서 있다, 라고 보기엔 좀 의심쩍지 않은가. 어린 그녀가 보기에도 비스듬히 누운 한 획을 다른 한 획이 지렛대처럼 받치고 서 있었다. 그녀는 중학교 일학년, 열네 살이었다. 그럼에도 불구하고 비스듬히 기운 한 획 때문에 다른 한 획 위에 가중된 무게에 대해 생각했다. 정년을 얼마 앞두지 않은 나이 든 한문 선생님이 그걸 몰랐을 리 없다. 바로 그런 게 사람의 관계라는 걸 선생님 정도면 이미 다 알고 있었을 것이다. 선생님은 이미 '선생'인데다 원숙할 대로 원숙한 '노인'이었으니까. 그녀는 다른 아이들처럼 와, 탄성을 지를 수 없었다.

비스듬히 기댄 건 아버지다. 그 아래 애를 쓰고 있는 건 엄마다. 아버지에게 선수를 뺏긴 뒤로 엄마는 늘 용을 썼다. 미워하면서도 아버지가 좋아하는 갈치를 사다 구워 바친다, 그거 하나 딱딱 못맞추느냐고 지청구를 들으며 등을 긁어준다, 진밥을 좋아하면서도 아버지 때문에 늘 덜 익은 듯한 고두밥을 짓는다…… 눈앞에서 사라졌으면 좋겠다고 하면서도 언젠가 놓아달라고 애원하는 아버지를 놓아주지 않았다. 빠져나오면 되잖아, 보기 답답해 쏘아붙인 적도 있었다. 엄마는 야속하다는 듯 그녀를 노려보기만 했다. 그때 엄마의 표정은 빼도 박도 못 하는 말뚝 같은 표정이었다.

조너선과 만나는 동안에도 그녀는 그 '가중'에 대해 생각했다.

그에게 기대고 싶지도 않았지만 그가 기댈 어깨를 내주지도 않았다. 그와 일 대 일의 관계를 유지하고 싶었다. "써니, 당신은 늘 다른 사람 같아"라는 조너선의 투정을 귀담아 듣지 않았다. 조너선이 말한 '다른 사람'이라는 것이 '신선한 사람'이 아니라 '낯선 사람'이라는 의미였을지도 모른다는 걸 그가 떠난 뒤에야 알았다. 아무튼 그와 만난 건 감정에 앞선 거였지만 그와 헤어진 것은 다분히 이성이 시킨 일이라고 그녀는 생각하고 있었다.

가끔 강의실이 바뀌는 수모를 겪기는 하지만 노래 부르기나 메이크업, 회화 같은 실용 과목이 득세하는 틈에서 철학 입문은 자그마치 네 학기나 끌어왔다. 수강생은 늘 열 명 남짓, 이런 인원이라면 원탁 토론이 가장 효율적인 방법이다. 수강생 전원이 대등한 위치에 있게 됨으로써 편안하게 대화를 이끌어낼 수 있다. 그러기에 열 명 안팎의 이 인원수가 강의를 이끌기에는 가장 좋다. 더 많아도 골치 아프다, 물론 그녀 속의 또 다른 그녀가 하는 말이다. 대책 없이 낙천적이다. 사실은 한 반 열 명이 채 모집되지 않아 두 반을 합반한 것을 또 다른 그녀는 정말 모르는 걸까.

여름 학기도 얼마 남지 않았다. 지금은 가을 학기 수강생 모집 중이다. 문화센터 측에서는 수강하는 이들에게 선물을 주는 등 수강생 모집에 열을 올리고 있다. 다른 때보다 이때 더욱 분발해야 한다. 그녀가 열두 개의 책상을 둥그렇게 돌려놓고 찌그러진 원 모양을 맞추느라 애를 쓰는 동안 하나, 둘 수강생들이 들어오기 시작했다.

학기 초, 서먹서먹하게 굴던 이들도 학기가 끝날 즈음이면 어느새 말을 놓고 팔짱까지 끼는 사이가 되어 있다. 마음이 맞는 서너 명이 짝을 지어 다른 강의를 수강하기도 하고 밥도 먹는 모양이었다. 그들이 합심해서 그녀에게 슬슬 노골적인 질문들을 해오기 시작하는 것도 이때다. 그럴 땐 영락없이 짓궂은 여학생들 같다. "선생님 결혼은 하셨나요?" 아무래도 이런 일에는 정 여사가 앞장을 선다. 이번 학기가 처음인 수강생들 사이에서 그녀의 강의를 두 학기나 들었던 정 여사가 아무래도 제일 무람이 없다. 다들 궁금해서 미치겠다는 표정이다. 채 대답도 하지 않았는데 누군가 묻는다. "아이는요?" "아이고, 급하기도 하셔라. 결혼도 안 했는데 아이가 벌써 나와?" 이번에도 정 여사다. 까르르 웃음이 쏟아진다.

그녀 또래의 주부가 셋(평일 그 시간 백화점 강좌에 나오니 주부가 아닐까 생각할 뿐이다), 그 주부 셋이 '언니'라고 부르는 이들이 넷(어쩌면 언니가 아닐는지도 모른다. 나이는 얼마든지 속일 수 있으니까), 그 넷이 '형님'이라고 부르는 이들이 또 넷(그녀 또래의 주부 셋과 네 명의 형님 중 가장 나이가 많은 형님과의 나이 차는 스무 살이 훌쩍 넘는다)이다. 그들이 그녀에게 가장 궁금한 것은 하나, 바로 남편에 관한 신상이다. 어느 대학을 나와 어느 직장에서 근무하는 남자인지가 가장 궁금한 것이다. 하지만 바로 물을 만큼 뻔뻔스럽지는 않다. 그녀는 웃기만 한다. 정 여사의 목소리가 높아진다. "신비주의는 그만 풍기시고 얼른 말씀 해주셔!" 그녀는 강의 교재의 페이지를 화락화락 넘기면서 어물쩍 넘어가려고 한다. "자, 이제 수업들 하시지요?" 누가 먼저랄 것도 없이 우, 야유가 쏟아진다.

철학이라고는 하지만 정확히 말하자면 개념어 요약이다. 신문에 실리는 다소 난해한 개념어들을 실례를 들어가며 쉽게 설명해준다. 강좌 이름은 문화센터 강의를 하던 처음과 그대로지만 강의 내용이 말랑말랑해진 건 이미 오래 전이다. 그런데도 수강생이 차지 않는 걸 '철학 입문'이라는 딱딱한 강좌명 때문이라고 그녀는 자신을 속이고 있다.

요즘 신문에 가장 많이 오르내린 단어는 단연 '트라우마'이다. 외상이 아닌 정신적 상처에 사람들이 부쩍 관심을 가지기 시작한 것은 몇 년 전 성폭행을 당한 소녀의 사건이 큰 계기가 되었다. 그 뒤로 크고 작은 일들이 많았다. 트라우마란 상처라는 뜻이다. 정식 병명은 '외상 후 스트레스 장애'이지만 흔히들 정신적 외상이라고 부른다. 어떻게 신체적인 현상인 상처가 정신의학과 심리학에서 사용하게 되었는지부터 설명한다. 그녀가 말하는 사이 하나, 둘 자신의 경험담을 늘어놓는다. 그녀는 수강생들의 경험을 듣는 일이 즐겁다. 그런데 한 자리가 비어 있다. 누가 오지 않은 걸까.

이야기 중간 중간 노랫소리가 끼어든다. 버터 타는 냄새도 풍겨온다. 이 시간 누군가는 음치에서 벗어나려 노래를 부르고 누군가는 녹인 버터에 밀가루를 볶아 루roux를 만들고 누군가는 트라우마에 대해 고백한다. 지각한 수강생들이 문을 밀치고 들어설 때마다 방음 장치가 잘된 강의실 안의 노랫소리도 덩달아 새어나온다. 복도로 새어나오는 소리가 잦다는 건 그만큼 그 방을 들락거리는 수강생도 많다는 증거이다. 노래 교실은 문화센터 안에서도 가장 인기가 좋은 강의 중 하나였다. 강사도 다양할 뿐더러 장르별 수준별로 강의 내용도 다양했다. 텔레비전에 출연해서 얼굴을 알린 스타 강사들은 이 백화점에서 저 백화점으로 우르르 수강생들을 몰고 다닌다. 조금이라도 강의 신청을 꾸물댔다간 아예 기회를 놓치고 다음 학기까지 기다려야 한다. 진즉에 가을 학기도 마감이 되었을 것이다.

수강생들은 목청껏 노래를 부른다. 필사적이라는 느낌이 들 때도 있다. 노래를 듣고 있다 보면 1953년 시베리아 노동자들의 파업 장면이 떠오른다. 진압을 당하면서도 노동자들은 대오를 이탈하지 않았다. 그들이 죽음 앞에서 의연할 수 있었던 것은 그들이 합창하던 노래의 힘이었다. 그때 노래는 무슨 일이 있어도 중단해서는 안 될 절대적인 가치였다. 사람이 많다보니 소절과 소절 사이가 딱딱 맞아떨어지지는 않는다. 잘 따라 부르다가도 난데없이 음이 뚝 떨어진다. 한번 음을 놓치고 나면 걷잡을 수 없이 되어버려 전혀 다른 노래가 되고 만다. 그런데도 정작 본인은 알지 못한다. 그럴 때면 허스키 보이스의 강사가 그들을 북돋아준다. "더 크게, 감정을 실어서." 이렇게 하루 종일 노래를 들다보면 가끔 집에 돌아간 뒤에도 노래가 귀에서 맴돌 때가 있다.

"그 소문, 들으셨어요?" 사발통문인 정 여사다. "여기에 수영장이 들어설 거라는데?" 정말? 사람들이 수군대기 시작한다. 정 여사 맞은편에 앉은 최 여사가 콧방귀를 뀐다. "어디서 들었어요?" 무엇 때문인지 둘 사이는 끝내 가까워지지 않는다. 그녀 속의 두 개의 그녀들 같다. 물과 기름처럼 섞이지 않는다. 제일 연장자인 두 사람을 중심으로 자연스럽게 패가 갈리는 모양이었다. "15년 전 이야기겠지. 그때 그런 일이 있었으니까."

그녀가 이 백화점 문화센터에 온 지는 겨우 4학기째이니 십여 년 전 일까지는 알 수가 없다. 수강생 중 하나가 신기하다는 듯 물었다. "그럼 여기가 수영장이었어요?" 최 여사가 고개를 끄덕였다. 그녀 또래의 수강생 중 하나가 새삼스럽다는 듯 강의실을 둘러본다. "우리가 앉아 있는 이곳두요? 물이 가득 차 있었어요?" 이번에도 최 여사가 고개를 끄덕였다. "아마 11 레인쯤 되지 않을까?" 수강생들이 우, 소리를 냈다. 최 여사가 너무도 확고해 정 여사는 반박도 하지 못한다. 그나저나 비어 있는 한 자리는 누구의 자리일까. 수강생들에게 물어보지도 못한다. 몇 명 되지도 않는 수강생들조차 기억하지 못하느냐는 타박을 들을까 봐서. 다른 때보다도 지금은 더욱 분발해야 한다.

어느 날 문화 센터가 사라지고 그 자리에 수영장이 들어섰다고 했다. 수영장 유리창 너머로 내려다보이는 12층 아래의 풍경에 홀려 한참 서 있은 적이 많았다고 했다. 수영복 차림으로 물을 뚝뚝 떨어뜨리면서 내려다보는 거리엔 늘 많은 사람들이 움직이고 있었다고 했다. 한가롭게 수영을 하고 있는 자신과는 너무나 딴판으로 사람들은 한 치의 실수도 없이 확고히 자신의 방향이 정해진 것처럼 바삐 걸어가고 있었다고 했다. 그들 틈에서 최 여사는 늘 누군가를 찾았다고 했다. 나중에야 그게 자신이라는 걸 알았다고 했다. 뭐랄까, 그럴 때면 조금은 슬펐다고도 했다. "햇빛에 반사된 물결이 유리창에 어룽댔었지." 무언가를 생각하는 듯하더니 최 여사가 중얼거렸다. "그때 내 나이 갓 마흔이었어."

에스컬레이터를 타고 12층에 올라서면 수영장 입구 쪽에서 특유의 물비린내가 풍겨오곤 했을 것이다. 수영장 물을 소독했던 락스 냄새도 섞여 났겠지. 그녀는 수영을 좋아했다. 정확히 말하자면 물 위에 가만히 떠 있는 거였지만. 물 속에서 가만히 힘을 빼면 몸이 떠오른다. 자신의 몸무게조차도 느낄 수 없다. 수영장이라는 말만으로도 그녀의 몸은 벌써 이완되는 듯했다.

정 여사가 고개를 갸우뚱거렸다. "아닌데, 아까 문화센터 담당자들이 하는 이야길 들었는데…… 분명 여기에 수영장이 들어선다고." 정 여사의 말허리를 최 여사가 자르고 나섰다. "이야길 들으시려면 잘 들으셔야지. 괜히 나이 들었단 소리를 듣는 게 아니야. 15년 전 수영장이던 이곳이 왜 다시 문화센터가 된

줄 알아요?" 모두들 귀를 기울였다. 최 여사가 주위를 둘러보더니 의미심장하게 말했다. "삼풍백화점."

삼풍백화점 사고 이후 사람들 사이에 이 백화점 구조가 삼풍과 비슷했다는 소문이 돌았다고 했다. 다음 차례는 이 백화점이라는 소문도. 누군가는 삼풍과 이 백화점의 기둥과 매장 위치까지 하나하나 예를 들기도 했다. 게다가 결정적으로 둘 다 맨 꼭대기 층에 수영장이 있었다. 괴담이 번지자, 가뜩이나 수익 면에서 적자를 내고 있던 수영장은 매장으로 바뀌었고 그 몇 년 뒤 문화센터 붐이 일면서 매장들 반이 정리되고 문화센터가 되었다고 했다. 그야말로 최 여사는 이 백화점 역사의 산증인이었다.

그녀 또래의 수강생 중 하나가 조심스럽게 이야기를 꺼냈다. "내가 아는 언니가 그때 죽었어요." 수강생의 돌연한 그 말에 잠시 모두 침묵했다. 그녀는 별안간 보름 전 배송 받은 그 물건이 떠올랐다. 거무튀튀한 가면. 도무지 쓸 수 없을 것 같은 가면 말이다.

"언니를 생각하면 하얀 양말이랑 복사뼈가 떠올라요. 이런 말 해도 되나? ……언니가 학교 때 좀 놀았거든요. 여름이면 하얀 커버 양말을 돌돌 말아 복사뼈 아래로 내려 신는 거예요. 발목이 얼마나 가늘었는지, 한 줌도 되지 않았을 거예요. 반짝 빛나는 건 푸르디푸른 그 하얀 커버 양말이 아니라 바로 그 복사뼈였어요. 언니의 그 복사뼈. ……그 복사뼈가 떠오르면 마음이 아파져요. 난 그래서 그 뒤로 하얀 양말을 안 신어요. ……그런 것도 트라우마일까요?" 모두들 말없이 고개만 끄덕였다. 결국 이야기는 오늘의 주제인 트라우마로 다시 돌아왔다.

강의가 끝나고 자료를 정리하려는데 수강생 중의 하나가 쭈뼛거리며 그녀에게 다가왔다. 저쪽에 최 여사와 두어 명의 수강생들이 모여서 이쪽을 바라보고 있었다. 얼핏 보니 복도 쪽에 정 여사를 비롯한 몇이 서서 강의실 안의 동정을 살핀다. "저희가 식사 대접을 하고 싶은데요." 그녀 또래의 주부이다. 정 여사 쪽인지 최 여사 쪽인지는 미처 알 수 없다. 한 학기 강의가 끝날 무렵이면 종종 있는 일들이다. 식사는 핑계고 아직 알아내지 못한 서로의 아리송한 부분들을 캐내보겠다는 심산이지만 다음 학기를 위해 거절할 수만은 없다. 그녀는 정 여사와 최 여사 쪽을 향해 환하게 웃는다. "그럼 단합회 겸 모두 다 같이 식사를 하시지요!" 폐강이 되지 않으려면 정 여사와 최 여사 모두를 끌어안을 수밖에 없다. 어떻게? 그건 모른다. 그녀는 쾌활한 척 목소리를 높인다. "쇠뿔도 단김에 빼랬다고 오늘 저녁 어떠세요?"

정 여사의 말처럼 신비주의를 고집하는 건 절대 아니다. 남들 입에 이러쿵저러쿵 오르내리는 것이 싫을 뿐이다. 어느 순간 자루를 묶어놓은 끈이 풀릴까봐 단속하는 것이다. 한번 풀리면 걷잡을 수 없다. 그랬다간 그녀를 떠나 고향으로 돌아간 조너선에 대해, 조너선이 그녀에게 떠넘기고 간 밀크라는 개에 대해 다 털어놓을까봐서.

아, 밀크. 오늘 새벽잠을 깨운 건 엄마의 전화였다. 비몽사몽 전화를 받았는데 전화기 건너편에서 엄마의 고함 소리가 들려왔다. "저 개새끼를……" 가볍고 날랜 게 후다닥 지나가는 소리가 들리고 그것을 잡으려는 둔탁한 발짝 소리가 이어지더니 잠시 뒤 가쁜 호흡 소리가 돌아왔다. 그제야 밀크의 배변판이 떠오른다. 배변판이 없어진 밀크가 베란다 여기저기에 똥을 질금대고 있다고 했다. 새로 사가겠다고 해놓고 집에 가지 않았다. 집에 가면 아버지를 들여다봐야 하는데, 좀처럼 자신이 없다. 너무도 변한 아버지를 볼 용기가 없다. 아버지의 얼굴이 육포처럼 거무튀튀해졌을까봐.

휴가를 가면서 잠깐 밀크를 맡긴다는 게 벌써 이 년이나 지났다. 그새 주인을 잊어버린 밀크는 그녀가 아무리 어르고 불러도 그녀 곁에 얼씬도 하지 않는다. 데려와야 하는데 시간만 끌고 있다. 밀크는 코커 스패니얼로 아홉 살 난 암캐였다. 조너선이 강아지인 밀크를 보여주었을 때 그녀는 이름과는 너무도 다른 밀크 모습에 좀 놀랐다. 그녀의 예상과는 달리 털 색깔은 전혀 희지 않았다. 얼룩덜룩한 누런색이 섞여 있었다. 조너선이 왜 밀크란 이름을 붙였을까 궁금했지만 물어보지는 않았다. 게다가 밀크란 이름은 생각보다 발음하기가 어려웠다. 밀크는 중국계 캐나다인인 조너선이 발음하는 '밀크'라는 자신의 이름에 익숙했다. 엄마는 제 이름도 모르는 똥개 중의 똥개라고 투덜거렸다. "엄마, 밀크야, 라고 불러선 안 돼. 개들은 강약으로 알아들어.

자 따라해봐, 밀크." 아무리 알려주어도 엄마의 발음은 나아지지 않았다.

"개판!" 엄마가 다짜고짜 소리를 질렀다. 새벽 여섯 시에 엄마가 그녀에게 전화한 건 단순히 밀크의 배변판 때문일까. 아니나 다를까 엄마가 투덜댔다. 생판 남들도 들여다보는데 왜 딸년이란 게 코빼기도 들이밀지 않는 거냐? 잠은 이미 멀리 달아났다. 그녀는 엄마에게 두렵다고 말할 수가 없다. 아버지를 보는 것이, 아버지 몸에 들러붙어 있는 죽음을 보는 것이 그녀는 두렵다.

그녀는 아버지의 부상을 대수롭지 않게 여겼다. 그 누구도 아니고 그녀의 아버지니까. 아버지는 건강했다. 아직도 길에서 아름다운 여자를 보면 눈에서 반짝 빛이 났다. 그런데 그녀가 알아볼 수 없을 정도로 아버지가 바뀌었다고 동생이 말했다. 아버지는 꿈속에서 누군가와 한바탕 싸움을 벌였다. 엎치락뒤치락 힘을 주다 침대 아래로 떨어졌다. 그깟 침대에서 좀 떨어졌다고 앓아누울 아버지가 아니었다. 다 들으라는 듯 엄마가 목소리를 높였다.

"너희 아부지, 병신이 다 됐다. 하루 종일 누워만 있다. 입맛이 없다고 턱까지 해다 바친 밥도 건드리지 않아. 움직이지 않으니 변비에 걸릴 수밖에. 엉덩이를 붙이고 앉을 만하면 날 불러대. 좀 늦으면 늦었다고 타박이지. 내가 지 새끼도 아니고. 오줌, 그러면 난 순순히 페트병을 가져다가 영감탱이 고추에 대주지. 똥, 그러면 일회용 장갑을 끼고 긁어내줘야 해. 엄살은 또 얼마나 심한 줄 아니? 이제야 좀 쉴 수 있는 걸까 생각하고 거실로 나오면 그놈의 개새끼가 여기저기 똥을 싸놓았지."

엄마가 한계에 다다랐을 거라는 그녀의 추측과는 달리 뭔가 이상하다. 힘들다고 투덜거리지만 엄마의 말에는 리듬감이 실려 있다. 뭔가 신이 난 듯 목소리가 발랄하다. "급한 일만 마치고 꼭 갈게"라고 말은 했지만 당장 급한 일도 없다. 당장이라도 들여다볼 수 있다. 하지만 자칫 그 모든 것들을 자신이 떠안게 될까봐 두렵다. 나이 들고 제 이름도 못 알아듣는 밀크와 병든 아버지, 그 둘 모두를 떠안고 있는 엄마를 통째로 떠안게 될지도 모른다. 무거울까?

전화를 끊으려는데 엄마의 목소리가 별안간 낮아졌다. "며칠 전에는 저렇게 죽나부다 했다. 너희 아부지, 그새 10킬로나 빠졌다." 나지막하고도 은밀한 엄마의 목소리, 어쩐지 잔뜩 기대한 뭔가가 틀어져 속상한 듯한 목소리다. 며칠 전 동생의 전화도 그렇고 엄마의 전화도 그렇고 점점 더 악화되고 있는 아버지의 증상과는 달리 그들은 정말 아무렇지도 않아 보인다. 대수롭지 않게 남의 일처럼 아버지에 대해 이야기한다.

수강생들이 돌아가고 강의실은 텅 비었다. 다음 시간까지 한 시간 공강이다. 사람들이 나가는 바람에 그녀가 애써 맞춰놓은 타원형은 다시 비뚤배뚤 흩어졌다. 책상을 세어보았다. 열두 개. 수강생 열한 명과 그녀, 모두 열두 개가 맞다. 모두 다 나온 것 같은데 왜 책상 하나가 비었던 걸까.

아버지를 못 본 지 일이 년 된 게 아니다. 고작 4주였다. 그런데 고작 어떻게 4주 만에 체중이 10킬로그램이나 빠질 수 있는 걸까. 아버지는 평생 체중 관리를 해왔다. 늘 호리호리했다. 젊었을 때 입던 바지 사이즈가 변하지 않았다. 그런 몸에서 10킬로그램이 빠졌다면 대체 어떤 몰골인 걸까. 아버지를 못 알아볼 거라는 동생의 말이 장난이 아닌 듯했다. 점점 더 아버지를 보는 게 두려워졌다.

돌돌돌 돌돌돌. 15년 전 이곳은 수영장이었다. 얼마만큼 물이 차 있었을까. 책상 위? 대부분의 수영장 깊이는 1미터 20센티미터 정도이다. 그녀는 살짝 일어서본다. 강의실 벽에 붙은 칠판의 절반 높이까지 물이 차 있었을 것이다. 수영장이란 말만으로도 그녀의 몸은 충만된다. 부웅, 몸이 슬쩍 떠오른다. 어느 해 여름 그녀는 숙소의 풀장에서 하루 종일 지냈다. 수영도 하지 않았다. 그냥 물 위에 떠 있었다. 떠서 흔들렸다. 그리고 옆엔 조너선이 있었다. 물속에 온몸을 담그고 선 것처럼 그녀는 팔을 들어 올려 천천히 젓는다. 두 다리도 천천히 굽혔다 편다. 치마가 펄렁이면서 바람이 가랑이 사이로 들어온다. 11번 레인 위로 그녀는 천천히 수영을 한다. 오후의 햇살이 유리창에서 일렁인다. 지금 일렁이는 건 햇살일까, 물결일까. 눈이 부셔 그녀는 살짝 눈을 찡그린다.

"701호지요?" 일 년 육 개월 전쯤이었다. 그녀가 돌아와 형광등을 켜는 순간 경비실로부터 호출 벨이 울렸다. 택배가 와 있다고 했다. 그녀에게 배달될 물건이라곤 없었다. 필요한 물건이 있다면 그녀는 그녀가 강의하는 백화점 안에서 해결했다. 혹시 조너선의 물건일까. 그가 떠난 뒤에도 그 앞으로 우편물들이 도착했다. 그가 돌아오지 않을 걸 알면서도 우편물을 버리지 않고 모아두었다.

작은 상자였고 아무것도 들어 있지 않은 것처럼 가벼웠다. 상자를 흔들어보았다. 안에 든 내용물이 가볍게 흔들렸다.

알록달록한 어린이용 손목시계였다. 잘못 배달된 게 분명했다. 그녀의 집엔 그런 시계를 찰 만한 아이가 없었다. 주소를 확인했지만 분명 그녀의 주소가 맞았다. 어쩌면 아파트의 호수만 잘못 쓴 건지도 몰랐다. 잘못 배달된 물건을 어떻게 해야 하는지 그녀는 잘 몰랐다. 그렇다고 모른 척 그냥 있을 수도 없었다. 가가호호 방문해 시계의 주인을 찾아야 하나. 하지만 그녀는 당장 옆집에 사는 사람의 얼굴도 몰랐다. 그냥 성가신 일이 생겼다고 생각했는데 문득 떠오르는 일이 있었다.

그 일은 우연히 그녀에게 온 스팸 메일 한 통으로 시작되었다. 메일의 제목은 이랬다. '리뷰 쓰고 상품 받자.' 메일 밑의 '응모하기'를 눌렀더니 자동으로 그 홈페이지와 연결이 되었다. 메일을 보낸 온라인 샵을 언제 이용했는지 기억나지 않았다. 어쩌면 내국인 전용이라 회원 가입을 하지 못한 조너선이 그녀의 정보를 이용해서 물건을 구입했는지도 모른다.

테스트를 해볼 물건은 어린이용 손목시계였다. 테스터용 시계는 다섯 개인데 사용해보고 싶다고 신청한 이는 벌써 오백 명이 넘었다. 디즈니 캐릭터가 그려진 알록달록한 손목시계였다. 이건 뭐야? 라는 반발심이 들었다. 그냥 시니컬하게 한 마디 남겼을 뿐이었다.

'내가 차고 싶네요.'

일단 물건을 받은 이상 사용 기간 동안 사용해보고 리뷰를 올려야 했다. 그렇지 않으면 물건을 다시 되돌려 보내야 한다. 하루 이틀 시간만 갔다. 손목시계는 맨 처음 상자에서 꺼내 그녀가 올려둔 그대로 거실 탁자 위에 놓여 있었다. 돌려주려면 손목시계를 포장하고 우체국으로 가서 발송하거나 택배 기사를 불러야 한다. 둘 다 번거로운 일이었다. 그것보다는 차라리 리뷰를 쓰는 게 낫지 않을까, 라고 생각하고 시계를 보았다. 또 보았다. 그녀는 그제야 시계를 대상으로 보기 시작했다. 그러자 쓸 말도 생겼다. 대상을 관찰하고 기술하는 것. 그것은 한때 그녀를 사로잡았던 한 철학자의 말이기도 했다.

그녀가 오래 관찰한 결과 시계는 시계였다. 그 손목시계의 단점은 줄이 나일론 재질이라 금방 땀이 고인다는 거였다. 반면 숫자판에 그려진 캐릭터들로 시간이 금방 구분되었다. 숫자 3에는 미니마우스가 있다. 숫자 9에는 도널드 덕이 있다. 세 시 사십오 분이라면, 미니마우스 시 도널드덕 분이라고도 말할 수 있었다. 관찰한 결과는 글로 적었다. 현상 뒤의 진실을 보기 위해 애를 쓰지 않아도 되었다. 지금까지 해왔던 것과는 달리 그녀는 이와 같은 가벼운 글쓰기의 시간이 즐거웠다. 뭔가 권위로부터 풀려난 홀가분한 느낌이었다. 물 속에서처럼 몸이 붕 떴다. 그뿐이었다.

치약과 변기청결제, 공기 방향제 등의 테스터를 했다. 몇 번은 우수 리뷰로 뽑히기도 했다. 우수 리뷰자에게는 테스터의 기회가 먼저 주어졌다. 여러 번의 기회를 거쳐 그녀에게 도착한 건 바로 '동안 미녀'였다.

'동안 미녀'를 써본 테스터가 있을까. 수강생들이 오기 전 노트북을 펼쳐 검색해보았다. 화면에 나온 '동안 미녀'는 아무리 감안하고 본다 해도 그녀에게 배달된 그 이상한 가면과는 질적으로 달라보였다. 아직 리뷰는 한 건도 올라오지 않았다. 테스터로 뽑힌 사람은 모두 열 명이었다. 전국에서 '동안 미녀'를 받고 그녀처럼 당황하고 있을 아홉 명의 사람들이 떠올랐다. 어제는 용기를 내서 얼굴에 살짝 대보았다. 피부에 닿은 부분이 달싹 달라붙었다. 너무도 차가워서 부랴부랴 떼어냈다. 얼마나 점성이 강한지 떼어내려 하자 벗겨지는 게 아닐까 걱정될 만큼 피부가 당겨 올라왔다.

식당 안은 독특한 향신료 냄새가 배어 있었다. 한 층 아래로 내려왔달 뿐 여전히 백화점 안이었다. 종업원이 그녀를 식당 안쪽 자리로 안내해주었다. 예약된 자리에는 수저와 냅킨이 가지런히 놓여 있었다. 여섯 벌씩 모두 열두 벌이었다. 수강생 열한 명과 그녀. 그런데 아까는 왜 한 자리가 비었던 걸까. 그녀는 수강생들을 기다리면서 혹시나 오지 않은 수강생이 있었나 수강생들의 얼굴을 하나하나 떠올려보았다. 아무리 떠올려보아도 빠진 사람은 없었다.

입문을 인문으로 쓸 뿐 아니라 미스 오는 얼마 되지도 않는 강의료를 늘 청구 날짜에 신청하는 걸 잊어버린다. 그래서 오늘처럼 그녀가 총무부로 찾아가 강의료를 직접 정산하도록 한다. 오륙십만 원에 불과한 금액을 정산할 때마다 그녀가 제일 창피한 건 미스 오이다. 자신이 실수했음에도 불구하고 미스 오에게선 미안한 기색을 찾아볼 수가 없다. 스타 강사라도 그랬을까. 스타 강사들의 하루 강사료에도 미치지 못하는 금액이다 보니 대수롭지 않게 여겼을 수도 있다. 그럴 땐 괜한 피해의식이 발동한다. 세상의 고민은 모두 짊어지고 있는 듯 양미간을 찌푸리고 있지만 사실은 그녀가 푼돈 몇 푼에 벌벌 떤다는 걸 미스 오는 파악하고도 남았을 것이다. 미스 오는 오늘까지 철학 입문에 등록한 인원수를 파악하고 있다. 다음 학기에는 어떻게 될까. 폐강하지 않고 버텨낼 수 있을까. 물어볼까 하다가 그만두었다.

정 여사와 최 여사는 경기를 앞둔 핸드볼 팀처럼 두 패로 나뉘어 들어왔다. 얼핏 보기에도 그들의 복장은 점심 무렵 헤어졌던 그대로였다. "내가 마음대로 쌀국수집을 잡았는데, 괜찮으신가 몰라." 음식점 예약은 정 여사가 한 모양이었다. 건너편 맨 끝에 앉은 최 여사는 예의상으로라도 아무 말 하지 않는다. "과하지 않고 딱 좋아요. 저녁은 아무래도 위에 부담가지 않게 먹어야죠." 어색한 분위기를 깨려 그녀가 말했다. 사실 쌀국수는 그녀가 좋아하는 메뉴는 아니었다.

식사 중간 중간 수강생들은 집에서 걸려온 듯한 전화를 받고 차례로 나갔다가 들어왔다. 그녀와 또래인 주부가 멋쩍은 듯 웃었다. "잠깐 집을 비웠을 뿐인데, 찾는 게 맞네요. 양말도 없다, 수건도 없다……." 옆에 앉은 수강생이 그녀를 바라보면서 슬쩍 물어본다. "그러니 얼마나 좋으셔? 선생님은? 결혼 안 하신 듯?"

쌀국수는 금방 포만감을 주었다. 속이 들여다 보일까봐 강좌를 재등록하셨냐고 물어볼 수는 없고, "혹시 이런 물건 써보신 분 계세요?" 그녀는 애매한 분위기를 바꾸려 운을 뗐다. "동안미녀라고, 실리콘 재질의 가면 같은 건데요." 건너편에 앉은 언니라고 불리는 수강생 중의 하나가 반색했다. "아, 그거. 내가 쓰는 건 아마 그 이름은 아니지 싶은데? 왜 그런 상품은 한번 출시되고 반응이 괜찮다 싶음 우르르 유사품들이 쏟아지잖아요." 그녀가 받은 '동안 미녀'는 아무래도 유사품 중의 하나인 것 같다. "왜요? 선생님도 그거 써요?" 옆의 형님 중 하나가 묻는다. "어때요? 효과 좀 봤어요? 암만 그래도 병원보다 나을까. 주사 한 방이면 다 되는 걸." 유사품 언니가 수줍게 웃었다. "아니요, 그게요. 얼굴을 감싸고 있음 따뜻해지는 거예요. 주름이 펴지는

지 아닌지는 모르지만 뭐랄까, 위로를 주는 거예요. 따뜻하게요. 얼굴을 감싸주면서요. 주름이 펴졌는지 아닌지는 중요한 게 아닌 것처럼 되어 버려요. 나 좀 이상하죠?" "아뇨, 안 이상해요." "그 제품 이름이 뭐예요?" 너도나도 그 물건에 대해 호기심을 드러냈다. 그때만큼은 잠시 그들도 하나가 되는 듯했다.

그들은 에스컬레이터를 타고 11층 아래로 내려왔다. 거리는 조금 어둑해져 있었다. 수강생 몇이 모여 서서 소곤거리더니 소리쳤다. "우리 이대로 헤어지기엔 좀 그렇지 않아요? 오랜만에 한 잔 어때요?" 그들은 수강생 중 그녀 또래인, 백화점 사고 이후 하얀 양말을 신지 않는다는 주부를 따라 걸었다. 바는 백화점에서 멀지 않았다. 젊은이들이 우글거리는 식당가를 지나 조금 한적한 골목으로 들어섰다. 계단참이 두 개나 있는 깊은 지하였다. 지하라기보다 방공호 같았다. 습기로 꽉 찬 지하 바에서는 코를 떼어낼 듯한 곰팡이 냄새가 났다. 시간이 일러서인지 손님은 아무도 없었다. 미리 연락을 해두었는지 카운터를 보던 남자가 그들을 커다란 방으로 안내했다. 삼십 명은 앉을 수 있는 커다란 탁자가 놓인 방에는 커다란 액정 TV가 딸린 노래방 기계가 놓여 있었다.

하얀 양말이 주문하지도 않았는데 남자가 위스키와 맥주, 잔과 마른안주를 내왔다. 정 여사를 비롯한 몇 명은 하얀 양말을 따라 이곳에 몇 번 온 모양이었다. 최 여사 등은 무엇이 못마땅한지 의자 끝에 엉덩이를 대고 앉아 방 이곳저곳을 힐끗거렸다.

"일단 첫잔은 내가 말게요." 맥주잔 열두 개를 일렬로 늘어놓은 하얀 양말이 능숙하게 위스키를 따르고 맥주를 부었다. 일사불란했다. 강의실에서 보던 모습과 좀 달라 보였다. "또 폭탄이야?" 라고 받는 쪽과 진짜 폭탄을 받는 듯 마지못해 받는 쪽, 두 부류로 또 갈라졌다.

예전 같으면 수강생들이 그녀에 대해 궁금한 것을 물었을 테지만, 이번엔 그녀 쪽에서 먼저 수강생들이 궁금해졌다. 대체 뭘 하는 사람들일까. 결혼은 했을까. 아이들은 몇일까. 그리고 가장 궁금한 건 수강생들의 남편들이었다. 하지만 그녀도 예의상 단도직입적으로 묻지 않았다. 첫 잔을 원샷한 언니 중 하나가 일어나 마이크를 잡았다. 티아라의 롤리폴리란 노래였다. 전주가 흘러나왔지만 그녀는 한 번도 듣지 못한 신곡이었다. 쉰이 가까운 주부가 이런 신곡을 마스터하기란 쉬운 일이 아니었다. 신기해하고 있는 그녀의 속마음을 알았는지 정 여사가 웃으면서 말했다. "열정 노래 교실!" 그제야 그 이유를 알 수 있었다. 그녀들은 백화점의 문화센터에서 철학 입문 강좌만 듣는 게 아니었다. 노래 교실에서 최신곡 또한 마스터하고 있었다. 노래를 듣던 수강생 중 몇이 우르르 일어섰다. "저거 저 춤, 우리 학생 때 추던 춤이야."

몇 순배 돌았을까. 수강생들은 취하지도 않았다. 그녀 옆에 앉은 형님 중 하나가 물었다. "그래, 선생님. 애는 몇이에요?" 이번에도 정 여사가 끼어들었다. "급하시긴, 결혼 전에 애를 낳아?"

그 말이 끝나기도 전에 건너편 끝에 앉아 있던 최 여사가 소리 나게 유리잔을 탁자에 내려놓았다. "또 그 말이네. 왜 꼭 결혼해야만 애를 낳나?" 정 여사도 이번엔 가만있지 않았다. "왜 제 발 저리신가부지?" 화해의 모드도 잠깐 정 여사와 최 여사를 중심으로 수강생들의 패가 갈렸다. 남은 건 그녀뿐이었다. 어느 편에 낄 건지 수강생들의 눈이 그녀에게로 쏠려 있었다. 두 패 모두 끌어안을 방법은 없을까. 물론 그 방법을 그녀는 몰랐다. 입이 간질간질했다. 욕이라도 하고 싶었다. 하지만 한번 터지면 끝을 볼까봐 그녀는 주둥이를 묶듯 자신의 입을 꼭 닫았다. 그녀가 보기에 수강생들 모두 자루였다. 여기저기 솔기가 조금씩 터져 질금질금 안에 것이 새기 시작하는 자루들이었다. 묶어놓은 끈이 풀리면 모두들 건잡을 수 없이 되어버리고 말 것이다.

그녀는 휘청거리면서 일어섰다. 누군가 비겁하다는 듯 소리쳤다. "이럴 때 도망치시려구?" 그녀는 입을 틀어막았다. 토할 것 같다, 터지면 멈추지 못할 것 같다고 중얼거렸지만 아무도 알아듣지 못했다. 할 수 없이 그녀는 소리쳤다. "쏠려서요. 너무 쏠려서요!" 뒤늦게 그 말을 알아들은 수강생들이 우르르 일어서 한쪽으로 몰렸다. 자칫 자신들의 옷에다 토악질이라도 해대면 곤란했다. 급한 마음에 커다란 탁자 위로 올라서는 이도 있었다. 허겁지겁 그녀가 뛰어나오는데 누군가 박수를 치며 호들갑을 떨었다. "그런데 철학 선생님도 그런 말을 다 할 줄 아시네?" 뒤돌아보지 않아도 그게 누군지 알 것 같았다.

거리는 조금 더 어둑해져 있었다. 건물 공용인 화장실은 더러웠다. 먹은 게 쌀국수 몇 가닥이어서인지 멀건 위스키만 조금 토했다. 휘적휘적 걸어 나와 그녀는 어둠에 묻힌 골목길 끝을 보았다. 보이지 않는 저 뒤편엔 무엇이 있을까. 노려보았지만 골목 끝은 어두웠다. 어두워서 아무것도 보이지 않았다. 아버지의 핸드폰으로 전화를 걸었다. 낮에 몇 번 집으로 전화를 걸었지만 아무도 전화를 받지 않았다. 아버지는 전화기가 놓인 곳까지 걷지도 못했다. 핸드폰이라면 받을 수 있을 것이다. 한 번 두 번. 신호가 길게 이어졌다. 그냥 끊어야 하나, 라고 생각하고 있는데 아버지가 전화를 받았다. 아버지의 목소리를 듣는 건 4주 만이었다.

아버지? 아버지는 누구의 목소리인지 한 번에 못 알아들은 듯했다. 잠을 자고 있었나? 아직 잠을 잘 시간은 아니었다. 다시 아버지를 불렀다. 아버지? 아버지? 한참 만에 아버지가 여자의 목소리를 알아들은 듯 여자의 이름을 불렀다. "선희가?"

젊을 적 아버지는 체조선수였다. 군살 없는 몸매는 아름다웠을 것이다. 그녀도 아버지가 철봉을 도는 걸 본 적이 있었다. 10킬로그램이나 빠졌다는 아버지의 모습은 도저히 상상이 가지 않는다. 무서워서 볼 수도 없다. 아버지, 아버지! ……아버지, 절대 음식을 거르면 안 돼요. 억지로라도 먹어야 해요. 그 끈을 놓으면 안 돼요. 아버지 내 말 들리죠? 아버지의 목소리가 들리지 않았다. 응, 이라고 한 듯도 같고 아예 대답을 하지 않은 듯도 하다. 혹시 울고 있는 건가? 이렇게 망가져버린 자신의 처지가 처량해서? 아니면 자고 있는 건가? 그녀는 전화기에 대고 목소리를 높였다. 아버지, 내 말 명심하세요. 죽는 건 누구나 다 해요. 아버지. 아셨죠? 죽는 건 누구나 다 한다구요.

들은 건지 아닌지, 아버지는 여전히 대답이 없다.

하성란

1967년 서울에서 태어나 서울예대 문예창작과를 졸업했다. 1996년 서울신문 신춘문예에 단편소설 〈풀〉이 당선되어 작품 활동을 시작했다. 탁월한 묘사와 미학적 구성이 묵직한 작품을 쓰며, 일상과 사물에 대한 섬세한 관찰과 묘사가 뛰어나다. 1990년대 후반 이후 늘 한국 단편소설의 중심부를 지키고 있으며 1999년 동인문학상, 2000년 한국일보문학상, 2004년 이수문학상, 2008년 오영수문학상을 잇달아 받은 중견작가이다. 소설집 《루빈의 술잔》, 《옆집 여자》, 《푸른 수염의 첫번째 아내》, 《웨하스》 장편소설 《식사의 즐거움》, 《삿뽀로 여인숙》, 《내 영화의 주인공》, 《A》 등이 있다.

part

3

죽음은 죽는 순간에 이루어지는 것이 아니라
잊히는 순간에 이루어지는 것이라는 게 나의 생각이다.
이렇듯 잊히지 않고 있으니,
그 떠난 자리가 참 아름답다.

— 산문집 《위대한 침묵》 중에서

1947-2010

정병규

1946년 대구에서 태어나 경북중 경북고를 거쳐 서라벌예술대학 문예창작학과와 고려대학교 불문학과를 졸업했으며, 민음사 편집부장, 홍성사 주간 등으로 근무했다. 현재는 '정병규디자인' 대표이며 중앙일보 아트디렉터로 활동하고 있다. 한국 출판사상 최초의 디자인 회사인 '정 디자인실'을 1984년 2월에 열었다. 1970년대 중반부터 3,000여 종의 책에 옷을 입히는 작업을 해왔기 때문에, 북디자인 계의 개척자라는 평가를 받고 있다.

1947–2010

〈1947-2010〉

상상전喪想展은 지난해 12월 22일부터 28일까지 동숭동 제로원 디자인센터 전시장에서 있었다. 상상전은 30여 명의 동인들이, 일 년에 한 번씩, '죽음'을 주제로 하는 전시회이다. 나는 2010년, 제3회 상상전에 〈1947-2010〉이라는 제목의 설치 작업을 전시했다. 〈1947-2010〉은 이윤기를 기리는 작품이다.

그와 나 사이에는 여러 가지 인연의 다리들이 있지만 책만한 것도 없다. 전시 주제를 '책과 나와 이윤기'로 정했다. 이윤기와 같이 한, 이윤기의 체취가 묻은 책들을 쌓아 놓고 며칠을 지냈다.

그후 다른 여러 책들의 반표지들을 엮어 이윤기에 대한 나의 마음을 적기로 했다. 책의 반표지에는 작은 크기의 책 제목 외에는 다른 아무 것도 표시되지 않는다. 엮어지고 연결된 반표지의 책 제목들끼리 하나의 긴 문장처럼 읽혀지길 바랬다. 나는 한 권 한 권의 책 제목들을 골라서, 그것들을 징검다리 삼아 그에게로 가고 싶다.

"윤기야...가람 아빠!!..."
에이, 새끼 오늘도 대답이 없네.

그들은 한 권의
책에서
시작되었다

그들은 한 권의 책에서 시작되었다……

영원회귀의 신화……카라카스의 아침……THE METAMORPHOSES OF OVID……

변신 이야기……문학이란 무엇인가……성 앙트안느의 유혹……물의 정거장……

삶, 죽음, 운명……동양의 광기……하느님께 보내는 편지……왜요?……말도 안 돼……

열네 살의 여름……낭만주의의 뿌리……野性時代……숨은그림찾기1……

어두운 시대의 초상화……우리시대의 리얼리즘……가만 가만 부르는 노래……

無翼鳥......사람이 그리운 날...... 먼지......정치, 문화, 인간을 움직이는 95개 테제......

49가지 마케팅법칙......상처받지 않을 권리......컨텍스트로, 패턴으로......

신화의 의미.......코스모스와 만다라......보이는 세상 보이지 않는 세상......

모든 앙금……벤자민 버튼의 시간은 거꾸로 간다……M. 엘리아데……보이는 어둠……

식물성의 저항……예술과 환영……기하학의 기원……어른의 학교……세 동무…….

보다, 듣다, 읽다……나비 넥타이…….슬픈 시간의 기억……..

어른의 학교
Myth and Meaning
신화와 의미

도스또예프스끼와 함께한 나날들.......생물과 무생물 사이......사람은 왜 사는가......

생물학적 인간 철학적 인간......감각의 제국......정장을 입은 사냥꾼......중심의 힘......

나는 학생이다......나는 에디터다......명창들의 시대......아메리카......자연과 자유 사이.....

내 존재의 아픈 얼굴……흰 그늘의 길…..나무가 기도하는 집……

1000……Mark Rothko……예술가로 산다는 것……사랑 앞에서는 돌도 운다……

부끄러움…..인간의 얼굴……피안을 향하여……두 글자의 철학……침묵의 뿌리……

생각의 바다……허망과 진실……

* 사진 송은선

당신은 자유!

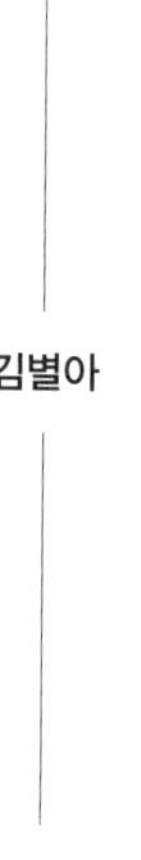

김별아

나는 아무것도 바라지 않는다.
나는 아무것도 두려워하지 않는다.
나는 자유이므로…….

니코스 카잔차키스Nikos Kazantzakis가 생전에 마련해 놓은 비명이 새겨져 있는 묘지는 에게 해와 이라클리오 시내가 내려다보이는 크레타 섬의 마티넹고 요새에 있다. 그리고 내게 감미로운 독주와 같은 카잔차키스의 묘비명을 일러주신 소설가이자 번역가 이윤기 선생의 묘지는 경기도 양평군 단월면 향소리의 깊은 골짜기에 있다.

십오 년 전 카잔차키스의 묘지를 찾은 선생은 신발을 벗고 예를 바치며 눈물을 흘렸다지만, 십오 년 후 선생의 49재에 새로 단장한 묘지를 찾은 나는 늦더위에 검은 재킷 아래로 흐르는 땀을 닦으며 그저 허허롭게 웃었다. 언론에는 수목장이라고 보도되었지만 실제로는 향소리 집필실의 뒷마당에 유골이 담긴 항아리를 묻는 의식이었다. 때마침 그날이 중양절이라 나무 대신 노란 국화가 지상에 남은 마지막 흔적을 가렸다. 양陽의 숫자인 9가 둘이나 겹치는 음력 9월 9일에 중국의 동한東漢 사람들은 높은 산에 올라 국화를 감상하고 국화주를 마셨다고 한다. 뭇꽃들이 다투어 피는 봄여름을 피해 황량한 늦가을에 고고하게 피어나는 국화는 은거하는 군자의 꽃이니, 그 꽃 무덤 속에 누운 선생은 평안하고 고즈넉해 보였다.

"선생님은 멋있게 사셨으니까, 분명 좋은 곳으로 가셨을 거예요."

묘지를 에둘러 국화 화분을 심으며 혼잣말처럼 중얼거렸을 때, 함께 가만한 삽질을 하던 문인들이 같은 기울기로 고개를 끄덕였다. 간직한 추억의 내용은 저마다 달라도 선생이 우리의 가슴에 새긴 잔상은 얼마간 비슷이 닮아있을 터였다. 그래서 선생의 무덤을 흙다짐하는 사람들은 울지 않았다. 평소 "칠십 살까지만 살겠다!"고 호기롭게 선언했던 선생이 소설가들의 평균 수명인 64세까지도 못 닿고 돌연히 가신 게 억울해도, 집필실 곳곳에 아직도 쌓여 있는 맥주와 소주와 와인과 위스키와 막걸리의 빈병들이 안타깝고 애잔해도, 나는 웃으며 선생과 마지막

인사를 나눴다. 비록 죽음이라는 알 수 없는 심연으로 떠나셨다 해도, 이윤기 선생님, 당신은 영원한 자유이기에!

움푹 들어간 뺨, 튼튼한 턱, 튀어나온 광대뼈, 잿빛 고수머리에다 눈동자가 밝고 예리했다.

《그리스인 조르바》의 주인공 알렉시스 조르바가 책에서 뛰쳐나온 것만 같은 모습의 선생을 처음 뵌 것은 십 년 전쯤에 있었던 어느 문학상 시상식 뒤풀이 자리에서였을 것이다. 수상자가 누구였는지 무슨 문학상이었는지 상금이 얼마였는지는 지금 기억나지 않는다. 그때도 누가 얼마짜리 무슨 상을 받았는지를 기억한 적은 거의 없었다. 문학상 같은 건 나와 아무런 상관도 없고 앞으로도 그런 방식으로 인정을 받을 가능성은 희박해보였으므로. 나는 다만 문단의 상찬에 대한 회의와, 세상의 열광에 대한 염오와, 스스로의 재능에 대한 의심으로 가득 찬 '무명작가'이자 '독고다이'일 뿐이었다.

내게 문학은 돈과 명예를 얻기 위한 수단이 아니었다. 남들이 우습게 보든 무섭게 보든 문학은 나의 구원이었다. 비록 '문청'의 객기일지언정 문학이 없는 삶은 상상할 수도 없었기에, 나는 누가 알아주든 말든 꿋꿋이 내 길을 갈 각오를 다지고 또 다졌다. 그런데 그때까지는 과연 '내 길'이라는 것이 어느 방향으로 뻗어 있는지 나조차도 알 수 없었기에 갈팡질팡 갈지자걸음을 걸을 수밖에 없었다. 또한 남들에게 인정을 구하기보다는 나 자신에게 순정해져야 그 길머리에라도 들어갈 수 있으리라 생각했기에 타협을 하고 싶어도 할 수가 없었다.

하지만 이런 외곬의 고집만으로 등단 후 십 년 가까이를 앙버티기는 쉽지 않았다. 어쩌다 문단의 모임에 나가면 비껴가는 무심한 시선들 속에 투명인간이 된 느낌으로 쓸쓸했다. 평론가의 지지도 시장의 열광도 받지 못하는 채로는 쓰는 것만큼이나 발표할 지면을 찾고 독자를 얻는 일이 힘겨웠다. 내가 부족하다는 것은 누구보다 나 자신이 잘 알고 있었다. 그래도 어딘가에 '눈 밝은 독자'가 있어 주리라, 내가 간절히 쏘아 올리는 생의 신호탄에 감응하는 이가 있으리라 믿었지만, 중국 현대문학의 아버지 루쉰의 말대로 반응을 얻지 못하는 창작은 공허할 수밖에 없었다.

그래서 나는 그날도 많이 마시고 쉽게 취했다. 아마도 가까운 지인이었을 수상자를 진심으로 축하하기는 했으나 한편으로 울적한 심사가 깃드는 것도 어쩔 수 없었을 테다. 그 얼마 전 나도 모르는 사이에 후보자로 올랐던 모 문학상 최종심에서 '앞으로 작가의 역량을 좀 더 두고 지켜볼 필요가 있다'는 (아무래도 그것이 결정적인 듯한) 이유로 유명작가에게 '밀린' 터라 더욱 속이 쓰렸다. 십년이 다 되도록 '신진'이라 불리는 작가의 역량을 별안간 지켜봐 주리라는 기대를 할 수 없었고, 그때 나는 이미 중단편이 아닌 장편 소설로 내 문학의 방향타를 서서히 옮겨가던 상태였기 때문이다.

그래도, 그럴수록 더 씩씩한 척하며 열심히 축하주를 마시고 있을 때 누군가 나를 불렀다.

"저쪽 방에서 이윤기 선생님이 김별아 씨를 찾으시네. 긴히 하실 말씀이 있으시다니 빨리 가 봐!"

생겨먹기를 어른들께 공손하거나 곰살맞지 못한 터라 사고치고 교무실에 불려 가는 꼴로 비치적비치적 방 안에 들어가 보니, 책과 신문에 실린 사진보다 훨씬 건장한 체격에 눈빛이 형형한 선생이 나를 기다리고 계셨다.

"자네가 김별아로군! 일전에 잡지에 실린 〈삭매와 자미〉를 읽고 꼭 한 번 만나고 싶었네."

꾸벅 어색한 인사를 올린 내게 선생은 맑은 술 한 잔을 따라주시며 생뚱맞게도 중국의 춘추전국시대를 배경으로 서역의 이야기를 쓰게 된 까닭을 묻고 나의 졸고를 읽은 당신의 소감을 들려주셨다.

"내 개인적 의견으로 김별아 씨는 역사소설을 쓰면 좋을 것 같아. 단편보다는 장편이 더 어울릴 것 같고. 어쨌거나 패기를 잃지 말고 열심히 쓰게!"

짧은 만남에 간단한 대화였다. 하지만 《사기》에 '선비는 자신을 알아주는 이를 위해 목숨을 바친다(士爲知己者死)'는 진나라 예양의 고사가 있듯, 경조부박한 나야 목숨까지 바칠 충정은 없지만 어쨌거나…… 놀라운 한편 고마웠다. 나는 당시 소재와 그

배경이 되는 시대를 다양화한 일련의 단편들을 통해 장편 역사 소설의 가능성을 실험하고 있었기에 선생의 혜안이 놀랍기도 했고, 무엇보다 까마득한 후배이자 외로운 무명작가를 일부러 찾아 따뜻하게 격려해 주신 것이 고마웠다.

세상이 아무리 서열화 되고 계급화 되어도 문학만큼은 끝내 무애하고 평등하다고, 나는 믿는다. 그처럼 오직 문학을 위한 경계 없는 마음, 그것은 내가 선생께 배운 것이기도 하다.

인간이라니, 무슨 뜻이지요?

자유라는 거지!

내 생각에 작가라는 족속은 거칠게 두 부류로 나눠진다. 그 하나는 선비형으로 삶에 대한 태도가 곧이곧대로 꼿꼿하고 타협의 여지가 없는 경우다. 지난 생애에서라면 그들은 과거 시험에 급제하여 정승 판서나 어느 고을의 원님으로 '공무원' 생활을 했을지도 모른다. 그리고 다른 하나는 광대형으로 질펀한 난장의 격정을 고스란히 가지고 왕성한 욕망을 과시하는 축이다. 숫백성을 상대로 걸쭉한 사설을 뽑아내는 놀이판의 광대만큼이나 능란한 이야기꾼이자 '엔터테이너'는 다시없다.

그런데 이윤기 선생은 감히 그의 전생을 추측하지 못할 만큼 한국 작가들 사이에서 특이한 존재였다. 그의 산문은 섬세하고도 유머에 넘쳤으며, 소설은 정갈하고도 신랄했고, 수많은 번역

서는 번역을 '제2의 창작'이라고 부르는 까닭을 새삼 되새길 만큼 생동감 있고 감각적이었다. 무엇보다도 선생은 작업에 있어 그 누구보다 왕성하고 성실했다. 이른바 '인문학적 상상력'이라고 부르는 종횡무진 무소불위의 궤적을 따라 좇노라면 때때로 그의 정체를 알 수 없어 아찔하였다. 하지만 개인적으로 남아 있는 변변찮은 기억의 편린을 훑어 모아 보면 다시 그 사람, 조르바의 형상이 선생의 모습과 겹쳐진다.

우연한 첫 만남 후 선생을 다시 만난 것은 (또) 어느 술자리였는데, 2차로 몰려간 노래방에서 우연찮게 선생이 춤을 추는 모습을 보았다. 칙칙한 빛깔의 소파가 아무렇게나 놓인 쿰쿰한 냄새 나는 지하 노래방에서, 기껏해야 그 분위기에 걸맞은 마구잡이식 블루스밖에 '땡길' 줄 모르는 사람들 사이에 선생이 우뚝 서 계셨다. 조악한 깜빡이 조명 아래 선생의 은발이 하얗게 빛났다. 선생은 함께 '엉겨' 춤을 추자는 손들을 가볍게 뿌리치고 홀로 훨훨 춤을 추었다.

그것은 꽤나 특이한 몸짓이어서, 지금도 눈앞에 생생히 그려진다. 경치 좋은 곳에서 풍류놀이에 나선 선비가 향기로운 술 한 잔에 취해 덩실덩실 추는 학춤 같은가 하면, 탈춤 판에서 지배층의 허위와 위선을 풍자하며 한바탕 현실을 희롱하는 말뚝이의 몸짓 같기도 했다. 아, 어쩌면 크레타 해변에서 겁약한 청년인 버질에게 격정의 춤을 가르치던 조르바, 영화 속 앤서니 퀸의 춤사위와도 닮아 있었다. 어쨌든 나는 그 끈적끈적한 춤판에서 의연한 독무를 펼치는 선생을 보고 남몰래 감탄했다. 뭔가 통쾌하기도 하면서 가슴 한 구석이 싸했다. 그리고 그날 이후 내게 선생의 이미지는 고전적인 의미에서의 마초맨macho man으로 굳혀졌다. 선비인가 광대인가의 구분이 무색한, 선생은 지금은 세상에서 거의 씨가 마른 듯한 늠름하고 강한 사나이였다. 바다와 여자와 술과 노동을 열렬히 찬미하는 한편 늙은 사이렌의 사랑에 순정을 다 바치는, 위대한 야성의 영혼을 가진 사내 조르바와 같이.

용기! 빌어먹을! 모험! 올 테면 오라!
죽기 아니면 까무러치기!

집필실의 사방 벽면에 열립한 술병들을 바라보노라니 내가 마지막으로 뵈었던 선생의 모습이 떠올랐다. 나는 오랫동안 선생과 같은 동네, 같은 아파트 단지에 살았다. 하지만 앞서 밝힌 대로 주변머리가 없는 탓에 개인적으로 선생을 찾아뵙기는커녕 이웃으로서의 예조차 갖추지 못했다. 그저 이따금 810동에 있는 우리 집 베란다에서 선생이 사신다는 801동을 멀거니 바라보며 그 황홀한 고독과 열정을 상상할 뿐이었다. 선생이 단독주택지에 집을 지어 떠나신 후에도 나는 산책을 나갈 때마다 습관처럼 801동을 쳐다보곤 했다. 그러다 딱 한 번, 동네에서 뵌 것이 살아생전의 마지막 모습이었다.

추석 명절을 맞아 모두가 분주히 장거리를 마련하는 백화점 지하 슈퍼마켓에서였다. 배가 고프다고 징징대는 아이에게 핫도그 하나를 물려주고 막 돌아섰을 때, 내 시야에 커다란 철제 카트를 밀고 지나가는 선생의 모습이 들어왔다. 달려가 인사를 해야 하나 말아야 하나 언제나처럼 염없음에 망설이고 있을 때, 문득 선생의 카트에 담겨 있는 물건들에 눈길이 갔다. 품목은 단 한 가지, 24개 들이 깡통맥주가 층층이 두 박스 쌓여 있었다. 안주도 다른 먹을거리도 담겨 있지 않았다. 내일 모레가 추석인데 선생은 홀로 술을 사러 번잡한 슈퍼마켓을 찾은 것이다. 다가가 아는 척을 해야겠다는 생각은 사라지고 자꾸 실없는 웃음이 났다. 건강을 위해 앞 다투어 술과 담배를 끊는 젊은 작가들이 떠오르고, 권태로운 살롱의 대화와 의례적인 인간관계들이 생각나고, 턱없이 조로해버린 채 안전한 곳만 찾아다니는 겁쟁이들의 세태가 부끄러워졌다. 그래서 깡통맥주로 가득 찬 선생의 카트 옆을 모른 척 지나쳐 장을 봤던 산적용 고기와 나물거리와 송편 사이에 선생을 흉내 내어 독한 술 한 병을 몰래 찔러 넣었다. 선생은 마지막 순간까지 일상에 훼손되지 않는 모험가의 모습으로 나의 뇌리에 남았다.

하지만 아무리 미화해 보아도 죽음은 부정할 수 없는 부재不在이기에, 그토록 갑작스레 선생과 영이별한 것은 슬프고도 아픈 일이다. 스물다섯 살에 감당하기 버거운 이름을 얻어 내후년이면 이십 년차 작가가 되는 나는 그동안 많은 선생들과 그렇게 맥없이 헤어졌다. 선생들의 작품은 어린 내게 문학의 교과서였고 인생의 지침서였고 아름다운 창공의 별이었다. 세월을 따라 선생들이 한 분씩 지상을 떠나면서 나는 길 잃은 아이처럼 두렵고 외로워졌지만, 엉뚱한 상상 속에서 나는 선생들이 미지의 허공중으로 흩어져버렸다고 생각지 않는다. 선생들은 내가 아직 찾지 못한 어느 깊은 골짝에 아름다운 마을을 일구고 모여 계실 듯하다. 치열한 만큼 고단했던 지상의 기억은 잊고, 꽃비 내리는 무연한 쉼터에서 내내 평안하시리라고.

이윤기 선생님은 지금쯤 그곳에서 불콰한 얼굴로 가득 채운 술잔을 들어 건배 제의를 하고 계시지 않을까?

"죽기 아니면 까무러치기!"

오늘은 조르바처럼, 선생님처럼 죽기 아니면 까무러치기로 마시고 싶다. 죽기 아니면 까무러치기로 두려움 없이 살고 싶다. 그토록 도저한 자유, 당신처럼!

김별아

1969년 강원도 강릉에서 태어났다. 연세대학교 국어국문학과 졸업 후 1993년 실천문학에 〈닫힌 문 밖의 바람소리〉를 발표하며 등단했다. 2005년 장편소설 《미실》로 제1회 세계문학상을 수상했다. 데뷔 초기 개인적 체험을 바탕으로 사회변화와 함께 불어 닥친 혼란을 젊은 감성으로 써내려가다, 《꿈의 부족》이후 소재의 다각화를 시도해 호평을 받았다. 소설집 《꿈의 부족》, 장편 소설 《내 마음의 포르노그라피》, 《개인적 체험》, 《미실》, 《논개1, 2》, 《백범》, 《열애》, 《가미가제 독고다이》, 산문집 《가족 판타지》, 《죽도록 사랑해도 괜찮아》, 《이 또한 지나가리라》 등이 있다.

브람스의 자장가

이다희

사진 한 장이 있다. 사진 속에서 나는 챙이 넓은 모자를 쓰고 너무 커 보이는 웃옷을 입은 세 살배기다. 안면도 해변에서 나는 박수를 치는 듯 두 손을 맞붙이고 노래를 부르고 있다. 긴 머리를 머리띠로 넘긴 아버지는 (아버지는 아마 머리띠를 한 최초의 한국 남자 가운데 하나였을 것이다) 쪼그리고 앉아 함께 박수를 치며, 둘러 선 일행과 함께 나의 노래를 감상하고 있다. 사진 속 아버지의 표정이 어떠한지는 말해 무엇 하랴. 세 살배기 딸의 재롱을 지켜보는 이 세상 모든 아버지의 표정이 어떠한지를 말해 무엇 하랴. 내가 부르고 있는 노래는 어울리지 않게도 이용의 〈잊혀진 계절〉이다. "지금도 기억하고 있어요 시월의 마지막 날을"로 시작하는 이 노래는 설거지를 하며 노래를 흥얼거리는 버릇이 있었던 이모들 덕분에, 말을 갓 깨우친 내가 처음으로 배운 노래 가운데 하나였다.

나는 노래하는 것을 좋아한다. 아버지 말씀에 따르면 '노래방 세대'라 가사를 못 외워서 그렇지 남들 앞에서 노래하는 것도 별로 두려워하지 않는다. 물론 아버지를 닮았다. 아버지는 팝송과 유행가를 멋들어지게 부르는 것은 물론 친구와 함께 휘파람으로 모차르트의《아이네 클라이네 나흐트 무지크》의 제 1바이올린 파트와 제2 바이올린 파트를 나누어 불기도 했다. 그리고 나를 재울 때는 브람스의《자장가》를 불렀다고 한다.

잘 자라 내 아기 내 귀여운 아기
아름다운 장미꽃 너를 둘러 피었네
잘 자라 내 아기 밤새 편히 쉬고
아침이 창 앞에 찾아 올 때까지

아버지는 아마 나를 무릎에 누이고는 눈을 지그시 감은 채 턱을 살짝 치켜든 모습으로, 나지막하지만 힘 있는 목소리로 브람스의 자장가를 불렀을 것이다. 그런데 나를 재우는 일은 번번이 실패했다. 아버지의 이야기에 따르면 내가 '장미꽃'이 나오는 부분에서 눈을 반짝 뜨고는 "장미꽃 했네?"라고 말하며 잠을 깼기 때문이다.

이 브람스 자장가의 선율은 브람스의 교향곡 제2번 1악장의 주제 가운데 하나이기도 하다. 1악장을 귀 기울여 들어보면 먼저 첼로가 조용하고 차분하지만 풍부한 소리로 익숙한 선율을 연주한다. 첼로의 선율에 밑그림을 그려주던 바이올린이 이 선율을 목관에게 건네주면 목관의 따뜻한 음색이 선율을 이끌어간다. 1악장 전체에 걸쳐 이 선율은 계속해서 다양한 리듬과 화음으로 변주되며 등장한다.

그런데 공교롭게도 내가 속해 있는 동호인 오케스트라 두 곳 모두에서 이번 겨울 바로 이 곡을 연주한다. 전문 오케스트라의 경우 두어 번 연습 끝에 연주에 설 곡도 동호인 오케스트라의 경우 반 년 가까이 연습하는 경우도 있다. 전문 연주자가 아니기에, 출시를 앞둔 게임을 설계하다가, 혹은 환자를 보다가, 혹은 타 부서와 마라톤 회의를 마치고 난 뒤 피곤한 몸을 이끌고 연습실로 모여들기 때문이다. 이런 동호인 오케스트라의 연주자들이 곡을 완성하는데 오랜 시간이 걸리는 것은 당연하다. 함께 모여 곡을 연습하는 과정을 보자면 곡을 처음부터 끝까지 전부 해체했다가 다시 붙인다고 말해도 과언이 아니다. 때로는 두세 시간에 걸친 연습 동안 한 악장만 붙잡고 몰두할 때도 있다.

지난 달, 한 달 간의 휴식 후 복귀한 오케스트라 연습에서 지휘자는 장장 세 시간 동안 브람스 교향곡 제2번의 1악장만 붙들고 늘어졌다. 브람스의 자장가 선율이 불쑥불쑥 튀어나오는 악장을 반복 또 반복하여 죽도록 연습한 날, 연습 내내 나의 표정이 어땠을지 말해 무엇 하랴. 아버지가 불러주던, 다시는 들을 수 없는 자장가의 선율을 반복해서 연주해야 하는 딸의 표정을 말해 무엇 하랴.

잘 구운 빵 위에 뿌려진 가루 설탕처럼 악기 위로 뽀얗게 내려앉은 송진 가루 위로 자꾸만 눈물이 떨어졌다. 눈치도 없이 흐르는 눈물 때문에 나는 자꾸만, 턱 밑에 고이고 있던 면 손수건을 빼내 눈가를 훔쳐야 했다. 연습시간에는 언제나 악장 혹은 지휘자에게 두고 있던 시선도 악보에만, 창 밖에만 고정시켰다. 우리 단원들은 큰일을 치른 나의 연습 복귀 시점이 너무 이른 것이 아닌지 걱정했을지도 모르겠다. 브람스의 자장가 선율에 얽힌 나의 추억을 짐작하지는 못했겠지만 내 슬픔의 눈물을 안쓰럽게 지켜봤을 것이다.

그런데 눈물이 흘렀을지언정 그 연습 시간이 내게는 괴롭지 않았다. 오히려 그러는 사이 브람스 교향곡 제 2번의 1악장과 사랑에 빠졌다. 브람스가 어느새 더 아름다워져 있었기 때문이다. 날 울리는 것과 사랑에 빠지다니? 이 경험은 명료했던 내 세상에 일대 혼란을 가져왔다. 브람스가 다시는 볼 수 없는 아버지를 연상 시킨다면 나는 이 곡을 혐오해야 했다. 그런데 오히려 사랑에 빠진 것은 아버지와의 아름다운 추억 또한 떠오르게 만들었기 때문일까? 그 추억은 아버지가 불러주는 자장가를 더 이상 들을 수 없어서 더 아름다워진 것일까? 아름다움의 세계에서도 희소성의 법칙이 유효한가?

아무튼 내 눈물, 슬픔의 눈물이었던 것만은 아니다.

슬픔을 알고 난 뒤 세상이 더 아름다워 보이는 이치에 대해 나는 정확히 알지 못한다. 더 많이 슬프고 더 많이 아플수록 그만큼 세상이 더 아름다워 보이는 것인지 나는 알지 못한다. 내가 연주하는 브람스가 내가 듣는 브람스만큼 아름다워졌는지 나는 알지 못한다. 그러나 확실한 것은 슬픔을 배운 내게 브람스 교향곡 제2번의 1악장은 사무치게 아름답게 느껴졌다.

아버지는 눈물이 많았다. 연속극을 보며 눈물을 흘리는 일은 다반사였다. 음악을 들으면서, 노래를 부르면서 눈물을 보인 것은 물론이다. 사람은 사람, 개는 개라면서, 인연의 실을 잣는 일은 집착으로, 집착은 아픔으로 이어진다며 늘 적당한 거리에 두었던 진돗개 소리가 죽었을 때 가장 많은 눈물을 보인 사람은 아버지였다. 그런데 내가 이때까지 본 아버지의 눈물이 모두 슬픔의 눈물은 아니었다는 것을 이제 알 것 같다. 슬픔은 아름다운 것에 대한 애정의 바탕을 이루는 것 같다. 아버지의 눈물을, 아버지의 세상에 대한 사랑을, 내 눈에 담긴 세상을, 아버지를 떠나보낸 지금에야 조금은 이해 할 것 같다. 아버지는 나와의 대화가 담긴 민음사의 대담집 《춘아, 춘아, 옥단춘아, 네 아버지 어디 갔니?》에서 "어릴 적, 뜻도 모르는 채 이런 노래 부르고 다녔다"고 했다.

춘아, 춘아, 옥단춘아, 너희 아버지 어디 갔니?
우리 아버지 배를 타고 한강수에 놀러 갔다.
봄이 오면 오시겠지?
봄이 와도 안 오신다.
꽃이 피면 오시겠지?

꽃이 펴도 안 오신다.
여름이 오면 오시겠지?
여름이 와도 안 오신다.
……

'이렇게 끝없이 이어지는 노래'를 아버지는 "눈물 없이는 불러내지 못한다" 했다. 나는, 대학을 졸업하자마자 어린 나이에 결혼을 하면서 결혼식에서 예의상으로라도 눈물 한 방울 찍어내지 않았다. 그런데 이제 내게도 눈물 없이 불러내지 못하는 노래가 생겼다.

시간이 약이라고 누가 말했나. 갈수록 그리워지는 것 같다.

이다희

1981년 서울에서 태어났다. 이화여대 철학과를 거쳐 펜실베이니아 주립대 철학과를 졸업했다. 《비바비보》 시리즈의 《그래도 언제나 캡틴》과 《태양이 없는 땅》을 비롯하여 《사막의 꽃》《플루타르코스 영웅전》《위풍당당 질리 홉킨스》 등의 작품을 번역했으며, 신화학자이자 번역가, 소설가인 아버지 이윤기와 함께 《로미오와 줄리엣》, 《한여름 밤의 꿈》 등 셰익스피어 희곡을 공역했다.

모순에 어긋나는 약속

조영남

이윤기의 장례식이 삼성병원 영결식장에서 음악회로 치러지던 날 나는 뒷자리 맨 뒷줄에 멍하니 앉아 있었다. 이윤기가 노래를 워낙 좋아했으니까 노래로 영결식(우리는 사실 그날 '이윤기 강을 건너다'라는 현수막을 걸고 송별회라고 했다)을 치르는 건 당연하다고 생각했다.

나는 그때 장사익이 노래를 진짜 잘 한다는 걸 뒤늦게 깨달았다. 그야말로 심금을 울렸다.

노래 몇 곡과 함께 이윤기를 멀리 떠나보내고 한참 있다가 이번에는 섬앤섬 출판사 한희덕으로부터, 세상 떠난 이윤기의 추억에 관한 책을 만든다고 나한테도 원고 청탁이 들어왔다. 먼저 전화상으로 들어왔고 이어서 문서 쪽지로 정중한 원고 청탁서도 받아 놓았다. 사람 관계란 참 더러운 것이어서 무턱대고 "나 그런 원고 못 써."라고 거절할 수는 없었다. 조영남과 이윤기가 친하게 지냈다는 것을 많은 사람들이 뻔히 알고 있는 판에 말이다. 사실 원고 청탁에 대한 내 심경은 처음에 한마디로 시큰둥 그 자체였다. 이미 당사자가 죽어 없어졌는데 뭘 어쩌자는 거냐는 것과 추억 따위를 억지로 끄집어내어 어쩌고저쩌고, 난 이윤기와 이만큼이나 친했습니다, 그러기가 왠지 께름칙했던 거다. 자칫 호들갑으로 느껴질 게 뻔했기 때문이다. 무엇보다 나는 지난 몇 년 동안 그런 방면에 몹시 화가 나 있었다. 이참에 그것부터 터놓고 얘기해야겠다.

왜 나보다도 나이가 어린놈들이 시건방지게 먼저 없어지냐는 거다. 물론 내가 지금 반말 투로 호칭하는 것에 기분이 언짢아질 사람이 많다는 것도 잘 안다. 그렇지만 할 말은 하자. 이윤기만 간 게 아니다. 서강대의 예쁜 영문학 교수 장영희도 갔고, 나와 단둘이 화화협, 화투를 그리는 한국화가협회를 결성했던 김점선이도 장영희와 불과 몇 개월 시차를 두고 아주 영영 떠나갔다. 그리고 이렇게 말하면 믿을 사람이 많지는 않겠지만 그 누구보다도 나를 좋아해 주고 일방적으로 지지해 준 자칭 타칭 행복전도사 최윤희까지 우리 곁을 떠나가 버렸다. 모두 다 하나같이 나를 친 형제자매처럼 여겨줬던 사람들이다. 이런 사람들이 한꺼번에 왕창 떼거리로 쓸려 가버리니 내가 화가 안 났겠는가 말이다. 나는 한동안 멍해져 있다가, 산다는 건 뭐고 죽는다는 건 또 뭔지 문득 다시 생각해 봐야만 했다. 우선 균형이 맞질 않는 게 문제였다. 왜 나는 여기 살아 있고, 왜 내가 꽤나 잘 알고 지내던 몇몇 친구들은 일찍 세상을 접었는가. 올 때는 순서가 있어도 갈 때는 순서가 없다는 얘기는 옛날부터 지겹게 들어왔다. 그때마다 난 그냥 그러려니 덤덤하게 넘기고는 했는데 이젠 달라졌다. 실제 상황인 것이다. 이젠 그런 게 우스갯소리도 장난도 아니게 됐다.

도대체 왜 이런 무질서한 일이 발생하게 됐는가, 왜 운명은 내가 몹시 좋아했던 친구들만 일방적으로 수거해 갔는가. 아! 이럴 때 이윤기가 살아 있었다면 침을 튀기며, 앙상한 목에 핏대를 세우며 그리스 로마 신화에서는 죽음을 어떤 방식으로 설명했는지 자분자분 설명해 줄 텐데. 흠! 이젠 이윤기 자체가 모습을 감추고 내가 이런 추모의 글을 써야 되다니. 이 글을 읽는 독자들은 내가 이윤기한테 이런 따위로 투덜대는, 그야말로 막돼먹은 글을 보고 애전에 책을 덮어버릴 수도 있고, 아니면 좀 점잖은 분들은 대관절 이 사람이 어디까지 써내려 갈 것인가 하며 모래 씹은 표정으로 읽어 내려 왔으리라고 짐작하는데, 얘기가 나왔으니 말이지 이윤기가 나보다 엄연히 두 살이나 어린 것은 틀린 소리가 아니다. 노래 패거리의 이장희, 윤형주, 송창식, 김세환이가 모두 이윤기 또래다. 나는 그들보다 두 해 먼저 태어났다는 이유 하나로 평생을 그들의 형으로 군림해 왔다. 그런데, 문제는 생김생김이었다. 당연히 형은 형답게 앞장서고 동생은 동생답게 형의 뒤를 따라와야 하거늘, 임꺽정을 닮은(사실 난 임꺽정 선배를 만나 뵌 적이 없다) 한국판 알 카포네같이 험상궂게 생겨먹어 얼핏 나이가 나보다도 많아 보이는 이장희, 그리고 개량한복을 입고 한복판의 머리가 거의 다 빠져나간 무명의 신선도사 할배 같은 송창식도 멀쩡하게 살아 있다. 그 방면에서는 내 생각에 이윤기가 가장 불량했다. 다른 동생들 모두 잠잠하게 군말 없이 잘들 견디고 있는데, 유독 이윤기만 동생답지 않게 세상을 서둘러 결산해 버렸다. 감히 형보다 먼저 말이다. 소중한 틀을 깬 것이다. 원칙을 무시한 것이다. 물론 이 따위의 소리를 하면 안 되는 걸 뻔히 알면서도 이 못난 형은 동생이 먼저 앞장선 일에 대해 몹시 화가 나 있었다. 나는 턱도 없이 경우만 따지고 든 셈이다. "야 인마! 윤기! 너 경우가 틀리잖아! 형을 뒤에 놓고 네가 앞장서 가는 건 도대체 무슨 경우냐?" 그렇게 따지고 들다 보니 내가 노인네 넋두리를 반복하고 있다는 걸 알게 됐고 또 한편 정반대 방향으로 "음, 그러면 그렇지 이윤기가 결국 우리끼리의 약속을 죽어서도 끝까지 지키는구나." 이렇게 생각하게 되었다. 그런데 우리끼리의 약속, 그게 무슨 약속이었냐?

바로 지금이 우리가 맺은 우스꽝스러운 약속을 털어 놓아야 할 시점인 것 같다. 약속은 약속이다. 여차하면 깰 요량으로 맺은 약속이 물론 아니다. 그것은 믿거나 말거나 이윤기와 내가 처음 만났던 날 맺은, 우리 딴에는 장엄한 약속이다. 그런데 그게 대관절 언제 적 얘기냐. 내가 늘 보채던 질문이다. 이윤기가 그리스 로마 신화 얘기를 할 때마다 혹은 조르바 얘기와 카잔차키스 얘기를 할 때마다 내가 묻곤 했던 질문이다. "그게 언제 적 얘기냐?" "연분홍 치마아가 봄바아람에 휘나알리더어라" 하며 구성진 노래를 부를 때마다 난 어김없이 질문해댔다. "야! 그게 언제 적 노래냐, 언제 적 노랜데 가사를 3절까지 몽땅 외우고 있냐?" 나는 이윤기에게 약간 일없는 한심한 놈으로 하시하는 투의 질문을 던졌던 거다. 일정한 직업 있는 사람이 무슨 수로 흘러간 옛노래를 3절 4절까지 다 외우느냐는 게 내 생각이었고 이윤기는 거의 모든 옛날 가요를 부를 때마다 정확한 시어로 1절부터 마지막 절까지 몽땅 읊어대곤 했다. 기절하고 졸도할 일이었다. 정작 노래를 전문으로 불러 먹고 사는 가수 직업을 가진 내 자신도 내가 부른 노래 〈제비〉의 가사를 까먹고 우물우물 넘어 갈 때가 있었으니 나로서는 그런 식의 질투 섞인 질문이 나올 수밖에 없었던 거다.

우리의 약속에 관한 얘기를 하다가 잠시 옆길로 샌 것 같은데, 믿거나 말거나 이윤기와 나 사이에 맺어진 약속이라는 것은 생판 남남으로 지내다 어쩐 일로 생전 처음 만나게 되던 날 이루어진다. 뭐냐 하면, 이윤기와 난 그냥 우연히 서로 접선하게 됐다는 건데 글쎄 신화 속의 인물들은 어쩐 일로 서로들 만나게 되는지 이윤기에게 물어봐야 알겠지만 아마 신화 속 인물들도 우리처럼 우연히 만나게 됐던 것이 아닐까 싶다.

지금으로부터 약 10여 년 전이다. 현암 출판사에서 노자에 관한 책을 써낸 이 시대 최고의 종교철학자 오강남 교수가 출판사 사장을 비롯해 지인 몇 명과 함께 그리스 신화 전문가 이윤기 별장에 함께 가기로 했는데 같이 가지 않겠느냐고 연락이 와 흔쾌히 가겠노라고 했었다. 그때까지 이윤기는 사람들을 만나지 않고 서재에 틀어박혀 글만 써내는 고고한 인물로 알려져 있었다. 그건 아무나 그럴 수 있는 것도 아니고 흔히 잘난 체 하는 사람한테 있는 고유 증상으로 그런 성격의 사람들은 묘하게도 실제보다 높이 평가되는 경향이 있었다. 나는 그런 평판이 무지 부러웠지만 한편으로는 그런 평판이 또 무척 곤혹스러워, 조영남이는 잘난 체 한다 고고한 체 한다는 그릇된 평판을 피해 가려고 무진 노력했었다. 오래 살다보니 사람도 종류별로 많이 만나게 되고 사람과 사람으로 엮이다 보니 똥과 된장을 제법 가릴 수 있게도 된 것 같다. 잘난 체, 고고한 체 하는 사람을 실제로 만나보면 맥없이 자빽, 스스로 빽이 가는 사람들이 많아 실망하고 반면교사로 나는 앞으로 그러질 말아야지 하게 됐다는 얘기다.

어쨌거나 나는 그때, 당대 제일의 그리스 로마 신화 전문가 이윤기가 틀어 박혀 고고하게 글만 쓴다는 문제의 별장을 찾아가고 있는 중이었다. 이러면 나도 모르는 새에 내가 잘난 체 하거나 고고한 체 하는 사람으로 비칠지 모르겠지만 나도 웬만해서는 혼자 누굴 찾아 나서는 소위 깡다구 있는 인물이 아니다. 나야말로 아무리 중요한 사람이라도 누굴 대동하거나, 지금처럼 불쑥 끌려가거나 동행하지 않으면 몸이 어디서 어디로 좀처럼 옮겨지질 않는 습성의 사람이다. 혼자 여행을 해본 적이 없는 사람이다. 평소 술이나 밥을 혼자 먹는 법이 없듯이, 나 자신도 웬만큼은 잘난 체하고 고고한 체 온갖 우아를 떨었다는 얘기다. 그런데 믿어 달라. 나를 생전 처음 이윤기 별장으로 끌고 가는 바로 옆자리의 오강남 선배는 특이하게도 잘난 체 고고한 체를 안 하는 사람이다. 그러질 못하는 사람이다. 신기해 보일 정도다. 그런 걸 일부러 안 하거나 거부하는 사람도 아니다. 그저 보통 사람으로 알려져 있고 보통 사람처럼 살아가고 있을 뿐이다. 보통 사람을 내세워 한때 대통령에 나왔던 사람과 오강남의 경우는 다르다. 오강남은 말과 행동 전체가 그냥 보통 사람이다. 그래서 내가 만난 사람 중에 가장 위대한 사람으로 보일 정도다. 내가 보통 사람으로 살아가질 못하기 때문인지도 모른다. 오강남은 아주 오래 전부터 캐나다 리자이나 대학에서 종교철학 강의를 하던 서울대 문리대 출신의 교수였는데, 내가 서른두 살 쯤에 빌리 그레이엄 전도대회에서 노래를 부르고 그때 빌리 그레이엄 목사의 통역으로 유명해진 김장환 목사와 함께 캐나다 미주 지역 전도 집회를 다니던 중 캐나다 지역 교민신문에 실린 오강남 칼럼 한쪽이 눈에 들어와, 즉시 칼럼의 주인공을 찾아내어 그때부터 쌍방 쿵짝이 맞아 수십 년간 교제를 나누어온 처지였는데, 오 교수가 그때 현암사에서 책을 내는 바람에 한국에 들렀다가 마침 나를 꾀어, '조형이 이윤기를 만나면 좋아할 거야'라며 나를 끌고 가서 접선시킨 게 나와 이윤기 우정의 출발점이었다.

뭐 별장 소유자라고? 나도 별장을 딱 한 번 소유한 적이 있었는데, 청담동 우리 집에서 불과 15분 거리밖에 안 되는 미사리에 별장 스튜디오를 아주 폼 나게 리모델링만 해놓고 정작 만 4년 동안 단 한 번도 거기 가서 밤을 지새워 놀아본 적이 없었다. 그래서 원한의 별장 이야기가 내 귀에 쏙 들어왔던 모양이다.

난 관광을 좀처럼 안 다니는 편인데, 캘리포니아 웬 산꼭대기에 미국의 유명한 신문왕 허스트의 별장인 허스트 캐슬이라는 데가 있다고 해서 가본 적이 있다. 도대체 허스트의 별장은 왜 그토록 유명한지 그게 궁금해서 가봤던 거다. 별장은 별장인데 방이 수십 개에 거대한 수영장 바닥을 금박으로 깔아 과연 사람을 질려 나자빠지게 만드는 지상 최대의 별장이었다. 그런데 우리가 드디어 찾아간 이윤기의 양평 별장은 허스트 별장처럼 쭉 가다가 짠! 하고 나타나는 그런 거대한 성곽형 별장이 천만에 아니었다. 그냥 외딴곳에 서 있는 외로운 집 한 채였다. 거기에서 누군가가 우리 일행을 반갑게 맞이했고 몇 사람이 먼저 와 있었고 어떤 여자가 왔다 갔다 하는데 얼핏 봐도 이윤기 색시로 보였다. 나는 그 여자가 잠시 후 허름한 야외 테이블에 올려놓고 간 햇밤을 까먹기 시작했다. 달리 할 일도 없었다. 그곳 양평에서 직접 수확한 밤이라고 했다. 날것이었는지 찐 것이었는지 잘 기억이 안 난다. 장례 날 이후 한 번도 못 본 이윤기 색시를 만나면 꼭 물어봐야겠다. 그게 날밤이었는지 찐 밤이었는지 말이다. 난 세상에 그렇게 맛있는 밤을 처음 먹어봤다. 다른 사람들은 밤에는 별 관심이 없는 듯 집 근처를 서성댔는데 나는 한 자리에 눌러앉아 밤 한 소쿠리를 다 비웠다. 지금까지도 그때의 밤 맛이 내 뇌리 속에는 아련히 남아 있다. 난 왜 그런 쓸 데 없는 기억을 간직하고 있는지 알다가도 모르겠다.

그때쯤 방으로 들어오라는 신호가 들려왔고 나는 음식상이 차려져 있는 문제의 별장 응접실로 들어가 앉았다. 큼직큼직한 궤짝 같은 생나무 색깔 책장 이외에는 별로 특별할 것도 없는 다소 소박해 뵈는 응접실에 열댓 명 되는 손님들이 빙 둘러 앉았다. 나는 오강남 교수 이외에는 거의 처음 보는 사람들이라 머쓱하게 앉아 서먹하게 식사 시작만 기다리고 있었는데 그때 집주인 이윤기가 분위기를 잡아갔다. 이윤기는 얼핏 보면 영화 《아라비아의 로렌스》에 나오는 영국계 배우 피터 오툴을 닮았다. 목소리도 역시 영국계 배우 리처드 버튼 뺨치게 우렁차고 품질이 좋아 보였다. 난 왜 이윤기가 살아 있을 때 이런 얘기를 하지 않았을까? 이런 소리를 들었으면 이윤기는 어린아이처럼 좋아라 했을 텐데 말이다.

그리하여 내가 거기 모인 손님들과 인사를 나눈 지 채 5분도 안 되었을 때다. 이윤기가 약간 과장된 목소리로 나에 관한 얘기를 던졌다. 우습게 들리겠지만, 조영남 같은 유명한 인사가 양평 시골구석까지 와 준 것에 대한 고마움을 섞어 이야기를 한 것으로 생각된다. 나중에 알게 된 일이지만 그는, 뻥을 좀 얹어 이야기하면, 우리네 해방 이후의 대중가요를 1절, 2절, 3절 있는 가사 모두를 신기하게도 사그리 꿰어 차고 있으면서 가수 자체를 근본적으로 흠모하는 것 같았다. 그래서 내가 그날 이윤기로부터 맨 처음 듣게 된 첫 소리가 바로 "형님으로 모시겠습니다." 였다. 많은 사람들이 둘러앉은 장소에서 말이다. 빌어먹을! 형 소리야 평소에도 많이 들어왔지만 나보다 훨씬 늙어 보이는 노인네로부터 형님이란 존칭을 받는다는 것이 내심 한심하고 서러워서 기분이 좀 뜨악했던 것 같다.

나는 이런 일을 한두 번 겪은 게 아니다. 내 후배들 중에 나보다 나이가 많이 들어 보이는 인물들은 얼마든지 있다. 서울대 총장 출신에 국무총리까지 지낸 정운찬을 비롯 손학규, 정동영, 김홍신은 물론이고 특히 예쁜 탤런트 최명길의 남편인 김한길은 나보다 분명 서너 살 밑인데도 머리가 하얘가지고 노티를 풀풀 풍긴다. 김홍신의 경우는 최악이다. 방송국 복도에서 행여 만나게 되면 내 옆에 있는 직원들한테 내가 쿡쿡 찌르며 말한다. "인사 드려! 김홍신 선생님은 내 중학시절 국어선생님이셨어." 이러면 일제히 일어나 김홍신한테 배꼽인사를 올리곤 했다. 김홍신이 금방 나한테 "형!" 하면서 "장난 그만해!" 하면 모두가 자지러지지만 말이다. 그런데 노인 중에도 상노인처럼 생겨먹은 노작가 풍의 어르신 이윤기가 나를 '형님'으로 호칭을 하다니 이건 심각한 상황이었다. 나는 속으로 이 사태를 어떻게 수습해야 하는가 생각하다가 바로 "좋아! 내가 형이고 네가 동생이다." 라고 응답했다. 이때 내가 행여 "이윤기 씨! 제가 44년과 45년 사이에 태어났는데, 그럼 윤기 씨는 그 이후에 태어났다는 얘깁니까?" 이런 식으로 정중하게 따지고 나오면 판을 깨는 거다. 이윤기도 나를 만나기 전에 오강남 교수를 통해 내 나이를 알았을 것이고 나 또한 이윤기에 관한 대체적인 정보를 제공받고 왔는데, 뻔히 알면서 짐짓 모른 체 하며 딴소리를 하는 건 결코 남자의 태도가 아니다. 그래서 일단은 "좋아! 내가 형이라고 치자." 이렇게 질러 놓고 다음 단계를 찾아야 했다. 그 결과 이 지점에서 문제의 약속 얘기가 나왔던 거다. 글쎄 나는 나보다 완연히 늙어 보이는 정치인 김한길이나 대학교수 마광수나 글쟁이 이외수한테도 이런 약속을 한 적이 없다. 그러나 나는 어느 누구보다도 이윤기한테 만은 켕기는 구석이 컸다. 그곳 양평 별장이라는 곳에 빼곡하게 꽂혀 있는 두터운 책들이 나를 압도적으로 풀 죽게 만들었다. 나는 그리스 로마 신화 따위를 아예 못 읽는다. 모르는 인물들이 한도 끝도 없이 등장하기 때문이다. 나는 그 유명한《장미의 이름》이라는 소설도 안 읽었다. 너무 스토리가 길고 복잡하기 때문이다. 영화로만 봤다.

나는 이윤기가 썼다는 간단한 단편이나 산문 류의 책과 이윤기가 오강남이나 우리 패거리의 행복전도사 최윤희, 중앙일보

전문기자 조우석, 경향신문의 유인경 등과 마주 앉으면 큰소리로 떠드는 통칭 생소리 문학, 수다 문학, 언어 문학에 매료됐었다. 우린 제법 정기적으로 만나 수다의 꽃, 좋게 말해 논리의 꽃을 종종 피워나갔다. 이윤기의 말 문학. 흠 그런 게 어디 있기는 하련만, 우리는 그가 구사하는 온갖 언어구사 즉 말 자체에서 엄청 큰 기쁨을 만끽하곤 했다. 그런 말의 전투에서는 이윤기를 당할 자가 없었다. 중동 쪽의 성경 얘기부터 그리스 로마 신화까지 또 얼마 전에는 몽골 문화에 완전 매료되어 거기에서 줄줄 나오는 박학다식의 말잔치를 펼치는데 감히 누가 대적할 수 있겠는가. 믿거나 말거나 나와 내 친구들은 지상 최대의 말 그대로 살롱 문화를 만끽했었다. 이윤기 없이는 불가능한 일이었다. 그렇지 않아도 어느 문학모임 세미나에서 이윤기와 내가 공동 강사로 초빙된 적이 있었는데 나는 일방적으로 횡설수설했던 것 같고, 이윤기는 무슨 실타래 풀리는 듯한 논리로 관객을 압도했던 기억이 있다. 거기서 나는 또 한 번 '역시' 소리를 내질렀다. 그때 나는 '아! 이윤기가 술을 마시지 않고도 이렇듯 언어구사를 잘 할 수 있는 인물이구나.' 하는 것을 깨닫고야 만다.

그리하여 양평 별장의 최초 접선에서 문제의 약속이라는 것을 맺게 된다. 내가 제의를 하고 이윤기가 그 자리에서 흔쾌히 받아들인 형식이었다.

"그래 내가 형이다. 그런데 문제가 있다. 누가 봐도 외형상 이윤기 네가 형같이 생겼고 조영남 내가 한참 밑의 동생처럼 보인다는 것이다." 여기까지는 그 자리에 나를 끌고 갔던 오강남 교수나 현암사 조 사장을 비롯해 모두가 만장일치 동의를 표명한 바 있다. 내 발언이 이어진다. "우리끼리는 상관없다. 내가 형이고 네가 동생이라는 것 뻔히 아니까 말이다." 그러나 공공장소에서는 얘기가 달라진다. 뭐냐, 내가 형이고 네가 동생일 경우 일반 사람들이 혼동을 하게 된다는 점이다. 젊고 팔팔한 사람은 형으로 알아야 하고, 바짝 늙어 패기 없어 보이는 사람을 동생으로 알아야 한다면 이건 모순이다. 그렇지 않아도 세상이 흉흉하고 어지러운데 뭘 좀 안다는 우리까지 세상을 흐리고 어지럽게 만드는 건 도리가 아니다. 그리하여 문제의 약속이 거론되었다. "그러니까 우리끼리 있을 때는 원칙대로 영남이가 형, 윤기가 동생. 그러나 다른 사람들, 아무 죄 없는 타인들 앞 다시 말해 공공장소에서는 정반대로 윤기 네가 형, 영남이 내가 동생이 되는 거다." 아무 문제없이 첫날부터 그런 약속이 맺어졌고 그 후 몇 년 동안 우리의 약속은 착착 잘 지켜졌다. 그러다가 이윤기가 가타부타 말도 없이 어느 날 먼저 없어진 것이다. 나는 어이가 없을 뿐이고 이윤기가 형 동생의 약속을 지키느라 먼저 갔는지, 우리 약속은 분명 사적 즉 우리끼리만 내가 형, 네가 동생. 공적 외부적으로는 이윤기가 형 조영남이 동생이었는데 그렇다면 이윤기가 죽음을 사적 공적 어느 쪽으로 해석 했는지가 궁금하고 사적으로 해석했다면 나로서는 이윤기가 천하에 못된 놈이고 공적으로 해석했다면 그런대로 잘한 일인데 그렇다고 "야!

잘했다." 하면서 박수를 칠 수도 없는 노릇, 그저 이윤기와 조영남의 신화는 이렇게 모순에 어긋나는 식으로 싱겁게 끝났다더라 하는 결론을 내릴 수밖에.

조영남

1944년 황해도 남천에서 태어났다. 한양대 음대를 거쳐 서울대 음대 성악과에 입학했으나 1968년 〈딜라일라〉라는 번안가요를 불러 가요계 스타로 등극하며 중퇴했다. 오랜 세월이 흐른 뒤 명예졸업장을 받아 가까스로 졸업했다. 군복무 중 1973년 서울 여의도 광장에서 열린 빌리 그레이엄 목사의 부흥 집회에서 성가를 부른 것이 인연이 되어 제대 후 미국 유학길에 올라 트리니티 신학대학을 졸업했다. 1982년 한국으로 돌아와 다시 가수로 복귀했으며, 1990년 카네기홀에서 개인 콘서트를 열었다. 현재 MBC 라디오에서 〈조영남 최유라의 지금은 라디오 시대〉 생방송 진행을 맡고 있다.
앨범으로 《제비》, 《보리밭》, 《불 꺼진 창》, 《딜라일라》, 《화개장터》 등이 있으며, 지은 책으로는 《조영남 양심학》, 《놀멘놀멘》, 《태극기는 바람에 펄럭인다》, 《조영남 길에서 미술을 만나다》, 《맞아죽을 각오로 쓴 100년 만의 친일선언》, 《어느 날 사랑이》, 《현대인도 못 알아먹는 현대미술》, 《천하제일 잡놈 조영남의 수다》 등이 있다. 1973년 한국화랑에서 첫 미술 전시회를 연 후 오늘날까지 서울 · 부산 · 뉴욕 · LA 등 세계 각지에서 화가로서 작품 활동도 계속하고 있다.

13년 전 첫 만남

조우석

작가 이윤기, 그분을 만난 것은 1998년 여름이었다. 한 번 보자는 연락을 먼저 취했던 것은 내 쪽이었다. 원고청탁 등의 명목도 없이 "저녁식사나 대접하고 싶습니다."라고 제안했더니 그는 "반갑다."며 날짜부터 덜컥 잡으려 했다. 작가와 기자, 그렇게 만들어진 첫 대면의 자리는 서울 종로의 한 대폿집이었는데, 그가 그토록 막강한 술꾼인지는 몰랐다. 그것도 위스키 등 독주 취향이었기 때문에 술이 약한 나로서는 쩔쩔 맬 수밖에 없었지만, 그래도 우리는 즐거웠다. 의기투합 비슷한 분위기도 금세 만들어졌다.

사실 낯을 좀 가리는 편이라서 스스로 나서는 경우는 흔치 않았다. 그만큼 이윤기에 꽂혀 있었던 셈인데, 훨씬 이전부터 그의 번역서를 꽤 읽어 뒀었다. 그러다가 당시 막 나왔던 단편소설집 《나비넥타이》를 보고 무릎을 쳤다. 뭔가 새로움이 있었다. 1980년대 접어들면서 이미 죽을 쑤는 징후가 역력했던 한국문단에 보기 드물게 만나는 문학이란 게 단박에 눈에 들어왔다. 그와의 만남 전후에 그의 대표작 장편 《하늘의 문》(전3권), 삽상한 문장의 맛이 살아 있는 산문집 《어른의 학교》, 《무지개와 프리즘》 등을 두루 읽어 보았지만, 역시 내 가늠이 맞았다. 이윤기에게서 어떤 가능성의 한 자락을 확인했던 나로서는 임자를 만났던 셈이다. 알고 보니 그도 내 이름 석 자를 기억하고 있었다. 술자리 중간 기분 좋아진 그가 "만나야 할 사람은 만나게 돼 있다."며 슬며시 토해 냈던 레토릭을 지금도 기억한다. "당신이 신문에 쓰는 글은 뭔가 톡시크toxic해. 보통 기사와 달리 독기도 살짝 스며 있어."라는 말도 했는데, 당시 나는 문화일보 북리뷰 지면, 즉 서평을 책임지고 있었다. 일간지에 서평 지면을 활성화했다는 평가를 듣는 그 지면은 좋은 건 좋다 나쁜 것은 아니다 라고 가치판단이 분명했다. 그런 제작의 큰 원칙이 서서히 통하던 무렵이었다.

지금은 베스트셀러를 자랑하는 한 여성 소설가를 포함한 세 명의 작가 실명과 작품을 도마에 올려 "당신들은 무엇보다 글이 안 되는 사람들이니 기회에 문장수업을 새로 받거나, 다른 직업을 알아보는 게 좋겠다."는 식의 리뷰 기사를 내보낸 적도 있었다. 그 정도는 당연한 임무 수행이 아닐까? 하지만 화들짝 놀란 그들 작가 세 명은 명예훼손 소송을 한다며 아우성이었는데, 나야 미동도 하지 않았다. 리뷰와 명예훼손 사이를 채 구분 못하는 그들의 태도가 안쓰러웠을 뿐이다. 사실 일을 벌일수록 망신을 당하는 것은 저들 못난이 작가 그룹이 아니던가? 당시 내가 좀 어이없어 했다면 한국문단, 그중에서도 평단의 고약한 풍토였다.

제대로 된 엄격한 평론작업 대신 얼렁뚱땅 넘어가는 게 보통이면서도 뭐 그리 현학적이고 꼬인 문장을 반복하는지 놀라울 지경이 아니던가? (나는 그걸 이른바 문학적 글쓰기란 것의 폐해, 즉 근대 이후 모더니즘 문학을 좁게 해석한 주변부적 경향의 하나라고 규정한다.) 그런 분위기에 오래 노출된 상황에서 자격미달의 작가 그룹이 이상 성장을 거듭하고, 우스꽝스러운 시장 지배력까지 갖게 되니 한국문학은 이미 몰락의 징후마저 감지됐다. 문단에 대한 나의 비판적 인식은 지금도 여전하지만, 10여 년 전 이미 그랬다. 그러다 만난 이윤기란 도깨비는 반가웠다.

등단 이후 번역 작업을 하느라고 소설 창작에 거리를 둬야 했던 게 그에게는 외려 약이었을 것이다. 문단 사람들과 어울려 다니며 술추렴하는 인사동 출입을 자의반타의반 자제할 수밖에 없었던 것도 결과적으로 훌륭한 결과로 작용했다. ('독립정부로서의 작가'들이 그토록 자주 무리지어 술 마시는 것, 그것도 자폐적인 술추렴에 몰두하는 걸 나는 지금도 참 의아하게 생각한다. 저들은 그게 낭만이자 여유라고 자위하겠지만, 시대변화에 등을 돌리는 퇴행적 풍속이자, 주변부에 몰린 사람들끼리의 음습한 취미에 불과하다.) 기회에 밝히지만, 문단 움직임에 둔감할 수 없었던 나에게 문학은 더욱 멀어져 갔으니 심히 역설적이었다.

쉽게 말하자. 요즘 어느 누가 문학에 관심을 가질까? 문학이 우리 일상의 화제로 잠시 잠깐이라도 등장하기는 할까? 누가 진지하게 작가를 떠올리고, 그들의 작품에 대한 소회를 털어 놓는 대화를 하나? 우리 문단, 실로 재미없다. 아니 쓸쓸하다. 쉽게 말해 걸출한 글쟁이, 시대를 쥐락펴락하는 스케일 큰 문인은 드물거나 없다. 있는 것은 고식적인 문학, 궁기에서 자유롭지 못한 문학이다. 사람들이 그러한데, 작품도 마찬가지다. 시간이 좀 흐른 지금 나만의 판단이 엉뚱하지 않았다는 것은 더욱 분명해졌다.

현상적으로 다양한 문화 예술 장르 중 가장 후미진 영역의 하나가 문학이다. 문학이 차지하고 있는 사회적 지분이 그러하고, 문인들이 가지고 있는 마인드도 마찬가지다. 문학 전체를 보면 더욱 그렇다. 문학은 장르로 보면 근 · 현대 이후 문화예술의 맏형이자 종갓집인데, 이제 그런 위용은 간 데 없다. 눈을 씻고 봐도 문학이 '이야기 산업'이라는 점을 포착하고 있는 이도 드물거나, 아니면 없다. 이야기 산업은 만화 · 영화 · TV드라마는 물론 컴퓨터게임까지 포함된 큰 개념이다. 문자 · 영상 사이의 구분이란 것도 별로 중요하지 않게 된 것이 지금이다.

이렇게 변화된 환경에서 새로운 문학, 한 시대를 이끄는 문학은 정말 달라야 하는데, 그런 목표에 근접한 이도 찾아보기 힘들다. 문학 수요자의 한 사람이자, 문단 관찰자의 하나인 나는 10여 년 전 이윤기와 그런 이야기를 나눴는데, 우리는 어렵지 않게 생각을 함께 할 수 있었다. 지금도 또렷하게 기억나는 게 '문학은 원자재 공장'이라고 했던 그의 발언이다. 나는 그 발언에 무릎을 쳤지만, 이후 자주 만나면서 문학이 왜 중요하며 의미 있는 역할을 해야 하는 지를 우리는 거듭 재확인했다.

일테면 이런 이야기였다. 변화된 시대에 문학은 재래식 문학에 그쳐서는 안 되며, 많은 문화 예술의 만형 장르로서의 역할에 충실해야 한다. 즉 영화, 만화, 컴퓨터게임 등에 스토리를 만들어 주는 역할에 충실해야 하며, 그 이상의 것까지 보여 줘야 옳다. 그것이 견인차 장르로서의 문학의 역할이다. 상식이지만 미국 할리우드 영화 산업은 스토리 공장(스릴러·멜로 등 대중문학)의 힘으로 굴러가지 않던가? 그런데 왜 문학 쪽에서 이야기의 지원이 거의 전무한가를 나는 그에게 여러 번 물었다. 일테면 이른바 정통문학은 대중문학을 그렇게 우습게 보고 편을 가르는지 실로 우스운 일이다.

그게 다분히 한국만의 풍토이다. 대중사회로 변한 지 오래라면 합당한 문학적 응전을 해야 하는데 문학판 사람들은 도무지 마이동풍이다. 낡은 데다가 빈곤하기까지 한 정통문학 내지 순문학의 족보를 움켜 쥔 채 미동도 않는다. 그렇다고 합당한 고공비행을 하는 것도 아니고, 대중사회를 읽어내지도 못한다. 이런 내 이야기에 이윤기는 기꺼이 귀를 기울여줬다. “진정 문학의 분발을 기대한다. 대중을 웃고 울릴 스토리를 생산해 달라. 콘텐트 문화강국의 꿈도 그대, 문학의 어깨에 달렸다.”는 식의 주문을 그에게 했다. 이윤기 문학의 지향점을 가늠하고 있었기 때문에 감히 요청했던 것이지만, 천하의 이윤기가 기꺼이 반응을 해왔다.

이후 타계하기 전까지 그와 교유를 지속했지만, 우리는 서로의 가슴을 읽고 있었다. 적어도 나는 그렇게 믿고 있었다. 상식이지만, 그는 번역 작업에 오래 종사하면서 언어의 정확한 의미에 대해 깊이 천착해 온 작가답게 문장이 세련됐다. 동시에 상징과 은유체계에 대한 지식을 바탕으로 이야기를 풀어내는 역량은 그만의 것이다. 살아 있는 인물들이 직접 대화에 참여하는 것 같은 착각을 불러일으킬 정도의 대화로 구성되어 무척 신선하다. 그러면서도 대화의 구조가 간명하면서도 깊이 있는 메시지를 주고받는 장면은 오랜 작가 수업의 결과일 것이다.

그런 이윤기를 우리는 2010년 여름 덜렁 보냈고, 이후 다시 1년이 지났다. 험한 표현을 용서해 달라. 지지리 궁상이던 우리 문단의 형편은 달라진 게 없다. 이런 형편에서 당대의 문사文士이자, 해야 할 일이 더 많았던 이윤기에 대한 평가는 크게 변한 것 같지 않다. 문단과 일정한 거리를 두고 있었기 때문에 생전에 제대로 된 주목을 받지 못하던 도깨비 이윤기는 지금도 여전히 문단 주류와 떨어져 있는 느낌이다. 대중도 마찬가지이다. 일테면 그가 쓴 신화 책을 읽었다는 이는 꽤 많아도 소설이, 그의 문학 작품이 새로웠다고 말하는 눈 밝은 이는 의외로 드물다.

이렇게 숭숭 구멍 뚫린 풍토라서 허명에 다름 아닌 이름값 혹은 유명세가 업적의 전부로 통하고 있을 뿐이다. 이런 고약한 풍토에서 그가 작업했던 소설 · 신화 · 번역 세 부문 중 어떤 성취가 이윤기의 몫이고, 한국문화에 대한 기여인가도 불분명한 채로 남아 있다. 이게 영 안타까운 것은 대중차원의 신화 붐에 치인 게 이윤기의 본령인 문학이기 때문이다. 즉 신화가 꼬리라면, 문학은 몸통이다. 새삼 확인하지만 그는 염상섭 · 김동리 · 이효석으로 이어지는 근 · 현대 산문의 장인匠人 반열에 속하며, 1990년대 이후 말만 요란했지 속은 비어 있었던 신세대 문학의 와중에 정통소설의 바통을 그가 이었다.

작가 이윤기의 진면목에 대한 이런 평가와 디테일 확인은 누가 할 것인가? 평단이 해야 하고, 문단의 몫이지만 이런 과제가 조만간 개운하게 풀릴 것 같지는 않다. 이런 소홀함과 무관심은 실은 한 작가에 대한 관심의 차원을 넘어선다. 결국은 문자와 언어 유산을 소홀히 하는, 황량한 디지털 사막을 부추길 것이라는 불길한 예측을 더해줄 뿐이다. 분명한 것은 이런 변화 없는 디지털 사막이 계속될 경우 한국문학은 더욱 더 찬밥으로 남을 것이라는 점이다.

고식적 문학을 거듭하는 한, 걸출한 작가가 등장하지 않는 한 그리고 지금의 풍토가 쇄신되지 않는 한 TV드라마 · 영화 · 컴퓨터게임 등 다른 이야기 산업의 이상증식만을 보게 될 것이다. 베르나르 베르베르, 오르한 파묵 등 서구 작가들은 나름의 매력으로 우리를 유혹할 것이지만, 임팩트 있는 한국 문학은 거듭 외면당할 것이다. 이 와중에 일본산 만화 · 소설의 파상공세도 만만치 않을 것이고, 위기의 한국문학은 위엄도 없고, 독서시장도 더욱 빼앗기게 될 것이라는 예측을 피하기 힘들다. 최악의 경우 모두가 TV · 인터넷의 영상매체와 디지털 사막에 빠져 20세기 근 · 현대 문학의 유산은 송두리째 잊을지도 모른다. 나만의 불길한 예측일까?

"장마가 그치면 햇살 뜨거운 날들이 오리라는 것을 알듯이, 그렇게 세상의 흐름을 환하게 알고자 원했다.……민주화가 실현되면, 올림픽이 끝나면, 대통령이 바뀌면, 네티즌의 세상이 되면, 상업대중문화가 아이들의 영혼을 빼앗는다면 세상이 어떻게 될까 나름대로 생각도 해보고, 예측도 해보려 했다. 그러나 그동안 나는 늘 잘 알지도 못하는 거대한 흐름에 휩쓸려서, 미래를 예측하기보다는 내가 있는 자리가 어디인지도 알기 어려웠다. 세상의 변화는 과속이었고, 과격하였다."

1980년대 이후 가속도가 붙은 세상변화를 지켜봐온 한 50대 지식인의 고백이 와 닿는다. 문학평론가 이남호가 자기 책《문자제국 흥망사》(생각의 나무, 2004)에서 털어 놓은 말은 지식인 그룹이 피부로 느끼는 무력감 혹은 혼돈을 고스란히 보여 준다. 점진적 변화보다는 개벽에 가까운 변화를 겪고 있는 한국사회가 어느 날 갑자기 '문화적 사막'으로 바뀌고 있다는 관찰도 공감할 수 있다. 문화의 사막화 현상을 이끄는 두 개의 힘은 대중사회로의 질적 변동, IT 정보화 사회로의 이동인데, 이후 사람들은 기꺼이 휴대폰의 노예가 되었다.

사람들은 컴퓨터의 감옥을 높게 지었으며, 지성과 이성의 성채를 허물며 세상을 더욱 더 유치한 놀이공원 수준으로 만들어버렸다. 그 안의 사람들도 변했다. 거칠고 무식하다는 것이 자기만의 개성으로 취급되고, 낯 뜨거운 자기고백은 인간적 솔직함으로 통하고 있다. 이제 사람들은 정체 모를 웰빙 바람을 타는 걸로 전시대 고급문화의 교양체험을 대신한다. 속된 일상 삶의 처세와 지혜 따위로 인문적 교양을 가진 척 허세를 부린다. 젊은이들이 매료되는 삶의 모델도 더 이상 엄숙한 권력자나 기업인 등이 아니라 대중시대의 새로운 귀족으로 등장한 연예인 그룹이다.

무엇보다 인터넷과 TV라는 대중 미디어가 참을 수 없이 가벼운 사회 쪽으로 등을 떠밀고 있는 형국이다. 이런 극적인 변화는 서구 근대문명을 낳았던 인쇄문자가 IT 혁명과 함께 전자미디어로 바뀌며 문명의 계절 자체가 한 사이클을 도는 와중에 빚어졌다는 점도 주목해야 한다. 이런 상황이야말로 한국문학이 응전해야 할 현실이다. 하지만 현실적으로 문학의 도약은 쉽지 않다. 문학은 본디 근대의 적자嫡子인데, 장르로서의 위기에 더해 그 내부 종사자들의 퇴락 위기까지 겹쳤기 때문이다.

그게 이윤기의 타계 일주년을 맞아 새삼 음미해 보는 한국문학의 아찔한 그림이다. 고인이 남긴 자리가 더욱 커 보이는 것은 그 때문이고, 안타까움은 어쩔 수 없다. "영화는 비영화적인 것에서 오고, 문학은 비문학적인 것에서 나온다." 거장 반열의 대만 영화감독 허우샤오시엔은 그렇게 말했다. 한국문학의 주류와 거리를 뒀던 이윤기는 그런 이유 때문에 내 눈에는 문단을 위한 뜻밖의 구원투수로 보였다. 하지만 너무 일찍 갔다. 그가 남긴 빈자리를 누가 메울까.

조우석

1956년 충남 천안 출생으로, 칼럼리스트 겸 출판 기획자이다. 서강대학교 철학과를 졸업한 뒤 27년 동안 기자 생활을 해왔다. 《서울신문》과 《세계일보》 문화부 기자에 이어 《문화일보》에서 북리뷰 팀장과 문화부장을 지냈다. 《중앙일보》 출판팀장과 문화전문 기자로 활동하며 대표적인 문화통 기자로 꼽혀 왔다. 문화 전반과 함께 근·현대사에 관심이 많아 그런 내용의 '조우석 칼럼'을 중앙일보에 연재하고 있다. 클래식·국악·재즈 등 음악 전반에 관심이 많으며, 미술·사진·출판 등 인접 장르에도 두루 밝다. 《책의 제국 책의 언어》《배추가 돌아왔다》《한국사진가론》《굿바이 클래식》《박정희, 한국의 탄생》《나는 보수다》등을 펴냈으며 옮긴 책으로 《미래의 저널리스트에게》《Are You Happy? 행복의 유혹》 등이 있다.

과인過人 이윤기 연보

1947–2010

1947년 5월 3일, 경상북도 군위군 우보면 두북동에서 태어났다. 첫돌이 지난 후 아버지가 돌아가시고, 어머니는 9남매를 낳아 7남매를 키우셨다.

1958년 우보국민학교 4학년 재학 중 대구로 이사했다.

1962년 대구에서 국민학교를 졸업했다.

중학교 재학 중에는 학교 도서관에서 일하면서 수천 권에 이르는 장서를 마음껏 탐독했다. 혼자서 영어와 일어 공부를 시작했다.

1965년 중학교를 졸업했다.

고등학교에 들어가 기독교 학생회에서 활동했다.

이삼 개월 다니다가 학교를 그만두고는 대학입학 자격 검정고시를 준비했다. 검정고시 준비 기간에는 한동안 야학 강사를 했다.

1966년 대학입학 검정고시에 합격했다.

1967년 상경하여 신학대학 기독교학과에 진학했으나 대학을 포기했다.

1969년 입대했다. 이등병 시절, 관측 근무를 하는 틈틈이 군수용품 휴지에 〈보병의 가족〉, 〈비상도로〉 등의 단편을 썼다. 일등병 시절, 연대 본부가 기획한 계몽극단에 배우로 뽑혀 나갔다가 당시 극작가이자 연출가였고 훗날 방송작가, 소설가가 되는 김준일을 만났다. 문학에 대한 열정이 되살아났다.

1971년 4월에 월남으로 갔다. 다섯 차례 '작전'(장거리 정찰)을 경험했다. 전투 일선에서 물러난 후에는 발전기 기사, 영내 도서관 사서를 했다. 〈하얀 헬리콥터〉, 〈손님〉은 디젤 발전기 돌아가는 소리를 들으며 썼다. 헬리콥터로 보급품을 전투 지역으로 실어 보내는 공수병도 3개월간 했다.

1972년 월남에서 귀국했다. 임진강변 오두산 관측소에서 3개월 마저 복무하고 제대했다.

9월부터 약 1년간, 건설 공사장을 다니며 서기 혹은 해결사를 겸했다. 집 짓는 기술도 익혔다. 〈패자부활〉은 이 시기의 산물이다.

1974년 《니체 전집》의 윤문을 김준일과 함께 시작했다. 일본어에서 중역한 모본, 영어, 일본어 텍스트를 두고 거의 완역에 가깝게 작업했다.

1975년 학원 출판사에서 기자 생활을 했다. 영어 잡지, 일본어 잡지의 기사 번역을 주로 전담했다.

1977년 〈하얀 헬리콥터〉로 《중앙일보》 신춘문예 단편소설 부문에 입선했다.

앙리 샤리에르Henri Charriere의 《카라카스의 아침》을 번역 출간했다. 최초의 역서였다. 노먼 빈센트 필Norman Vincent Peale의 《기적의 실현》을 번역 출간했다.

'이원기'라는 이름으로 소책자를 번역하기도 했다.

1978년 어니스트 헤밍웨이Ernest Heminhway 편저 《전장의 인간》을 번역 출간했다.

리처드 아모어Richard Armour의 《모든 것이 이브로부터 시작했다》와 《모든 것이 돌멩이와 몽둥이로 시작되었다》를 번역 출간했다.

결혼했다.

1979년 얼 햄너 주니어Earl Hamner Jr의 《둥지를 떠나는 새》를 번역 출간했다.
클라우스 만Klaus Mann의 《소설 차이코프스키》를 번역 출간했다.
존 바스John Barth의 《키메라》를 번역 출간했다.
솔 벨로Saul Bellow 편 《유태인 대표작가 단편선》을 번역 출간했다.
로스 맥도널드Ross Macdonald의 《잠자는 미녀》를 번역 출간했다.
제럴드 그린Gerald Green의 《대학살》을 번역 출간했다.
아들 이가람이 태어났다.

1980년 로빈 쿡Robin Cook의 《스핑크스》를 번역 출간했다.
제임스 존스James Jones의 《휘파람》을 번역 출간했다.
프레드릭 코너Frederick Kohner의 《종이로 접은 여자》를 번역 출간했다.
딸 이다희가 태어났다.
신학대학에 들어갔다.

1981년 니코스 카잔차키스Nikos Kazantzakis의 《그리스인 조르바》를 번역 출간했다.
고도벤[烏島勉]의 《지구 최후의 날, 1999년 8월 18일 – 노스트라다무스의 대예언》을 번역 출간했다.
노먼 빈센트 필의 《당신도 할 수 있다》를 번역 출간했다.
제프리 아처Jeffrey Archer의 《카인과 아벨》을 번역 출간했다.

1982년 제임스 존스의 《지상에서 영원으로》를 번역 출간했다.
제임스 미치너James Michener의 《약속의 땅》을 번역 출간했다.
'이가현'이라는 이름으로 소년소녀 소설을 발표했다.
신학대학 졸업을 포기했다.
히브리어, 헬라어, 라틴어 공부를 시작했다.

1984년 제프리 세인트 존Jeffry St. John의 《코브라의 날》을 번역 출간했다.
존 쿠퍼 포이스John Cowper Powys의 《고독의 철학》을 번역 출간했다.
위틀리 스트리버Whitley Strieber와 제임스 쿠네트카James Kunetka의 《전쟁, 그날》을 번역 출간했다.
교황 요한 바오로 2세의 기도와 명상 어록 선집 《고통이 있는 곳에 위안을》을 번역 출간했다.

1985년 니코스 카잔차키스의 《돌의 정원》을 번역 출간했다.

조셉 캠벨Joseph Cambell의《천의 얼굴을 가진 영웅》을 번역 출간했다.

1986년 움베르토 에코Umberto Eco의《장미의 이름》을 번역 출간했다.

하라다 야스코[原田康子]의《디프네의 연가》를 번역 출간했다.

제럴드 그린의《홀로코스트》를 개역 출간했다.

1987년 크리슈나무르티Krishnamurti의《삶과 지성에 대하여》를 번역 출간했다.

1988년 중단편 소설집《하얀 헬리콥터》를 출간했다.

그리스 로마 신화 해설서인《뮈토스》를 출간했다.

라즈니쉬Osho Rajneesh의《반야심경》을 번역 출간했다.

길버트 비어스Gilbert Beers의《신약 핸드북》과《구약 핸드북》을 번역 출간했다.

1989년 오비디우스Ovidius의《둔갑이야기》를 번역 출간했다.

존 버니언John Bunyon의《천로역정》을 번역 출간했다.

1990년 움베르토 에코의《푸코의 추》를 번역 출간했다.

조셉 크로닌A. J. Cronin의《천국의 열쇠》를 번역 출간했다.

애거사 크리스티Agatha Christie의《열 개의 인디언 인형》을 번역 출간했다.

〈과학소설의 세계〉를《한국일보》에 연재했다. 과학소설에 대한 관심은 이후 장편소설《만남》에 투영된다.

고려원 출판사에서 편집 주간으로 근무했다.

1991년 짧은 소설 모음집《외길 보기 두 길 보기》를 출간했다.

조셉 캠벨의《세계의 영웅 신화 : 아폴론, 신농씨 그리고 개구리 왕자까지》를 번역 출간했다.

빌 그로만Will Grohmann의《파울 클레》와 로버트 골드워터Robert Goldwater의《폴 고갱》을 번역 출간했다.

토머스 해리스Thomas Harris의《양들의 침묵》을 번역 출간했다.

프레드릭 코너의《몽빠르나스의 끼끼》를 번역 출간했다.

파울 프리샤워Paul Frischauer의《세계 풍속사》를 번역 출간했다.

길버트 비어스의《쉽게 해설한 구약성경》과《쉽게 해설한 신약성경》을 개역 출간했다.

미국 미시간 주립대학교 국제대학에서 '초빙 연구원' 자격으로 초청을 받아 가족과 함께 미국으로 갔다. 서울대 정진홍 교수(종교학)의 추천장을 받았으나 학자의 길보다 소설가의 길을 걸어야 한다는 결론을 내렸다.

1992년 움베르토 에코의 《장미의 이름》을 개역 출간했다.
움베르토 에코의 《나는 '장미의 이름'을 이렇게 썼다》를 번역 출간했다.
조셉 캠벨과 빌 모이어스Bill Moyers의 《신화의 힘》을 번역 출간했다.
도나 타트Donna Tartt의 《비밀의 계절》을 번역 출간했다.
미르치아 엘리아데Mircea Eliade의 《샤머니즘》을 번역 출간했다.
파울 프리샤워의 《세계 풍속사》를 번역 출간했다.
주간 컬럼 〈동과 서의 만남〉을 《조선일보》에 연재하기 시작했다.

1993년 보리슬라프 페키치Borislav Pekic의 《기적의 시간》을 번역 출간했다.

1994년 장편소설 《하늘의 문》을 출간했다. 1부 〈바람개비〉, 2부 〈가설극장〉, 3부 〈패자부활〉로 구성되어 있다.
진 쿠퍼J. C. Cooper의 《그림으로 보는 세계 문화 상징 사전》을 번역 출간했다.

1995년 중편소설 〈나비넥타이〉를 계간 《세계의 문학》에 발표했다. 이 작품을 소설 쓰기의 출사표로 삼았다. 이 작품은 이상문학상과 동인문학상의 후보에 올랐다.
장편소설 《사랑의 종자》를 계간 《문예중앙》에 발표했다.
장편소설 《햇빛과 달빛》을 계간 《문학동네》에 연재 시작했다.
오비디우스의 《변신 이야기: 신들의 전성시대》를 번역 출간했다.
움베르토 에코의 《푸코의 진자》를 개역 출간했다.

1996년 장편소설 《사랑의 종자》를 《만남》이라는 제목으로 출간했다.
토머스 불핀치Thomas Bulfinch의 《그리스와 로마의 신화》를 번역 출간했다.
알베르토 모라비아Alberto Moravia의 《로마의 여자》를 번역 출간했다.
칼 융Carl Jung의 편저 《인간과 상징》을 출간했다. 1976년에 번역을 시작했으나 여러 출판사로부터 거절당하거나 미루어지다가 근 20년 만에 출간된 것이다.
아들만 남겨 두고 가족과 함께 귀국했다.

1997년 장편소설《뿌리와 날개》를 월간《현대문학》에 연재 시작했다.
산문집《에세이 온 아메리카》를 출간했다.
〈플루타크 영웅 열전〉을《조선일보》에 연재 시작했다.
지그문트 프로이트Sigmund Freud의《종교의 기원》을 번역 출간했다.
로즈메리 셧클리프Rodemary Sutcliff의《트로이아 전쟁과 목마; 일리아드 이야기》를 번역 출간했다.
미국 미시간 주립대학교 사회과학대학의 초청으로 다시 미국으로 갔다.

1998년 소설집《나비넥타이》를 출간했다.
장편소설《뿌리와 날개》를 출간했다.
중편소설《진홍글씨》를 단행본으로 출간했다.
산문집《무지개와 프리즘》을 출간했다.
신화 해설서《아리아드네의 실타래》를 출간했다.
〈세계사 인물 기행〉을《세계일보》에 연재 시작했다.
〈숨은그림찾기1 – 직선과 곡선〉으로 제29회 동인문학상을 수상했다.
수상 작품집이 조선일보사에서 나왔다.
오비디우스의《변신이야기》(전 2권)를 세계문학전집 총서로 다시 출간했다.
로즈메리 셧클리프의《오뒤세우스의 방랑과 모험》을 번역 출간했다.
미우라 아야코[三浦綾子]의《양치는 언덕》을 번역 출간했다.
스치야 도시아키[土屋敏明]의《간부의 용병작전》을 번역 출간했다.

1999년 소설 선집《나무가 기도하는 집》을 출간했다.
장편소설《그리운 타부》를 월간《문학사상》에 연재했다.
장편소설《나무 기도원》을 계간《작가세계》에 분재했다.
산문집《어른의 학교》를 출간했다.
조셉 캠벨의《천의 얼굴을 가진 영웅》을 개역 출간했다.
토머스 해리스의《양들의 침묵》을 개역 출간했다.
존 버거John Berger의《결혼을 향하여》를 번역 출간했다.
《뮈토스》의 개정판을 출간했다.
미국과 한국을 오가는 생활을 해 왔으나, 이 해 영구 귀국했다.

2000년 소설집《두물머리》를 출간했다. 이 책으로 제8회 대산문학상을 수상했다.
장편소설《그리운 흔적》을 출간했다.
문화 칼럼집《잎만 아름다워도 꽃 대접 받는다》를 출간했다.
신화 연구서《이윤기의 그리스 로마 신화1》을 출간했다.
토머스 불핀치의《그리스 로마 신화》(전 5권)를 출간했다.
리처드 아머의《모든 것은 이브로부터 시작되었다》,《모든 것은 돌멩이와 몽둥이로부터 시작되었다》를 개역 출간했다.
파울 프리샤워의《세계 풍속사》3을 번역 출간하고《세계 풍속사》1, 2를 개역 출간했다.
대한민국 번역가상을 수상했다.

2001년 산문집《이윤기가 건너는 강》을 출간했다.
대담 모음집 26인 공저《춘아 춘아 옥단춘아 네 아버지 어디 갔니?: 우리 시대 삶과 꿈에 대한 13가지 이야기》(공저)를 출간했다.

2002년 산문집《우리가 어제 죽인 괴물》을 출간했다.
신화 해설서《길 위에서 듣는 그리스 로마 신화》를 출간했다.
〈숨어 있는 그림들〉을 계간《문학과 사회》겨울호에 연재 시작했다.
조셉 캠벨과 빌 모이어스의《신화의 힘》을 개역 출간했다.
신화 연구서《이윤기의 그리스 로마 신화 2》를 출간했다. 이 해 가을 독자들과 함께 신화의 현장 그리스, 로마 답사를 다녀왔다.

2003년 소설집《노래의 날개》를 출간했다. 2000년 이후 발표한 단편들 모음집이다.
연작 장편소설《내 시대의 초상》을 출간했다. 계간《문학과 사회》2002년 겨울 호부터 2003년 가을 호까지 〈숨어 있는 그림들〉이라는 제목으로 연재했던 것을 모아 엮었다. 〈샘이 너무 깊은 물〉, 〈뿌리 너무 깊은 나무〉, 〈어디서 본 듯한 얼굴〉, 〈호모 비아토르〉 등 네 편의 작품을 수록하고 있다.
신화 · 역사 · 철학 이야기《이윤기, 그리스에 길을 묻다》를 출간했다.
산문 모음집 24인 공저《해인사를 거닐다》를 출간했다.

딸 이다희가 결혼했다.

2004년 신화 연구서《이윤기의 그리스 로마 신화 3》을 출간했다.
에세이 모음집 16인 공저《저기 네가 오고 있다》를 출간했다.

2005년 셰익스피어의《겨울이야기》와《한여름 밤의 꿈》(이다희 공역)을 번역 출간했다.
순천향대학교에서 명예문학박사 학위를 받았다.
직접 촬영한 사진이 포함된 산문집《시간의 눈금》을 출간했다.
인터뷰 특강을 정리한 6인 공저《21세기를 바꾼 상상력》을 출간했다.
A. J. 크로닌의《천국의 열쇠》개정판을 출간했다.

2007년 우리 신화 에세이집《꽃아 꽃아 문 열어라》를 출간했다.
산문집《내려올 때 보았네》를 출간했다.
신화 연구서《이윤기의 그리스 로마 신화4》를 출간했다.
셰익스피어의《로미오와 줄리엣》(이다희 공역)을 출간했다.
도나 타트의《비밀의 계절》을 개역 출간했다.

2008년 니코스 카잔차키스의《미할리스 대장》(전 2권)을 개역 출간했다.
독일어로 번역 출간된 소설집《직선과 곡선》(독일 윌스테인 출판사)의 낭독회가 '독일 5개 도시 순회 문학 행사'에서 열렸다.

2010년 예술기행 21인 공저《북위 50도 예술여행》을 출간했다.
애거사 크리스티의《열 개의 인디언 인형》개정판을 출간했다.
오쇼 라즈니쉬Osho Rajneesh의《반야심경》개정판을 출간했다.
8월 27일, 심장마비로 이승의 강을 건넜다.
유작이 된《이윤기의 그리스 로마 신화 5》가 10월에 출간되어 신화 연구서 시리즈가 완간되었다.

2011년 1월 유고 소설집《유리 그림자》와 산문집《위대한 침묵》이 출간되었다.

"세월의 줄에 방울을 달지 못한 사람은《봄날은 간다》라는 노래가 얼마나 가슴 아픈 노래인지 잘 안다네. 열심히 준비해서 시간의 열차에 올라 탄 사람은 창밖의 풍경을 보며 중간 역들을 지나 언젠가 '서울역'에 도착하게끔 되어 있지. 그렇지만, 가만히 앉아 있어도 목적지를 향해 올라가는 인생의 열차에 타지 못한 사람에게《봄날은 간다》는 눈물 없이는 부를 수도 들을 수도 없는 노래일세. 나는 그렇게 생각하네."

십여 년 전쯤 함께 했던 남도여행길에서 술잔 앞에 놓고 이런저런 이야기 중에 선생께서 해주신 말씀이다. 오랫동안 좋아하였으나 그 후로 쉬 부르지 못하게 된 노래가 바로《봄날은 간다》이다. 영화《화양연화》와 함께 오버랩되며…….

지난해 늦은 여름, 몽골 작가협회 초청 여행을 열흘쯤 남겨두고 급작스레 이승의 강을 건넌 선생의 영결식장에서 당신의 속 깊은 친구 장사익 씨가 부른 마지막 노래《봄날은 간다》가 사람들의 가슴을 또 다시 흔들어놓고 있을 때, 그 봄날을 생각해 보았다. 선생의 봄날은 언제이고 남은 이들의 봄날은 언제인지 …… 흘러간 과거였는지 지금인지 아니면 다가올 미래인지.

평생 꽃이 아니라 잎으로만 살아왔다고 겸손해 하신 선생의 삶은 고요하되 치열했다. 사전을 통째로 씹어 삼키며 단어를 외우고 닥치는 대로 책을 읽던 십대 시절이나 월남전에서 적과 전우를 넘어 인간의 죽음을 목도하던 이십대, 등단 이후 오히려 번역으로 날을 새며 붓을 버리던 삼사십대, 그리고 신화 연구와 창작으로 더 바빠졌던 오십대 이후 만년. 생각해보면 단 한 번도 당신 스스로의 삶에서 '꽃'이 아닌 적이 없었고, 그렇기에 오히려 단 하루도 '봄날'이 아닌 적이 없었다는 생각이 스쳐갔다. 그 '봄날'이 갔구나, 우리들에게서. 가는 '봄날' 붙잡지 못하고 이렇게라도 기억하고 싶었다. 이 책《봄날은 간다》는 그렇게 시작했다.

참여한 필자들은 모두 깊은 인연의 실이 닿아 있는 분들이다. 언젠가 다시 더불어 손잡고 조르바 춤을 출 고마운 분들이다.

졸업이 아닌 중퇴, 당선이 아닌 입선 그리고 정식 교수가 아닌 초빙, 객원, 명예 …… 한 번도 '꽃'으로 피어보지 못한 채 '잎'으로만 살아왔지만, 그래도 잘 살고 있다며 젊은이들에게 좌절하지 말라던 선생의 따뜻한 미소와 등두드림이 그립다.

봄날은 갔다.

신화 속으로 떠난 이윤기를
그리며
봄날은 간다

—

—

발행인 김현주 | **편집장** 한예솔 | **디자인** 김미성

—

등록 2008년 12월 1일 제 396-2008-00090호
주소 (410-909) 경기도 고양시 일산동구 백석동 1318번지 비잔티움 오피스텔 1단지 1016호
주문 및 문의 전화 070-7763-7200 **팩스** 031-907-9420

—

2011년 8월 27일 박은 책(초판 제1쇄)
2011년 11월 10일 박은 책(초판 제2쇄)

—

—

ISBN 978-89-962665-8-7 03810

* 값은 뒤표지에 있습니다. 잘못 만든 책은 교환해드립니다.